古遠清臺灣文學五書

臺灣百年文學制度史

古遠清　著

自序

文學制度通常是指文學社團的組織機制、報紙雜誌的傳播機制、文學獎勵機制、文學教育體制和作爲制度保障的文藝政策的制定。它屬於無形的巨手，在指揮著作家應該寫什麼，不應該寫什麼；文學的發展方向應往哪條道路走，而不應該往別的道路走。

作爲制度史的本書分爲兩大部分：日據時期臺灣新文學制度，這裡有我的憂患；光復後臺灣文學制度，這裡有我的欣喜；後者又分戒嚴時期臺灣文學制度、解除戒嚴後臺灣文學制度等項，這裡有我的介入。至於時間的流逝，也就是時空範圍，我設定在一九二〇年至二〇二〇年。

我這部《臺灣百年文學制度史》，不敢說有開創性，但至少是破冰之作。以往兩岸出版過不少《臺灣文學史》及其分類史，給我們帶來新的知識，可這些知識多半局限在作家作品論，也有文學思潮、文學運動，但很少。至於文學制度，則幾乎缺席，我這本書便試圖改變過去不重視文學制度研究的局面。

人們常說我的研究以史料見長，這次我充分發揮了這種優勢，如「自由中國文壇的解體」、「文學會議在質變」、「文訊版與靜宜版『年鑑』」，還有「中華函授學校」，都是人們很少涉及的。在寫法上，以前我的有關臺灣文學的專著，全是「當代」打頭，這次將臺灣文學現、當代都包括在內，而「臺灣新文學百年」過去也有日本學者強調過，但他說的「百年」，其實還差將近二十年。我與他不同之處還在於從制度史入手，一直寫到當下，借用陳平原評錢理群著作的話來說，我這本部書的價值不是「完成」，而是「提出」。

對我這位又老又古的「老古」，有論者誇海口說鄙人著書立說是「遠清文章老更成」，這自然是溢美之辭，但我的確在力求棄古求新。像這本書中的〈政治紅利與商業稿酬〉，還有〈臺灣文學制度的展望〉等章節，自認爲是在臺灣文學研究中很有新鮮感的部分。不過，我這是姑妄言之，讀者也不妨姑妄聽之。

臺灣文學研究領域，最近顯得比較平靜，我這次接連在臺北萬卷樓圖書出版公司出版的「古遠清臺灣文學五書」：《戰後臺灣文學理論史》、《臺灣查禁文藝書刊史》、《臺灣百年文學制度史》、《臺灣文學學科入門》、《臺灣文學焦點話題》，以及後續計劃出版的「古遠清臺灣文學新五書」：《微型臺灣文學史》、《臺灣文藝期刊史》、《臺灣文學出版史》、《余光中新傳》、《臺灣文學論爭史》等，也許有「吹皺一池春水」的作用。我原計劃的「五書」中，並沒有「制度史」這一本，後來讀到丁帆主編的《中國現當代文學制度史》，感到框架新，視野寬，尤其是把臺港文學制度史寫進去，具有開疆拓土的意義，但臺灣文學制度部分，其執筆者並非專門治臺灣文學，因而寫得比較粗略，於是我下決心寫一本較爲詳盡的臺灣文學制度史。爲此，我重新整理了拙著《戰後臺灣文學理論史》、《世紀末臺灣文學地圖》、《臺灣新世紀文學史》有關文學制度的部分，並重寫了〈日據時期臺灣新文學制度〉等章節。經過半年多的自我清理和重新建構，總算殺青了。

有人說：臺灣文壇沒有過《臺灣百年文學制度史》，在大陸學界也無人寫過，現在，兩者均有了。我有自知之明，這部書仍有不理想的地方，尤其是與以往的拙著有重疊交叉之處，但它畢竟記錄著時代的風雲，折射著大陸學者的情感。我從不願意做純學術的工作，努力遵循學術與政治、與時代、與社會相結合。我這部書不是躲在書齋的產物，而是與臺灣窗外選舉的鞭炮聲與喇叭聲相呼應。

在中南財經政法大學今年五月二十九日主辦的「古遠清與世界華文文學學科建設研討會」上，我寫了幾句開場白：

渺渺如煙，八十不算華誕；
蒼蒼如天，一生所幸平安。

的確我最開心的是「平安」，哪怕到了耄耋之年，竟憑借「平安」之軀一口氣出版了八本書，這眞是奇蹟，它創造了我生平的事業最高峰。當然，這八本書絕非一年寫就，而是多年積累和「等待」的結果，即是說，我將以前的論述和現今的新作編輯在一個完整的專題框架中，是典型的「舊瓶裝新酒」。只可惜八十歲出八本書的這種狀況屬於「空前絕後」。這正應了唐人李商隱的詩：「夕陽無限好，只是近黃昏」。

有人建議我，既然「黃昏」已到，不妨趕快做，將自己在海內外出版的幾十本書合起來出一套《古遠清文集》，這是美麗的空話。我在中南財經政治大學即「財大」工作四十多年，從未「財大」過，更沒有大位，連教學小組長都沒有擔任過。出這套書如果沒有「財大」做經濟支撐，根本不可能問世。就是可能出，我覺得與其炒冷飯，不如寫新書，這便是「古遠清臺灣文學五書」及其續集的由來。

有人問我今後能否保持這種寫作狀態，能否思維仍然像年輕時那樣活躍，以繼續寫完我構思多年的《〈文藝報〉消亡史（一九四九～一九六六）》等書，那就只能聽天由命了。嗚呼！

古遠清

二〇二一年五月三十日於武漢

目次

上編 日據時期臺灣新文學制度

第一章　新文學制度的初創

第一節　新文學的搖籃：《臺灣民報》

從一八九五年起，臺灣被割讓給外族人也就是日本人統治，而臺灣人民不甘心這種統治，由此爆發了一波又一波的反抗運動。在這個運動中，臺灣留學生充當了重要角色。他們趁著第一次世界大戰崛起的民族自決的進步思潮，與中國北平發生的「五．四」運動遙相呼應，由蔡惠如負責串聯於一九一八年創辦了「聲應會」，一九一九年末又創辦了「啓發會」。這兩個會的精英，於一九二〇年一月十一日擴大陣營創設了「圖謀臺灣文化之向上」爲宗旨的「新民會」，於一九二〇年七月十六日發行機關雜誌《臺灣青年》。其後爲適應新的形勢要求尤其是中國臺灣地區文化建設的需要，遂於一九二二年四月十日將局限在年輕人的《臺灣青年》，改名爲覆蓋面更大的、讀者更多的《臺灣》。

《臺灣》出版後不久，編者發現它也有局限性，即過於精英化，許多內容曲高和寡，更何況該刊中文文章不多，讀者對象主要是懂日文的知識分子，目光如火炬的民族運動家蔣渭水，於一九二一年十月十七日在臺北創立有更多文化人組成的「臺灣文化協會」，成立時已有一〇三二人參加。這個協會出錢最多後成爲總理的是林獻堂，出力最多後成爲專任理事的是蔣渭水。文化協會的總部設在大安醫院，作爲「文協」靈魂人物的蔣渭水，主導該會的政策與方向，〈臺灣文化協會會歌〉也是他寫的。在蔣的主導之下，一場文化啓蒙運動有聲有色地展開。該會雖然只存在六年，但從事了許多與政治運動和經濟運動緊密配合的民主自由文化活動，然而樹大招風，遭到官方御用的三大報，即臺北出版的《臺灣日日新報》、臺南出版的《臺南新報》、臺中出版的《臺灣新聞》的嫉妒和攻擊乃至誹謗，這充分說明在臺灣建立健全的文化制度之難。

「三大報」路線保守，只會對統治者迎合和奉承，而對老百姓的要求視而不見。這類官方報紙思想僵化，不配做民眾的代言人。鑒於文化界對標榜「日日新」其實是「日日舊」的媒體嚴重不滿，創辦新的白話文報紙，就成了新形勢下許多受眾的要求，這就是《臺灣》雜誌決心更新，從而發刊《臺灣民報》的動機。

臺灣學者梁明雄稱《臺灣民報》是「臺灣新文學運動的搖藍」（註一），是因爲該報成了新派文人反對舊文學的主要陣地。張我軍的許多反對舊文學的重要論文，均發表在《臺灣民報》上。此外，另一新文學家張梗於一九二四年九月在《臺灣民報》連載長篇論文〈討論舊小說的改革問題〉。名爲「討論」，實爲對舊式章回小說的缺陷進行批判。另有「半新舊」一九二五年二月中旬刊出〈《新文學之商榷》的商榷〉以及後來成爲臺灣共產黨領導人蔡孝乾發表的〈爲臺灣文學界續哭〉（註二）。所謂「續哭」，就是聲援張我軍的〈爲臺灣的文學界一哭〉（註三）。

當時老學究反對新文學的文章，有日本人辦的「三大報」做支撐。而《臺灣民報》卻成了和其唱對臺戲、提倡新文學的重要媒體。之所以是「重要媒體」，表現在該報大力介紹來自祖國的新文學，論文有北京留學生蘇維霖於一九二七年六月發表的〈二十年來的中國古文學及文學革命的略述〉。這篇文章參考了胡適的〈中國五十年來之新文學〉，由此向臺灣讀者推薦中國文學革命的盛況。更有分量的是蔡孝乾一九二五年發表的長篇論文〈中國新文學概觀〉。在新詩方面，則有劉夢葦的〈中國詩底昨今明〉。

如果說與《臺灣民報》淵源最深的蔣渭水是「七分政治，三分文化」，那《臺灣民報》編輯賴和則是「三分政治，七分文化」（註四）。他的著名小說〈鬥鬧熱〉，以及〈一桿「稱仔」〉、〈不如意的過年〉、〈蛇先生〉、〈浪漫外紀〉、〈可憐她死了〉、〈豐作〉，無不發表在他服務的媒體上。另一重要作家楊雲萍的作品〈秋菊的半生〉、〈青年〉，也在《臺灣民報》與讀者見面。張我軍僅有的三篇小說〈買彩票〉、〈白太太的哀史〉、〈誘惑〉和他倡導新文學制度的重要論文一樣發表在《臺灣民報》。

爲建立新的文學制度，《臺灣民報》十分重視與祖國大陸的文學交流。從一九二五年元旦起，該報轉載了魯迅的〈鴨的喜劇〉、〈狂人日記〉、《阿Q正傳》、〈高老夫子〉共九篇。轉載胡適的著作比魯迅的作品早：從一九二三年四月十五日開始，共轉載〈終身大事〉、〈最後一課〉、〈說不出〉等九篇作品（含譯詩二首）。此外，還轉載了冰心〈超人〉、郭沫若的〈牧羊哀話〉、張資平的〈雪的除夕〉、胡也頻的〈毀滅〉、蔣光慈的〈愛〉等等。

這裡要特別提到賴和於一九二七年主持《臺灣民報》副刊「學藝欄」時，培養了許多文學青年，他也發表了〈鬥鬧熱〉等經典性作品。黃得時曾歸納《臺灣民報》發表的文藝作品內容和主題的特點：

一、日本警察的凶暴和壓迫民族的情形。

二、地主和資本家剝削佃人和工人的情形。

三、農民工人和小市民困窮的情形。

四、舊禮教束縛下的家庭痛苦的情形。

五、大都市黑暗的情形。（註五）

也就是說，這些作品使用的是批判現實主義的創作方法，以寫實爲主。在新詩方面，發表有堪稱臺灣新詩界首次實驗白話詩的作品，如施文杞、張我軍、楊雲萍等人的初試啼聲之作。雖然處於起步階段，但有開創性。在散文方面，蔣渭水於一九二四年四月發表的長篇連載〈入獄日記〉，帶有報導文學色彩。張我軍的〈隨感錄〉，有魯迅風。賴和於一九二五年八月二十六日爲慶祝《臺灣民報》創刊五週年發表的〈無題〉，是作者本人嘗試新文學的佳作。

《臺灣民報》承繼中國大陸「五．四」以來的思想文化精華，其副刊發表的作品推動了臺灣新文學的蓬勃發展。該報提倡白話文，反對舊文學，介紹中國大陸新文學的編輯策略，對臺灣新文學制度的確立起到了重要作用。

第二節　用白話文取代文言文

臺灣新文化運動擔負著文化啓蒙的重任，其內容不僅是指文學制度的創新，還兼具文化改革、社會改造和喚起民族自覺的功能，這就是爲什麼臺灣新文化運動一出現，就與臺灣白話文運動密切相關的原因。

新文學制度的終極目標，在於作品內容全新，形式也與以往不同。新思想和新生活的表現，自然離不開新技巧、新語言的加入，而新內容、新形式與新語言更是密不可分。不解決語言問題，就無法讓新文學制度所倡導的新思想輸入人民大眾的心中，新文學運動就無法得到老百姓的認可和支持，更不可能使新文學運動走出象牙塔回歸大眾，從而完成民主自由的重大使命。

新文學制度的初創，離不開語言運用。還在一九二〇年的臺灣文藝界，就開始探討這個問題。在如何解決寫作語言問題上，《臺灣青年》雜誌的發行人蔡培火提出普及羅馬字，以廈門話作爲標準用語，以羅馬字標注發音，而其他人則主張推廣和普及白話文。黃朝琴的〈漢文改革論〉（註六），主張漢文改革必須從自我做起，以便爲普及白話文盡自己的一份力量。他提出下面幾種普及白話文的方法：

一、對同胞不寫日文信；
二、以後寫信全部用白話文；
三、用白話文發表議論；
四、自願擔任白話文講習的教師等。

這些建議一點都不蹈空，均切實可行。

《臺灣民報》在《臺灣》雜誌時期，即一九二三年元月發表了從大陸旅遊返回臺灣的黃呈聰的〈論普及白話文的新使命〉（註七），文中指出：

臺灣文化之所以不進步的原因，就是因爲沒有一種普及的文體，可以使民眾容易看書、看報、寫信、寫書，民眾不曉得世界的事情、社會的黑暗面，民眾變成愚昧，社會就不會進步。因此，普及白話文是很要緊的工作，是一個新的使命。

接著作者詳細論述「白話文之歷史考察」、「白話文和古文研究的難易」、「文化普及與白話文的新使命」。作者的結論爲：新文學制度中的白話文是文化普及運動的急先鋒，今後我們要用最快的速度來普及文化，使我們的同胞明白自己的地位和應當做的事情，這樣便可促進社會的進步。黃呈聰認爲大陸與臺灣的關係不能割斷，應主動接受大陸進步文化的薰陶，以便推廣和運用白話文，這就難怪文中洋溢著一股膨湃的愛國熱情：

> 中國就是我們的祖國，我們未歸日本以前是構成中國的一部分，和中國的交通很密接，不論中國有發生什麼事情很容易傳到臺灣。若就文化而論，中國是母我們是子，母子生活的關係情濃不待我多說，大家的心理上已經明白了。……現在風行全國做文化普及的一種媒介的國文，不論新譯外國各種的書，或是新著的書，每日發刊的報紙和每月的雜誌，沒有不用這種白話文的，大多數的人不論男女老幼都喜歡讀這個容易懂的文，所以現時中國文化的進行有一日千里之勢……

如果說黃呈聰的觀點與張我軍有什麼不同的話，那就是他主張提倡白話文，引入「五．四」運動的文化精神時，新的文學制度不能忽視臺灣的環境及其地方特色：

> 我們臺灣是有固有的文化，更將外來的文化擇其善的來調和，造成臺灣特種的文化。這特種的文化是適合臺灣自然的環境，如地勢、氣候、風土、人口、產業、社會制度、風俗、習慣等——不是盲目的模仿高等的文化，能創造建設特種的文化始能發揮臺灣的特性，促進社會文化向上。（註八）

這裡提出「臺灣特種的文化」，說明黃呈聰比張我軍更強調地域性，更實事求是地將外來文化融會貫通。黃氏的文字儘管今天看來還不夠流暢，但其文和陳瑞明的文章一樣，不愧爲臺灣文學革命先聲。

臺灣文壇探討新文學制度中的寫作語言問題，係由日本占據臺灣以後的情勢所引發。作家使用何種語言，不僅關係到作者和讀者的溝通問題，關係到報刊雜誌能否有自已較爲固定的受眾，還關聯到臺灣印刷出版業的生存和發展，何況這裡還有民族認同這類大是大非問題。基於這種原因，語言的應用，自然成爲日據後臺灣作家急待解決的頭等大事。

一九二三年四月在《臺灣》雜誌基礎上創刊的《臺灣民報》，一直在鼓吹臺灣白話文運動，這個運動面臨著用什麼語言書寫，尤其是白話文適不適合臺灣作家書寫問題。早在一九二二年元月出版的《臺灣青年》，陳瑞明就在該刊發表了〈日用文鼓吹論〉（註九），抨擊文言文的各種局限和弊端。他認爲，文言文難於充分表達現代人的思想，學起來很困難，而且不容易普及，是形成文化阻滯的重要因素；墨守成規的古文極容易阻礙革新進取精神，是造成國民大眾元氣沮喪的源頭，因而「改革文學，以除此弊，俾可啓民智。」這篇鼓吹白話文的文章用文言文寫成，這說明白話文在當時還未成爲主流。

在當時，文言文已無法適應新的社會需求，白話文寫作又還未普及到普羅大眾，書寫方言更是困難重重，因為它面臨著有音無字必須邊寫邊用代字或造字的困境，再加上不容小覷被日語同化的危機情形，這使臺灣文壇陷入尷尬的境地，清醒人士無不對此深深憂慮。黃呈聰指出：

我們臺灣不是一個獨立的國家，背後沒有一個大勢力的文字來幫助保存我們的文字，不久便就受他方面有實力的文字來打消我們的文字了，如像我們的社會文化不高，少數人的社會更容易受多數人的社會推倒了。所以不如再加多少的工夫，研究中國的白話文，漸漸接近他，將來就會變作一樣，那就不但我們的範圍擴大到中國的地方，就是有心到中國不論做什麼事也是很方便。大家若是這樣想，就算我們的臺灣雖是孤島，也有了大陸的氣概了！

作者的拳拳愛國之情，真令人動容。然而受殖民者奴化思想的影響，特別是日本軍國主義者還在不斷打壓臺灣文化，這便造成臺灣文化人要想推行白話文的改革，難上加難。

臺灣白話文運動雖然不像新舊文學論爭那樣形成大規模的論戰，但不等於說這場運動風平浪靜。因為提倡白話文，就會使寫文言文的守舊派感到不快，改造臺灣語文就必然會損害他們的既得利益。稍後發生的「臺灣話文論爭」，就說明了這一點。

這裡還不應遺忘與賴和、張我軍新文學開創時並稱「三傑」的楊雲萍。雖然他不像張我軍那樣激烈發表抨擊舊文學制度的戰鬥檄文，然而他的白話文小說〈月下〉、〈光臨〉、〈到異鄉〉、〈弟兄〉、〈加里飯〉等，是藝術上較為成熟，影響大的作品。

臺灣白話文運動，最大的收穫不僅在於完成了文學語言的變革，而且還在於這場運動讓臺灣新文學制度納入了中國新文學的格局中：

不僅是解決了臺灣新文學的表達工具，而且加濃了臺灣文學的民族色彩，抗拒了入侵者的異化和誘惑；不僅在於文學自身的發展意義，而且在於爲臺灣的整個抗日民族運動鍛煉了一支新文化的生力軍和一批無畏的勇士。（註一〇）

第三節　拆下破舊文學殿堂

新文學制度的建立，是一個破立過程。爲「破」，臺灣新舊文學發生論戰共有兩次：第一次是一九二四～一九二六年間。一九五四年八月，廖漢臣發表的〈新舊文學之爭——臺灣文壇一筆流水賬〉（註一一）認爲發軔於二十世紀二十年代的臺灣新文學運動，其源頭是中國大陸新文學運動，這已獲得公認，然而兩者仍有差別，如後者一經提倡，即風靡全國，而臺灣新文學運動開始後的二十年間，新文學自始至終不能打垮舊文學。廖氏將二十至四十年代連綿不絕的「新舊文學之爭」，分爲三期：

第一期爲一九二四年十一月起，以張我軍爲代表的新文學作家對舊文學陣營發起衝擊，催生了臺灣新文學運動；

第二期包括一九二五年至一九四〇年間發生的「一連串的小官司」；

第三期則爲一九四一年爆發於《風月報》上的「臺灣詩人七大毛病的論爭」，乃「最後而最激烈的一次論爭」。

其實，在廖漢臣說的「第一期」之前即一九二四年九月，張梗在《臺灣民報》連載〈討論舊小說的改革問題〉時，就開始探討了新小說創作理論的發展。隨後，不少有識之士大力推行臺灣的新文學運動，極力主張推翻只適用於怡情養性的舊文學，呼籲臺灣作家以白話文創作寫實文學和社會文學，這引起臺灣文學評論界的激烈反彈。這場論爭並沒有持續下去，主要原因是此時期很多思想進步的知識分子因積極參加社會政治運動，對抗日本殖民政府的統治，受到總督府的打壓，而代表進步思想的雜誌也紛紛被迫停刊，導致新文學論爭失去了平臺。

無論是張梗還是張我軍所說的舊文學，均是指以儒家思想爲精神支柱，只是追附古人無病呻吟之腐朽文學，其文學觀爲「文以載道」，這是一種爲歷代統治者服務的封建文學。新文學創作者號召大家起來徹底清除這種用「濃情」與「艷意」做成的貴族文學，而另創用「血」與「淚」寫成的平民文學。

中國大陸「五·四」新文化運動發生過新舊文學的論戰，受此影響的臺灣新文化制度的建立，也有是用「濃情」與「艷意」，還是用「血」與「淚」書寫的新舊文學觀的交鋒。一九二三～一九二四年間的臺灣文壇，小說創作不景氣，而舊體詩人蜂擁而上。這些詩人無不以《臺灣日日新報》、《臺灣新聞》以及《臺南新報》的「漢文欄」爲發表平臺。這些報紙副刊雖說是三天與讀者見面一次，但只要逢上「漢文欄」，應酬詩和「擊缽吟」的作者便群起占據篇幅。有識之士認識到，要建設臺灣的新文學，非打倒這些無病呻吟的文字和吟風弄月的無聊作品。

爲了新文學制度的建立，在北京求學的張我軍首先向舊文學發起進攻。他於一九二四年四月六日寫了〈致臺灣青年的一封信〉（註一二），其中云：

諸君怎的不讀些有用的書來實際運用於社會，而每日只知道做些似是而非的詩，來做詩韻合解的奴隸，或講什麼八股文章替先人保存臭味（臺灣的詩文等，從未見過眞正有文學價值的，且又不思改革，只在糞堆裡滾來滾去，滾到百年千年，也只是滾得一身臭糞），想出出風頭，竟然自稱詩翁、詩伯，鬧個不休。

鄭坤五對張我軍不尊重長輩、言辭過於激烈表示不以爲然。他認爲用中國大陸的白話文作爲革新臺灣文學的參照系是應該的，但不應該無視長期積累下來的臺灣文化的獨特價值。引進中國新文學的能量他並不反對，但應結合臺灣現實，因時制宜和因地制宜進行改革，如「何必拘泥官音，強易『我等』爲『我們』、『最好』爲『很好』，是多費一悉周折捨近圖遠，直畫蛇添足耳，其益安在？」（註一三）他認爲大陸的白話文應該落地生根，入鄉隨俗，這個意見應該肯定。可張我軍認爲當前不是咬文嚼字的時候，改革應該馬上行動說明不是北京話才叫國語，白話文也並非只能以北京話來寫；若能自創新名詞、新字眼且能通行，也可使用（註一四）。張我軍的意見也有一定道理，但他說得過於粗淺，對如何自創、怎樣通行並沒有作深入探討。

爲了臺灣新文學制度能勝利建立，爲掃清障礙，張我軍在同年十一月又在《臺灣民報》發表〈糟糕的臺灣文學界〉（註一五），這無異爲當時守舊的臺灣文壇，投下了一顆重型炸彈。他說：

這幾年來臺灣的文學界，要算是熱鬧極了！差不多是有史以來的盛況。試看各地詩會之多，詩翁、詩伯也到處皆是，一般人對於文學也興致勃勃，這實在是可羨可喜的現象。那末我們也應能從此看出許多的好作品，而且乘此時機，弄出幾個天才來為我們的文學界爭光……然而創詩會的儘管創，做詩的儘管做，一般人之於文學儘管有興味，而不但沒有產生差強人意的作品，甚至造出一種臭不可聞的惡空氣出來，把一班文士的臉丟盡無遺，甚至埋沒了許多有為的天才，陷害了不少活潑潑的青年，我們於是禁不住要出來叫嚷一聲了。

接著張我軍把筆鋒轉向世界文學的演變，日本文壇及中國文壇所出現的除舊布新的運動，最後又回到臺灣文學界：

在打鼾酣睡的臺灣文學，卻要永遠被棄於世界文壇之外了。臺灣的文士一般都戀著壟中的骷髏，情願做守墓之犬，在那裡守著幾百年前的古典主義之墓。

概括說來，張我軍最看不慣詩人舊文學制度中的三種缺陷：一是不知道什麼是詩，把文學當兒戲；二是把詩視作沽名釣譽的工具；三是荼毒青年，使他們養成好名之惡習。張我軍在這篇文章中毫不吝惜他的批判鋒芒，這引來舊詩人的反彈：連雅堂在他主編的《臺灣詩薈》上說：

今之學子，口未讀六藝之書，目未接百家之論，耳未聆離騷樂府之音，而囂囂然曰，漢文可廢，

漢文可廢，甚至提倡新文學，鼓吹新體詩，秕糠故籍，自命時髦，吾不知其所謂新者何在？其所謂新者，持西人小說戲劇之餘，丐其一滴沾沾自喜，誠坎阱之蛙，不足以語汪洋之海也噫。

連雅堂雖然沒有指名道姓回應張我軍，但明眼人都能看出他的矛頭所向。張我軍讀了後以第一速度在《臺灣民報》發表〈爲臺灣的文學界一哭〉（註一六），其中云：

請問我們這位大詩人，不知道是根據什麼來斷定提倡新文學，鼓吹新體詩的人，便都說漢文可廢，便都沒有讀過六藝之書和百家之論、離騷樂府之音。而你反對新文學的人，都讀得滿腹文章嗎？

張我軍認爲連雅堂對新文學制度完全不理解，是地道的門外漢。他感嘆說：

我想不到博學如此公，還會說出這樣沒道理，沒常識的話，眞是叫我欲替他辯解也無可辯解了。我能不爲我們的文學界一哭嗎？

如果說急著應戰的張我軍，還來不及論及新舊文學制度本質的話，那麼他過了不久發表的〈請合力拆下這座敗草叢中的破舊殿堂〉（註一七），就涉及到新舊文學的本質問題。該文引進胡適的新小說創作的「八不主義」和陳獨秀的「三大主義」，作爲「拆下這座敗草叢中的破舊殿堂」的利器。結論是：

臺灣的文學乃中國文學的一支流。本流發生了什麼影響、變遷，則支流也自然而然的隨之而影響、變遷，這是必然的道理。然而臺灣自「歸併日本」以來，因中國書籍的流通不便，遂隔成兩個天地，而且日深其鴻溝。回顧十年前，中國文學界起了一番大革命。新舊的論戰雖激烈一時，然而垂死的舊文學，到底是「只有招架之功，沒有還手之力。」不，連招架之功也沒有了……可是我們最以爲遺憾的是，這陣暴風雨卻打不到海外孤懸的小島。於是中國舊文學的孽種，暗暗於敗草叢中留下一座小小的殿堂——破舊的——以苟延其殘喘，這就是臺灣的舊文學。我們回顧這座敗草叢中的破舊殿堂，禁不住手癢了。我們因爲痛感這座破舊的殿堂已不合現代的臺灣人住了。倘我親愛的兄弟姐妹還不知醒過來，還要在那裡貪夢，就有被其所壓的危險了！我不忍望視他們的災難，所以不自顧力微學淺，欲率先叫醒其那裡頭的人們，並請他們和我合力拆下這所破舊的殿堂。

接著，張我軍再接再勵發表〈絕無僅有的擊缽吟的意義〉(註一八)，除說明文學的本質外，並重炮猛轟舊詩人所犯的錯誤。張我軍的文章火藥味很濃，舊詩人不甘心束手就擒，有一位署名「悶葫蘆生」的人發表〈新文學的商榷〉，張我軍立刻寫了連題目都有很大刺激性的〈揭破悶葫蘆〉(註一九)，和舊式文人展開激戰。

這時期，在舊文學制度保護下的文人代表有：鄭軍我、蕉麓、赤崁王生、黃衫客、一吟友。贊成新文學制度的代表人物主要有：張我軍、蔡孝乾、前非、懶雲等。其中最值得重視的是蔡孝乾，他除了發表〈爲臺灣文學界續哭〉（註二〇）聲援張我軍外，還發表長篇論文〈中國新文學概觀〉（註二一），潑墨如雲向臺灣文壇介紹新文學運動後大陸文學發展的概況，在兩岸文學交流中發揮了重要作用。

值得重視的是桃源生用日語寫成、於一九二八年三月在《臺灣民報》發表的〈駁林芙美子的《臺灣風景》〉。該評論主要批評日本女作家林芙美子發表於一九二八年三月日本文學刊物《改造》上的遊記，一針見血地指出作者是「一隻眼睛看臺灣」，只看到大稻埕的陰暗面，全篇遊記只會令內地（指日本本土）人「提起臺灣就聯想起散發著韭菜臭味的、肥胖的本島人」，這便加深了「內地人」對臺灣的偏見，所謂的「內臺融合」、「民族和合」，只不過是一紙空文。此外，桃源生的深刻之處還在於他指出遊記作者「用盡所有醜惡的詞語形容（臺灣）」，卻沒有「進一步分析爲什麼會這麼醜陋」，並指出「（作者）如果揭露臺灣的殖民政策，或許可以寫出和小林多喜二不相上下的很棒的無產階級文學。」桃源生的這篇評論旗幟鮮明地指出舊文學的弊端不在於形式而在於內容，這陳舊內容是日本殖民統治造成的。他不但指出臺灣落後的根源來自於日本的殖民政策，而且披露了遊記作者所代表的殖民地宗主國的價值觀。親歷日本對臺灣殖民統治的桃源生，能不受時局制約而敏銳地抓住社會主要矛盾進而鼓吹「無產階級文學」，顯得十分可貴。

這次論戰的一個重要收穫是創辦了兩份新期刊，即由楊雲萍等人主辦的《人人》，和張紹賢創辦的《七音聯彈》。這兩份雜誌都以提倡建立新的文學制度、反對舊文學制度爲使命。

第二次論戰發生在一九四一～一九四二年間。傳統文人鄭坤五、黃石輝希望維持原有的社會秩序，不能背離「文以載道」的傳統，新派文人林荊南、林克夫努力用新文學的形式注入時代的新風，將文藝從少數人手中普及到大眾。

無論是第一次還是第二次論爭，也無論是傳統漢文、中國大陸白話文、臺灣地區話文或教會羅馬字，都無法成爲主流，最終難逃日本對殖民地作家設置的文學制度中的「日文國語」，成爲臺灣地區文學最重要載體的命運。

第四節　「臺灣話文」論辯

用白話文取代文言文後，臺灣文學的語言制度應朝「官話」方向，還是朝鄉土化方向建立？爲此，馬克思主義信徒黃石輝在一九三〇年八月出版的《伍人報》，發表〈怎樣不提倡鄉土文學〉，這裏說的「鄉土文學」，是指擁抱臺灣本土，充滿生活氣息的大眾化文學：

> 你是臺灣人，你頭戴臺灣天，腳踏臺灣地，眼睛所看到的是臺灣的狀況，耳孔所聽見的是臺灣的信息，時間所歷的亦是臺灣的經驗，嘴裏所說的亦是臺灣的語言，所以你的那支如椽的健筆，生花的彩筆，亦應該去寫臺灣的文學了。
>
> 臺灣的文學怎樣寫呢？便是用臺灣話做文，用臺灣話做詩，用臺灣話做小說，用臺灣話做歌曲，描寫臺灣的事物。

這裏連用了八個「臺灣」，不應爲此以古證今，說他早就具備了「臺灣意識」，這只能說明他有濃郁的鄉土情懷。他主張的鄉土文學，有別於西化的文學，也有別於都市文學。

黃石輝主張的臺灣鄉土文學制度，要求作家必須使用鄉土語言，這種文學「以勞苦大眾爲對象」：

你是要寫會感動激發廣大群眾的文藝嗎？你是要廣大群眾的心理發生和你同樣的感覺嗎？……不管你是支配階級的代辯者，還是勞苦群眾的領導者，你總須以勞苦的廣大群眾爲對象去做文藝。

黃石輝的論述，受了無產階級意識的影響。他強調的臺灣文學制度，必須是「民族的」，同時又是「階級的」。他這種觀點，受到另一左翼作家賴明弘的質疑，認爲黃氏的觀點違背了無產階級無國界的論述。

要建設具有鄉土特色的臺灣話文文學，必須優先解決語言如何轉化爲文字問題，這是一個難題。爲此，黃石輝具體提出建設鄉土文學制度的三個要點：

一、用臺灣話寫成各種文藝。（一）要排除用臺灣話說不來的或臺灣用不著的語言，如「打馬屁」要改用「扶生泡」；（二）要增加臺灣特有的土語，如「我們」，臺灣有時用「咱」、有時用「阮」，要分別清楚。

二、增讀臺灣音。無論什麼字，有必要時便讀土音。

三、描寫臺灣的事物。使文學家們趨向於寫實的路上跑。

同爲提倡臺灣話文的郭秋生，其文章的理論色彩毫不輸於黃石輝。他發展了黃石輝的論述，提出長達兩萬多字的〈建設「臺灣話文」一提案〉。

總的說來，臺灣話文的支持者包括黃石輝、賴和、莊遂性、郭秋生、鄭坤五、周定山、黃純青、黃得時、黃春成、何春喜、李獻璋等人。中國白話文支持者則有廖毓文、吳逸生、林克夫、陳臥薪、朱點人、賴明弘、林越峰、趙櫪馬、邱春榮等人。另外也有態度中立的張深切和主張用日文建設臺灣文學的吳坤煌、劉捷，在臺日人小野西洲也加入論戰。

這場論戰的最大意義是爲臺灣文學制度的建設注入「鄉土」的鮮活力量，爲大眾化文藝的發展鳴鑼開道，並促進了一九三三年臺灣文藝協會以及一九三四年臺灣文藝聯盟的成立。而一九三六年李獻璋編輯的《臺灣民間文學集》，按照陳淑容的說法，「更進一步匯流了論戰中不同立場論者的作品，在臺灣文學史上深具意義。」

第五節　清除詩人七大毛病

臺灣新文學制度的建立，除了來自外部的影響和內部的政治需求外，還有一個形成阻力的內部原因，那就是以趨炎附勢、歌功頌德著稱的舊文學制度的僵化和腐敗。這種文學制度，不論當時還是以前，正如張我軍所說：「除詩之外，似乎再沒有別種的文學了。如小說、戲曲等不曾看見，所以現在差不多詩就是文學，文學就是詩了。」

一九三二年一月，提倡新文學制度建立的發表園地在不斷增加，其中新創辦的《南音》半月刊第二、三期，發表了陳逢源的〈對於臺灣舊詩壇投下一巨大的炸彈〉，對保守的舊詩人予猛烈的攻擊。該文在檢討詩社林立的社會原因時，批評詩社已經墮落爲知識分子的「鴉片窟」。他指出：知識分子在中國歷史上往往是社會改革的急先鋒，在臺灣那些吟風弄月的舊文人，不但失去遺民的風骨，而且還阻擋著青年一代革新的努力。這篇文章給舊體詩人猛擊一掌，使他們收斂起不斷膨脹的氣焰。

這「不斷膨脹」與日據時期臺灣詩社再次興起有關。除有識之士發起的「漢學維護運動」起作用外，還有總督府的籠絡政策在發酵。在「籠絡政策」下的舊文學，只能在表面上保存中國傳統文化的形骸，而把最重要的傳統精神甩掉了，出現了許多向日本軍國主義獻媚的作品。

陳逢源文章發表後的十年間，詩壇顯得相對平靜。一九四一年七月出至第一三三期後的《風月報》改稱爲《南方》的半月刊，是舊派文人占有相當勢力、以發表距現實生活較遠的舊體詩爲主的中文刊物。新舊兩派詩人在這一刊物上重發爭執，再一次掀起新舊文學論戰的高潮。這是短兵相接的交鋒，也是最後的較量。雙方都動員了群眾，措辭也比以前更爲激烈，有人甚至破口大罵對方。

事情係由元園客發表在一九四一年六月號《風月報》上的〈臺灣詩人的毛病〉所引發。這個元園客，也就是新舊文學論戰初期舊派文學制度代表人物黃衫客。他本名黃晁傳，爲著名「謎學專家」。十多年前曾以「黃衫客」筆名，加入舊文人與倡導新文學制度的張我軍的論戰。現在他覺今是而昨非反戈一擊，如數家珍批評當時的詩歌制度存在下面七種毛病：

一、作者多於讀者，根底薄弱。

二、模仿古人，失卻天眞爛漫的性靈。

三、借用成句，不重創作。

四、僞託他人之作，以造成兒女、門徒、情侶之名氣。
五、僅仰詞宗鼻息，以邀膺選。
六、無中生有，描寫景物，多出虛構。
七、如同商人廣告，一詩連投數處。

作者稱這七大毛病，臺灣詩人「遍染是病」者占了一大半，包括自己過去亦是如此。

此文不妨視爲他從舊文學制度轉化爲建構新文學制度的「懺悔錄」，這種反省畢竟是一種進步。但他那些生活在舊文學制度下的朋友，卻認爲黃衫客是侮辱斯文，被新文學「招安」了，遂群起而攻之，對黃文加以辯駁。其中最有代表性的是曾以「鄭軍我」爲筆名，與張我軍展開對攻的舊文學營壘中的資深詩人鄭坤五。他在〈臺灣詩人七大毛病再診〉中，指責元園客「似有三分病，謗七分死之嫌」，並逐條對「七大毛病」加以批評。有關「作者多，讀者少」第一症，鄭坤五申辯說，這是古今中外的普遍現象，眾人寫詩不失爲一種「高尚消閑法」，因此「不但非病，而且有益」。對於摹仿古人之第二症，鄭坤五認爲取法、摹仿他人是學詩者的必經之道，不可斥之爲「病」。對於第三症「移用成句」、「不重創作」，鄭坤五說明「竊用前人句意」，雖名家亦難免。對於第六症「無中生有」，鄭坤五稱「眞正詩人，胸次包羅萬象，雖不閱歷實境何害？」這種反駁看似有理，但對舊有的詩歌制度的種種弊端，卻視而不見。

《風月報》第一三二期刊出小鏡雲的〈答萬華元園客君〉，抨擊元園客「欲恐嚇斯文退步」，「可惡太甚」。元園客〈答臺灣詩人的毛病反響〉除反駁小鏡雲外，並檢舉舊詩人黃景南寫信謾罵、侮辱作者之事。第一三四期則有自署「高適後人」的〈與元園客〉，稱元園客「不察事實」。元園客〈答高適後人〉，重申自己指摘詩人的毛病，「多半係過去之懺悔，並欲質於世之同吾病者，改弦更張而已也。」署名旁觀生的〈讀臺灣詩人的毛病有感〉，除借進化論勸說詩人們「速求些新時代的知識」外，並指出舊詩之「最致命」處，在於「言之無物」及「無病呻吟」。

另一作者嵐映表面上給雙方各打五十大板，其實對鄭坤五仍有實質性的批評。醫卒（吳松骨）的〈三診臺灣詩人七大毛病〉、第二旁觀生的〈讀《臺灣詩人七大毛病再診》感言〉，當代學者朱雙一對此兩篇文章評價甚高，認爲「堪稱新文學陣營的極有分量的論辯文章。」（註二二）醫卒用「詩言志」的定義指出：固然不能指責初學者無獨創性，但如果大詩翁們還是依然故我，抄襲前人的陳套，這又要怎麼說呢？此外還宣稱：「詩貴在寫實」，越具體的描寫越是好詩。否則，「縱使字句上堆砌到如何優美，不過是個造花而已。徒具形骸而沒有精神，只好供給有閑階級的玩弄罷了。」第二旁觀生則強調「改革」的必要性：「現在社會頂不好的東西，就是有壞的地方，而不要改革，倒要裝飾，其實內容，已腐敗到不可勝言……」

第一四〇、一四一期《南方》上，鄭坤五發表〈駁醫卒氏三診及第二旁觀生之再診感言〉，文中云：「我眼內之詩，只當是藝術品，在今日不過是我等不便嫖妓賭博之代用消遣機關而已。」這裡強調文學的消遣功能，是鄭坤五及其他舊文人文學觀的眞實顯露。

《南方》從第一三九期起直至第一四七期，所刊載的論戰文章增多，特別是第一四五、一四七期先後刊出的兩次「文藝討論特輯」，刊登的文章都在二十篇上下。

這場臺灣詩歌制度至少存在著七大毛病之爭，持續近一年時間，新舊派文人學者參加討論達四十五人。（註一三）《南方》出至第一四七期後，論爭暫停，但到了第一五〇期，卻有黃石輝的〈爲「臺灣詩人的毛病」翻舊案〉出現。黃石輝是十多年前提倡「臺灣話文」和「鄉土文學」而聞名的新文學作家。他有感於此前的論戰淪爲互罵而作此文。文中對「七大毛病」逐一檢討，對元園客的觀點表示讚同。周傳枝在《南方》第一六〇期發表了〈吾島文壇必須改革論〉，認爲臺灣詩人七大毛病的爭論，證明本島的新文學家，已經邁出熱烈改革的第一步。末了，周傳枝還提出四項具體建議：第一、找覓現文壇所要改革的根本目標；第二、徹底的維持白話文，宣示新文學的眞理；第三、獎勵青年短篇創作，以及新詩散文等；第四、介紹東西名人著作，尤其是有關於文學變遷史的。這建議，稍後在毓文（廖漢臣）的〈島內文人應負的任務〉中得到響應。周傳枝又在《南方》第一六一期發表了〈白話文是歷史的產物〉，該文從時代演進的角度，說明白話文代替文言文的歷史必然性。他指出，舊文人們深信文言文是文雅的、尊貴的，卻不知文言已成歷史的遺物。文言文既然是兩千多年前的語言，我們就可以叫它「古話」或「鬼話」。由於時代的變遷產生了無數的新形象和新情感，它們只有用「白話文」才能表現，想用「鬼話文」表現是不可能的事，會被人喊爲「瘋子」。據朱雙一觀察：「可能由於時局原因，第一五九期《南方》上的〈本刊聲明〉，對於論爭再次喊停。」（註一四）

經過一連串的交鋒，舊文學制度被打得幾乎無法還手的地步。事實上，兩種文學制度的論戰剛開始，舊文人便出於守勢，還擊起來有氣無力，甚至還鬧出了內訌。應該肯定，舊文人成立詩社，對保存中華文化有過貢獻，但他們因循守舊，不思革新，對後一輩文人流毒甚深。對於這一點，比較開明的舊文人透過反省已有所察覺，故透過論戰，部分舊文人都能進行自我批評，如連雅堂在《臺灣詩薈》發表〈餘墨〉說：「詩人以天地爲心者也，故其襟懷宜廣，眼界宜大，思想宜奇，感情宜正，若仍奔走於權勢之中，號泣於饑寒衣食之內，非詩人也。」又云：「以詩人而諂諛權貴，人笑其卑，以詩人而求私欲，人訕其鄙。卑也鄙也，皆有損人格者也，故董仲舒曰：『正其誼不謀其利，明其道不計其工。學者宜然，詩人更宜然也。』」

無論從論爭的焦點、主題，或是從新、舊對陣的格局以及具體的參與者而言，這場「臺灣詩人七大毛病」的論爭，都可說是二十年代建立臺灣新文學制度論爭的延續。臺灣新文學是祖國大陸「五・四」運動所催生，是「五・四」新文學運動的「臺灣版」。四十年代的這場論爭，仍可看到與祖國大陸新文學的密切聯繫。在論爭中，魯迅、胡適、老舍等「五・四」新文學作家屢屢被提及，成爲論爭中不可缺席的「要角」。

眾所周知，新文學制度強調文學要有社會性、時代性以及表現眞情實感，反對摹仿、做作；舊文學制度則更注重於藝術形式的完美和文學的消遣娛樂功能，反對承擔社會使命。透過論爭，不僅使新舊文學制度的利弊被更多的人所瞭解，也教育了一些具有民族意識的舊派詩人，因而受到新舊文學界的廣泛讚賞。而舊文學制度歷經二十年仍未被新文學制度所完全取代，原因之一在於臺灣處於日本殖民統治之下，固守民族傳統文化仍具有特殊的意義。

第六節　文學社團的組織機制

一　鼓吹詩壇新風的「風車」

一九三三年六月成立於臺南的「風車」詩社，其命名本有鼓吹詩壇新風之意，創辦的宗旨爲「主張主知的現代詩的敘情，以及詩必須超越時間、空間，思想是大地的飛躍」（註二五）。按詩社領頭人的講法：「我體認文學寫作技巧方法很多，寫實主義必定引發日人殘酷的文字獄，因而引進法國正在發展中的超現實主義手法來隱蔽意識的表露」（註二六），這可謂是用心良苦。這種主張亦可看作是對舊文學制度中「思想陳腐、思考通俗，表現的只是滿腹感嘆、饒舌的文字」（註二七）的反撥。

曾就讀日本大東文化學院日本文學系的楊熾昌，深受日本文學和歐美文藝新潮制度的影響，在〈土人的嘴唇〉（註二八）中主張：

> 詩的形式和方法論的貧困，詩論的混亂和詩人的墮落，詩壇這樣沒有氣魄，將詩趕進這樣的世界的詩人本身有自覺嗎？
>
> 詩不爲報人和小說家所理解，絕非詩壇的不名譽。
>
> 詩人擁有的年輕及其努力，絕非愚蠢糊塗的。

有詩人的悲劇這句話。它說明著詩人的生命也是按照詩人的意志完全被控制，就會產生悲劇。然而意識著這個悲劇，要從這個悲劇逃避，無非就是那詩人的死亡。

這可視為「風車」詩社的宣言，它強調「知性」的新詩歌制度，不懼報人、小說家不理解，從政治上來說，楊熾昌是企圖以超現實主義手法包裝自己對殖民文學制度的抵制；從藝術上來說，是想拓展新詩制度創作的路子，希望詩人們不要墨守舊的詩歌制度，要有獨立創造的精神。

建立新的詩歌制度，光有宣言還不行，還必須有實踐。在一九八五年，楊熾昌回憶說：

我把超現實主義從日本移植到臺灣，以七人開始的機關雜誌《風車》嘗試要把文學上的新風注入，但由於社會一般的不理解而受到群起圍剿的痛苦境遇，終於以四期就廢刊的經驗，其回憶是深刻的……過去的詩作品的功過姑且不談，經由《風車》四期的超現實主義系譜在臺灣成為主知主義，新即物主義的水源地帶，終於變成神話的定論（註一九）。

的確，日據時期的文學土壤不適合生長新的詩歌制度中超現實主義的喬木。楊熾昌的許多觀點，均不是從本土而來，而是受日本《詩與詩論》同仁的超現實主義理論的啟發，這就會遭到社會的不理解而受到圍攻；再加上「治安維持法」、出版、言論……等取締法的控制，政治環境不容許藝術革新，因而這股思潮隨著《風車》的停刊而止息。但應該肯定楊熾昌的反抗精神。他曾主持《臺南新報》的文藝欄，這個欄目分別命名為「臺灣省籍詩人作品」和「風車同仁作品集」，可見他不搞小圈子，而是在

「風車詩社」的基礎上聯合文壇各方面的力量，試圖借「超現實主義」去批判現實中存在的殖民地文學，下面仍是他的回憶：

> 最使筆者感慨的是，臺省同胞每每缺乏團結意識，雖然對暴政具有同仇敵愾之心，可是流於相互排斥，臺灣俗諺說得好「臺灣人放尿混砂不溶合」，筆者以爲地域觀念也是因素之一……。筆者以爲文學技巧的表現方法很多，與日人硬碰硬的對抗，只有引發日人殘酷的摧殘而已，唯有以隱晦意識的側面烘托，推敲文學的表現技巧，以其他角度的描寫方法，來透視現實社會，剖析其病態，分析其人生，進而使讀者認識生活問題，應該可以稍避日人凶焰，將殖民文學以一種「隱喻」方式寫出，相信必能開花結果，在中國文學史上據一席之地……
>
> 有鑒於寫實主義備受日帝摧殘，筆者另有轉移陣地，引進超現實主義（註三〇）。

開頭一段引了臺灣的諺語，說明楊熾昌建立新的詩歌制度時沒有食洋不化，而是對土地，對故鄉有深厚感情的作家。只是爲了逃避統治者所制定的文化制度中的書報檢查，他才用「曲筆」表達自己對現實的反抗。這就是他引進超現實主義的政治意義。

《風車》雜誌創辦於一九三三年十月，停刊於一九三四年十月，共發行四期。該刊每期印七十五份，可現在僅存第三期一冊。必須說明的是，《風車》並不是純詩刊，它也登小說與評論。在臺灣詩史上，一九三六年夏天解散的「風車」詩社，其貢獻在於倡導不同於「擊鉢吟」的新詩創作制度，爲此楊熾昌率先使用「現代詩」一詞，並揭起超現實主義旗幟，爲五十年代紀弦倡導新詩再革命和洛夫實踐超現實主義打下基礎。

二　臺灣文藝聯盟的合與分

臺灣一直沒有全島性的文藝組織，直至一九三四年初夏，張深切、賴明弘、賴慶、林越峰、楊守愚等作家感到面對風起雲湧的政治運動及隨之而來的文化創傷，臺灣作家應團結一致以適應新的形勢需要。經過三個月的醞釀，於一九三四年五月六日在臺中召開了臺灣文藝聯盟成立大會。出席者將近九十人。大會通過文學團體組織章程以及創辦文藝雜誌、設立文學獎、將文藝回歸民間等提案。這個組織的成立是爲打造文藝陣地，獎勵發表有助於文藝大眾化的優秀作品。會中選出代表各地區的十五人爲委員，其中北部的有黃得時、黃純青、廖毓文、林克夫、趙櫪馬、吳逸生、徐瓊二、吳希聖；南部的有郭水潭、蔡秋桐；中部的有賴慶、賴和、賴明弘、張深切、何集璧。大家一致推選張深切爲常委長，中部的五位作家出任常務委員。

張深切（一九〇四～一九六五年），臺灣南投人。是著名劇作家，同時是出色的編輯家，他還研究哲學，從事民族運動。一九二六年到廣州，與李友邦等人組織「廣東臺灣學生聯合會」，編印機關雜誌《臺灣先鋒》。一九二七年參加北伐和反日活動，與張秀哲一起多次拜訪魯迅。一九三四年在《臺中新報》工作期間，發起成立全臺灣的文藝組織，他還創辦《臺灣文藝》雜誌，其日文小說〈總滅〉、〈二人殺人犯〉，中文小說〈鴨母〉和劇本〈暗地〉、〈接花木〉，在臺灣新文學史上占有重要地位。一九三九年九月，具有強烈中國意識的張深切創辦了大型月刊《中國文藝》，一年後因爲刊物有反抗日本的內容被武德報社接管。一九四二年，張深切參與籌辦中國文學振興會。一九四五年四月，張深切遭到逮捕並判處死刑，因日本投降未能執行。後有陳芳明等編的十二卷《張深切全集》。

以往的臺灣文藝中心在臺北市，這次反其道而行之在臺中。「文聯」成立後，臺灣各地文友紛紛響應，在佳里、臺北、嘉義、東京、埔里各地均成立支部，其成員除臺灣作家外，還有日本、中國、「滿洲國」的文藝家，計有三百八十八人。「文聯」創辦《臺灣文藝》爲機關雜誌，其活動也借這個雜誌舉行，包括設立文學賞以及推動演劇活動的多元化。

「臺灣文藝聯盟」大舉合併不意味著大團結。由於「文聯」的組織成員世界觀、詩學觀的不同，更由於臺灣總督府的政治高壓，導致「文聯」分裂。一九三五年六～七月間，「二張」即張深切、張星建與實力派楊逵的矛盾公開化，《臺灣新聞》成爲這兩派筆戰的主要陣地。楊逵因不屬於「文聯」的領導人，便另張新幟，脫離「文聯」於一九三五年十二月創辦《臺灣新文學》。社址在臺中：每月一期，發行至第十四期即一九三七年六月十五日停辦。該刊創辦的宗旨爲團結不同意識形態的作家，一起實踐文藝大眾化的理想。重要作者有朱點人、吳濁流、佐賀久男等人，另有「漢文創作特輯」。雜誌的另一個重點是討論臺灣新文學制度如何建立，以〈對於臺灣新文學的期望〉、〈臺灣文學界總檢討座談會〉等主題徵求不同派別作家的意見。每期有卷頭言、詩、小說、長篇小說連載、劇本、隨筆、論述、街頭寫眞等。

從客觀原因上來講，在政治高壓下，「文聯」的分裂與其靠山「東亞共榮協會」及出版的《東亞新報》無法給「文聯」更多的支持有關。另一個原因是作爲東京支部骨幹成員張文環、吳坤煌，因棄文從政，以及推動跨區域左翼文藝的交流合作，引起日本警界的注意，導致一九三六年在東京身陷囹圄。這就是為什麼《臺灣文藝》於一九三六年六月十八日出版第三卷第七～八期發刊後，「臺灣文藝聯盟」由此走向沒落乃至衰亡的原因所在。

這個臺灣地區首次出現的聯合組織，哪怕對新文學制度的建立內部有分歧，但在進行文化抗爭，推動進步文藝的發展和國際性的文化交流，以及對開拓臺灣作家的眼界，提升創作和評論的層次，引導文化抗爭的潮流方面，均功不可沒。

三 富有地域性的鹽分地帶文學

作為臺灣新文學制度上特有名詞的鹽分地帶文學，泛指在臺灣新文學誕生後，於臺南州北門郡的佳里、學甲、西港、七股、將軍及北門一帶含有鹽分較多、經濟不夠發達、生活比較落後的沿海地區，和其自發形成的有著鮮明地方色彩的、較為獨特的文學團體。

日據時期臺灣新文學重鎮北部在臺北，中部在臺中、彰化，南部不在府城臺南，而在佳里，因為佳里有一個以吳新榮為中心的具有鄉土色彩外加鹽分氣息的文學團隊，這個團隊打造的「鹽分地帶文學」引領風騷數十年。日據時期二十世紀三十年代臺南北部郡出生的作家所組成的「鹽分地帶文學」，係臺灣文學史上的明珠。鹽分地帶作家所書寫的作品，離不開當地的風土人情，而鹽分地帶人民和作家在貧瘠的自然環境下，無不具有堅韌不拔的性格和艱苦奮鬥的精神。

「鹽分地帶文學」的歷史傳統，最早可追溯到明鄭時期。當年在萬年興一帶駐兵的吳將軍，有文化情懷，常與知識分子交朋友，並支持文化教育事業，為「鹽分地帶文學」奠定了基礎。此外，明清當局也注意精神文明的建設，以致這時的臺南取代了不可一世的臺北，成爲全島文化興旺發達的地方，其標誌是詩社與「書房」（私塾）雨後春筍般出現。正是依靠這種文化背景和地理位置，貧瘠的鹽分地帶成了富庶的文化特區。其宗旨「表面上是『反功利主義』，實際上是『反殖民主義』」（註三二）。

如前所述，「鹽分地帶文學」的關鍵人物是吳新榮。他於一九三二年從日本回臺灣，與文朋詩友郭水潭、徐清吉等人爲鼓勵文學青年讀書，於一九三三年十月四日成立了「青風會」，其成員每週集合一次，相互交換讀書心得，尤其是交換書刊和文壇資訊。

由於日本政府的干預，「青風會」只活動了兩個多月。但「青風會」的成員不甘心終止自己的文學活動，這種外力壓迫只能使他們更團結，以致形成爲一個文學社團。

關於「鹽分地帶文學」的定義及其譜系，郭水潭的下列說法極具權威性：

在日據新文學運動鼎盛時期，佳里鎮上有十多人的文學同志，以佳里醫院做爲聯絡中心，常集會，談文學，進而與全省的文學同道，聯繫結交。所謂「鹽分地帶」同仁，計有吳新榮、郭水潭、王登山、林精鏐（林芳年）、王碧蕉、陳培初、陳挑琴、黃炭、葉向榮、徐清吉、鄭國津、郭維鍾、曾對等。這班人均參加新文學運動，一九三四年臺灣文藝聯盟結成時，成立佳里支部，常在文藝雜誌或新聞副刊發表文藝作品的，計有郭水潭、吳新榮（筆名兆行、史民）、王登山、王碧蕉、林精鏐、莊培初（筆名青陽哲）等。我們傾向普羅文學，故被世人稱爲「鹽分地帶」派。其所謂「鹽分地帶」另有原因。唯佳里本來是個富庶的地方，但其多含鹽分，嘉南大圳未開鑿以前，在行政劃分上稱「鹽分地帶」，且帶有濃厚的鹽分氣質，所以文藝批評家冠以「鹽分地帶」文學，我們也樂於接受這一名稱，由來如此。

「臺灣文藝聯盟」的成立，是臺灣文壇劃時代的事件，成立地點居然不在臺北而在臺中市，這十分令人難忘。這個團體的宗旨爲「聯絡臺灣文藝作家，互相圖謀親睦，以振興臺灣文藝」，並開始「發刊雜誌，刊行書冊，開文藝演講會，開文藝座談會」，還規定會員大會每年召開一次，地方可以設支部，於是郭水潭等人便於一九三五年成立了「臺灣文藝聯盟佳里支部」。由郭水潭執筆，這個支部發表了如下「宣言」：

由於我們以往懦弱的、自以爲是的文學態度，終於造成越來越離社會民眾的狀態。因此，當前的問題是要思考我們的文學，如何才會獲得民眾的歡迎，並且不管喜歡與否，要認識我們的生活，常被放置在這個社會組織的感情之下。於是本支部的成立，不僅是聯盟機關的擴大強化，我們也要鮮明地從我們的地方性觀點，鼓足幹勁在這個拓開中的鹽分地帶，即使微小也無妨，種植文學的花，並且深信其成果一定是輝煌的。

這裡強調的「地方性觀點」，是指文學的地域性，此外還強調文藝的大眾化，充分體現了鄉土文學的特色。鹽分地帶文學意義還在於：改寫了以小說爲主的臺灣文學史，而代之以詩歌爲中心。在貧瘠的土壤上成長起來的鹽分地帶作家，成就大者均爲詩人，如活躍在臺南北門郡首批現代詩人有吳新榮、郭水潭、林芳年、林清文、王登山、徐清吉、莊培初，被稱爲「北門七子」。這些詩人在異族的統治下不得不使用日文，但也沒有放棄中文，只是用中文寫出來的詩，其影響力遠小於日文詩。這與殖民統治強調日語作爲官方語言，強調全民學日語用日語有關，以致詩人們用中文寫作時，反而比用日文艱難得多。

鹽分地帶詩人群中的佼佼者爲吳新榮、郭水潭。吳新榮的詩不管是內容還是風格，均隨時代的變化和人生觀的確立有關，也與環境和年齡增長分不開。作爲三十年代鹽分地帶文學負責人的郭水潭，不僅寫詩，還寫小說、隨筆、俳句，其中新詩的成就最引人矚目。他從一九二九至一九四二年寫了六十多首詩，散佚不少，只留存三十六首。這時正值臺灣新文學由萌芽轉向發展，故其詩作具代表性。

郭水潭在其入會的「新珠短歌會」上發表他的日文短歌。一九三四年，他有十四首短歌入選日本歌人聯盟出版的《皇紀二五九四年歌集》。在他的作品中，值得重視的是一九三九年在《美麗島》上面發表的〈世紀之歌〉洋溢著「勝利的歡欣」，體現了愛國主義精神，表現了對「慘敗」的日本帝國主義卑視之情。

總之，鹽分地帶作家遵照「關懷社會，批判現實」的文學制度，無不作冷靜的抒情。

四　銀鈴會與《緣草》

創辦於一九四三年九月的銀鈴會，是臺灣新文學制度中的一個重要民間文藝團體。該會由張彥勳跟臺中第一中學朱實、許世清等三人發起成立。朱實對文藝情有獨鍾，與同學共同彙編，將原稿裝訂成書一樣的本子，用來觀摩切磋。一九四四年因成員增加、難以用傳閱的方式運作，便在畢業之前將原來的組織命名爲「銀鈴會」，並出版由朱實主編的油印機關刊物《緣草》（《うちぐさ》）。

該會參加者主要是本省人。日本投降後，陸續有幾位從中國大陸來的文人加入。該會成員有張彥勳、詹冰、林亨泰、錦連、蕭翔文（蕭金堆）、詹明星、朱實、子潛（許育誠）、埔金、有義、春秋、松翠、殘屏、籟亮、鴻飛、陳素吟等。

就讀臺中一中三年級的朱實自我表彰說：「刊名《うちぐさ》是朱實取的，『緣草』是在花壇周邊的一種花卉，它不在中心，默默奉獻，襯托百花爭艷的花壇，寫意並不深奧，只是表示在這苦難的年代裡，朱實等三人願在這小小的園地找到心靈的寄託，這是文化的綠洲。朱實是該會的精神領袖，成員多為臺中一中學生。」

《緣草》問世時適逢「皇民化」運動蓬勃開展，戰爭如火如荼進行，參與者多為文藝青年，並不讚同「皇民文學」制度，故早期這份雙月刊《緣草》，沒有戰時文學體制的政治色彩，讀者對象主要為天眞單純的學生。該刊以日文為書寫工具，除童謠、短歌、俳句、新詩外，還有隨筆。

《緣草》的作者為銀鈴會會員，為支持銀鈴會發展的後援會成員，也是不可或缺的讀者。每期每人收兩千元會費，但後援會員不在此限。每年發行六期，於二、四、六、八、十、十二月中旬刊行，以一、三、五、七、九、十一月末為截稿日期。每期《緣草》發行後一個月內，再刊行表達會員心聲的《綠洲》，其中有讀後感及文壇消息等。

第二次世界大戰後，「銀鈴會」繼續以日文出刊《緣草》。後因跨越語言障礙不容易，便於一九四七年初停刊。一九四七年冬，經朱實、張彥勳、林亨泰、詹冰、蕭翔文、許子潛等人商討，於一九四八年一月復刊，並更名為《潮流》出版冬季號，成員包括臺灣省立師範學院（今臺灣師範大學）的學生、臺中一中的師生及彰化和後里文友。除舉辦眾多聯誼會外，還聘請文壇前行代楊逵當顧問，以拓展《潮流》在臺灣文壇的發展空間，而楊逵倡導的「用腳寫」的文學主張，也深深地感染了「銀鈴會」成員詹冰、林亨泰、蕭翔文、朱實等。同仁也活躍在楊逵所編《力行報》及歌雷（史習枚）主編的《臺灣新生報》「橋」副刊，《潮流》總共發行五期。

不爲藝術而藝術是「銀鈴會」的文學制度的核心，在於它強調詩人要有社會擔當，要注重推廣世界文學，其影響波及戰後現實主義及現代主義兩個流派。林亨泰在〈銀鈴會文學觀點的探討〉中，認爲「銀鈴會」的特色在於繼承反帝反封建的臺灣文學精神，放開胸襟接受世界文學以及艱苦環境中孕育的奮鬥精神。

「銀鈴會」的主要詩人張彥勳（一九二五～一九九五），是戰後的臺灣第一代作家，是臺中縣後里鄉人。他主編同人雜誌《潮流》，並出版日文詩集《幻》、《桐の葉落ちて》。一九四九年《潮流》停刊後張彥勳封筆十年，後來努力學習中文。他有強烈的參與意識，並有兒童文學作品問世。

「銀鈴會」另一重要詩人詹冰（一九二一～二〇〇四），本名詹益川，苗栗人，筆名「綠炎」，是跨越戰前戰後兩代的詩人。一九四三年起開始寫詩。一九四四年年底由日返臺，日本投降後開始學習中文。在四〇年代，以中部詩人爲主的「銀鈴會」裡，詹冰創作力最旺盛，在《潮流》上發表的文章以論述爲主。他應用現代醫學人體解剖的原理，分析莫泊桑的小說，以圖解的方式解析作品。他強調文學作品不可忽視人的尊嚴，不同意寫詩是「小鳥般歌唱」，呼籲詩人寫有良心的作品。他雖然是臺灣現代主義詩歌先驅，但不同於賣弄知識爲宗旨的主知詩觀，出版的詩集有《綠血球》、《實驗室》及童詩集《太陽、蝴蝶、花》和詩、散文、小說合集《變》等。

註釋

一　梁明雄：《日據時期臺灣新文學運動研究》（臺北：文史哲出版社，一九九六年），頁三一一。

二　《臺灣民報》，一九二五年二月十一日。

三　《臺灣民報》，一九二四年十二月十一日。

四　林衡哲：《林衡哲八十回憶集》（臺北：遠景出版事業公司，二〇二〇年二月），頁三五四。

五　黃得時：〈臺灣新文學運動概觀〉，《臺北文物》第三卷第三期（一九五四年十二月），頁二十八。

六　《臺灣》第四卷第一號（一九二三年一月），此文收入李南衡編：《日據下臺灣新文學明集．文獻資料選集》（臺中：明潭出版社，一九七九年），頁二十～三十五。

七　《臺灣》第四卷第一號（一九二三年一月），此文收入李南衡編：《日據下臺灣新文學明集．文獻資料選集》（臺中：明潭出版社，一九七九年），頁六～十九。

八　黃呈聰：〈應該建設臺灣特種的文化〉，東京：《臺灣民報》第三卷第一號，一九二五年一月。

九　《臺灣青年》第四卷第一號（一九二二年一月），頁二十五～二十七。

一〇　古繼堂：《臺灣新詩發展史》，臺北：文史哲出版社，一九八九年。

一一　《臺北文物》第三卷第二期、第三期，一九五四年八月、十二月。

一二　東　京：《臺灣民報》第二卷第七號，一九二四年四月。
一三　鄭軍我（鄭坤五）：〈致張一郎書〉，《臺南新報》第八二四四號，一九二五年一月二十九日。
一四　張我軍：〈復鄭軍我〉，東京：《臺灣民報》第三卷第六號，一九二五年二月二十一日。
一五　東　京：《臺灣民報》第二卷第二十四號，一九二四年十二月。
一六　東　京《臺灣民報》第二卷第二十六號，一九二四年十二月。
一七　東　京：《臺灣民報》第三卷第一號，一九二五年一月。
一八　東　京：《臺灣民報》第三卷第一號，一九二五年一月。
一九　東　京：《臺灣日日新報》第三卷第三號，一九二五年一月五日。
二〇　東　京：《臺灣民報》第三卷第五號，一九二五年二月。
二一　東　京：《臺灣民報》第三卷第十二～十六號。
二二　朱雙一：〈日據末期《風月報》新舊文學論爭述評——關於「臺灣詩人七大毛病」的論戰〉，《臺灣研究集刊》二〇〇四年第二期。
二三　朱雙一：〈日據末期《風月報》新舊文學論爭述評——關於「臺灣詩人七大毛病」的論戰〉，《臺灣研究集刊》二〇〇四年第二期。
二四　朱雙一：〈日據末期《風月報》新舊文學論爭述評——關於「臺灣詩人七大毛病」的論戰〉，《臺灣研究集刊》二〇〇四年第二期。
二五　羊子喬：《蓬萊文章臺灣詩》，頁四十四。轉引自陳明台：《臺灣文學研究論集》（臺北：

文史哲出版社，一九九六年），頁三十二。

二六 〈楊熾昌訪問記〉，《臺灣文藝》第一〇二號，頁一一三～一一五。

二七 〈楊熾昌訪問記〉，《臺灣文藝》第一〇二號，頁一一三～一一五。

二八 譯自刊於一九三四年三月的《風車》第三號上，但日期似乎值得存疑。

二九 譯自《紙魚》的後記。

三〇 引自前衛出版社出版《復活的群象》所載林佩芬著：〈永不停息的風車——楊熾昌〉，頁二九八～三〇〇。

三一 羊子喬：〈鹽分地帶的文學〉，臺北：《聯合報》，一九七八年十月二十五日。

第二章　高壓下的戰時文學體制

第一節　用日語取代漢語

臺灣從清朝末年到一九四五年八月，爲日本的占領地，歷經日本明治、大正、昭和三朝，使用日語由來已久。

一九四一年八月，日本官方發行的《臺灣教育》雜誌，刊登了爲實現新的教育制度，奔向最大目標的文章〈國民精神總動員實踐政策〉。這裡講的「政策」，離不開對天皇的效忠：崇敬日本諸神，滅私奉公，熱愛日語，這日語也就是「國語」。山田孝雄在〈何爲國語〉中這樣定義作爲帝國核心和大平民族工具的「國語」：

> 自古以來便被用來表達他們的思想以及溝通。這是現在我們使用的語言，同時無疑地也將是帶他們走向未來的語言。國語在大和民族中的發展成爲共同的語言，簡單來說應是成爲大日本帝國的標準語言。

這些官式論述與「國體」掛鉤，有論者甚至稱語言是日本人的「精神血液」。

從一九四一年開始，在臺灣掀起了改名換姓運動，如作家陳火泉改爲「高山凡石」，王昶雄《奔流》小說中的朱春生老師改名爲「伊東春生」。爲配合這種改名運動，新任總督小林躋造廢除了「臺灣自治同盟」，另設立了「國民精神總動員」總部。按照這種「總動員」，外國人到臺灣受到諸多限制，全臺灣的媒體都不能再使用漢文，家庭正廳的祭祀不應保留地方宗教習慣，而應改爲日本式的神壇，每位公民都必須把朝拜神社作爲自己生活中的重要組成部分。至於教科書，官方主張刪除《三字經》所有提到清朝的部分。《孟子》因鼓吹推翻人民不滿意的統治者，故也不能作爲教材。「事實上，《孟子》在德川幕府已經有受到鼓吹明治維新的水戶派學者的譴責」(註一)。所有這些，都是爲了達到把中國臺灣人改造成「皇民」的目標。故殖民者不允許諸神、語言以及其他文化事項都有中國烙印，以利於消滅臺胞所使用的漢語及其中華民族意識。這是日本人治理臺灣的「國策」，即政治上以高壓爲主導，在文化上則強調日語、日本精神、日本文化這象徵性的三位一體。

對於敏感的新聞媒體，總督府更是動員各種部門嚴加管制，以防止他們反對「讓臺灣眞正成爲日本的一部分」。帶有新聞性質的雜誌發行後，每期都要送兩份到總督府備案。至於島外發行島內行銷的媒體，總督府同樣實行嚴格的檢查制度。據一九〇〇年二月二十一日公布的管制單行本之文書圖畫的〈臺灣出版規則〉，以及一九一七年一月十八日公布的管制報紙雜誌〈臺灣新聞指令〉規定，凡是批判統治者，對各種政策不滿的言論和表彰民族革命運動以及主張臺灣獨立，都要懲罰。妨礙日本人和臺灣人融合的言行，均不得讓其發表和出版。當時的新聞制度分「許可制」、「保證金制」和「檢查制」。其實，交了保證金也不能保證萬事大吉，當局會以「內容不妥」爲由，讓報紙「食割」即開天窗。

這種新聞制度其執行者是總督府下設的機構「學務部」，實施者爲伊澤修二。爲了貫徹日臺同化政策，他們公布了「國語學校規則」，強調全臺各地都要設立「國語傳習所」和「國語學校」。強制推行

「國語」其目的在於爲地方行政設施做準備。「臺灣公學校令」制定後，規定日本人宰控的「公學校」也就是臺灣原來的「國語小學」，均爲六年制。這種學校設有速成科，利用節假日或晚上教臺灣民眾學習日語。除此之外，各個縣市也設有日語學校。

一九三一年，總督府又公布了「臺灣公立特殊教育設施令」，正式確立在市、街、莊設立「國語講習所」。一九三三年，總督府制定「國語普及十年計劃」，覆蓋面達到每個鄉鎮都有一個講習所，預計十年內會運用日語的人達到臺灣人口的一半。

普及日語意味著中華文化的淡出，這就不難理解傳統的書房義塾，隨著中華文化的式微，許多人都不再心儀儒家文化，下一代均以日語爲主，中文爲輔，這「爲輔」就是初通中文，可以用來寫信記賬。有錢人家和有比較有上進心的青年人，儘管不拋棄中文，但只能寫點應酬文字，如點祝、祭文之類和附庸風雅的詩作，外加應制詩和遊戲文章。

日本人害怕中華文化的存在，而書房是保存漢語的重要陣地，這危及了侵略者的「同化政策」。他們更害怕文化人借書房聚眾鬧事，從而影響社會的穩定，因此總督府對漢學義塾採取打壓乃至禁止的手段，這便有一九二二年公布的「書房義塾教科書管理辦法」。名曰「管理」，實際上是關閉這類教育機構。一九三七年四月一日，總督府在臺灣軍區司令部參謀長的建議下，用行政命令禁止各媒體「漢文欄」的出現，這標誌著全面扼殺漢文書房的開始。公辦學校原定每星期二小時的漢文教學也就不復存在了。官方強制推行「國語常用運動」，通令全島公職人員即使是在家庭這樣的非公用場所也不得使用漢語，各機關學校更嚴禁使用中文。總督府還推行所謂「國語家庭」，以樹立「國語模範部落」。從此之後，不論政府機構還是其他文化場所，一律被日語獨攬。

「七七事件」發生後，臺灣步入戰時緊急狀態，總督府比過去更瘋狂地推行「皇民化運動」：不僅是小學、中學還是職業學校和商業機構，所有人都必須爲普及日語運動效力。根據有關部門統計，截至一九三七年四月底止，全臺灣地區通曉日語的人不過是百分之三十七而已。到了一九四二年四月底，增至百分之六十左右。推行日語的機構「國語講習所」在一九三七年計有一萬六千三百十七所，講習生達到一百零四萬八千三百四十一人，臺灣人的就學率在一九四二年，亦從一九〇二年百分之三點二一猛增至百分之六十四點八一（註一）。當然這種對比只是一個表面現象，裡面暗藏著相當比例的不認同日本語言制度而有良知的中國臺灣人。

「中國臺灣人」是當年許多人的共識。到了二十一世紀，這種認知已有了巨大的改變，這是後話。

第二節　西川滿與臺灣詩人協會

日據時期在臺灣的日籍作家西川滿，是三十年代後期至四十年代初期日本在臺灣推行「皇民化」運動及其「皇民文學」的重要實施者，以致在日本投降後，他和濱田隼雄一起被國民政府指名爲兩名文化戰線上的「準戰犯」。（註二）

鑒於西川滿是日據時期活躍在臺灣文壇的「二世」日本人，他在臺灣度過的時間長達三十餘年，故不論在日據時代還是戰後的返日時代，西川滿對臺灣的影響不可忽視。他創作過不少以臺灣爲題材的小說，其中的確有讚美臺灣的慕情，但他畢竟不是臺灣人，故他是以日本民族本位去理解並看待殖民地的臺灣。至於他的詩歌創作，許多地方打上了唯美主義的烙印。他筆下的臺灣風土人情以及對臺灣生活的

「憧憬」和「追憶」，有強烈的獵奇心理，其所追求的是不同於東洋本土的「異國情調」。

作爲日據時代有「文藝總管」之稱的西川滿，除從事唯美、神秘、浪漫的創作外，還積極從事有利於體現他所謂「高等」、「文明」民族自傲和自信的文學活動，以強化殖民統治的「永久等級秩序」。一九三九年九月九日，由日本在臺作家西川滿、北原政吉策劃在臺北市成立的臺灣詩人協會，正是這樣一個戰時文學制度的「外圍」組織。成員有西川滿、池田敏雄、中山侑、新垣宏一及臺灣籍的郭水潭、楊雲萍、吳新榮、邱炳南、黃得時、龍瑛宗等三十三人。

臺灣詩人協會的創辦宗旨是「以臺灣文藝的向上發展，以會員互相之親睦爲目的。……以居住於臺灣並爲臺灣出生之詩人與文藝家，且讚同本協會意旨者爲會員。」這裡講的「親睦」，包括「皇民」作家與本土作家的融合與「友善」，其意識形態色彩不言而喻。該會設有文化部、編輯部、會計部、事業部，會員需依照自己的身分交納會費。一九三九年十二月一日該會創辦了機關雜誌《華麗島》詩刊，由西川滿擔任發行人，北原政吉爲執行編輯，並負責編後記《燈虎》的撰寫。創刊號封面爲桑田喜好所畫的〈淡水風景〉。戰爭期間日本著名軍中作家火野葦平的祝詞〈過華麗島〉，有點類似發刊詞。這個多爲詩作的雜誌只出一期後就停刊了，可西川滿不甘心失敗，於一九三九年底在臺灣詩人協會的基礎上成立包括各種體裁作家的臺灣文藝家協會，創辦機關雜誌《文藝臺灣》，由西川滿一人包辦，這導致同僚對他獨斷專行的作風非常不滿。此雜誌不按中國傳統習慣稱作「臺灣文藝」，這啓發了一九九一年在南部創辦以師法日本文學爲宗旨之一的《文學臺灣》的刊名。《文藝臺灣》以詩歌作品爲主，出版時間與《華麗島》接近。在這個意義上，《文藝臺灣》不妨看作是《華麗島》第二期。

作爲日本詩人與日據下的臺灣詩人戰時文學體制下「共謀」的臺灣詩人協會，有在臺的日本作家收編臺灣本地詩人的企圖。西川滿這種企圖及後來的所作所爲，遭到以工藤好美爲首的學院派，以田中保男爲代表的臺中派，以中山侑爲代表的《臺灣文學》雜誌派的抵制。西川滿力排眾議，讓「協會」朝著浪漫和唯美方向發展，這可從《華麗島》所刊登的作品看出。除西川滿的〈瘟王爺〉外加一幅版畫外，刊出作品五十多篇，在臺灣的日本作家西川滿、新垣宏一、長崎浩、北原政吉等人占了四十七篇，臺灣省作家只有十二篇。該刊以詩作爲主，輔之於散文隨筆，如池田敏雄的〈單身娘〉。值得注意的還有取小說、散文之長的「詩」作，爲發揚「日本式感性——萬葉以來之抒情精神」的評論〈熱帶旗手〉。按照《臺灣文學史小事典》的歸納，「詩刊主要特徵由浪漫主義色彩與地方民俗元素所構成，在題材上涵蓋了戰爭、民俗、個人情感、詠物等面向，譬如西川滿的短篇，以及莊訊濃〈青鯤鰯幻想〉、溪比佐子〈農家子〉、中里如水〈水牛〉、馬場正敏〈祭典〉等詩作，較爲特別的是中山侑以戰爭爲題材的散文詩〈戰爭構圖〉。」（註四）省籍作家的作品，同樣充溢著頹廢和浪漫色彩，如水蔭萍的〈月の陰暗面：女碑銘第二章〉、邱淳洸的〈七月の鄉愁〉、邱炳南（臺北某大學學生）的〈廢港〉，還有龍瑛宗寫痰盂的作品。

在日據時期的臺灣文學史上，《華麗島》影響並不大，但它是西川滿聯合各領域文藝家的「臺灣文藝家協會」與《文藝臺灣》所推行的一種符合日本標準的殖民地文學的過渡性嘗試。

從西川滿與臺灣詩人協會的關係可看出，臺灣新詩制度離不開戰時文學制度，其新詩的確受過日本詩的影響。它追隨日本詩歌潮流之興起，學步於西川滿等人的詩歌，但臺灣詩人仍未遵從日本殖民文藝工作者的政策，與中國新詩並沒有切斷聯繫，這從臺灣詩人協會成員寫的作品表現了自由、浪漫、象徵乃至普羅的傾向可看出。儘管《華麗島》雜誌發表的詩作不可能有反抗性格，但詩人們並沒有全部被日化和愚民化，在一定程度上仍保留了中華民族的氣質和風貌。

第三節　臺灣文學奉公會

出於建立戰時文學制度需要，文壇急需一個爲戰爭服務的統制性團體。一九四三年四月二十九日，臺灣文學奉公會和其兄弟團體即隸屬於皇民奉公會中央本部的臺灣美術奉公會同時創辦。從此成爲戰時文藝制度的「執牛耳」機構。皇民奉公會以文藝家協會和以皇民奉公會文化部爲基礎設置，會長由事務課課長山本眞平擔任，臺灣文藝家協會會長矢野峰民則出任常務理事，皇民奉公會文化部長林貞六（林呈祿）擔任理事長，另外還有理事瀧田貞治、西川滿、濱田隼雄等九人，會員九十多名（註五），這係收編自臺灣文藝家協會原有成員然後再吸收新人，包括臺灣寫作者和在臺灣的日本作家。

在高壓的政治環境下，民間文藝團體及其他作家加盟奉公會均出於無奈或隨大流參與。他們在皇民奉公會文化部的領導下，被動員與日本軍報導部、總督府情報課、日本文學報國會臺灣支部合併，開設名目不同的座談會或講課、宣傳會。爲配合志願兵制度的公布，皇民奉公會於一九四三年一月舉辦「海的文學、海的藝術街頭展」，又於同年十一月舉辦「臺灣決戰文學會議」，鼓勵作家爲日本侵略中國服務，爲大東亞戰爭服務，爲把臺灣人改造成日本人服務。一九四四年六月，皇民奉公會還派遣作家到各地深入生活，從事戰地報導文學寫作。由於有豐厚的資源，皇民奉公會經常舉辦各種詩會或寫作活動，對作家和文藝家進行訓戒，讓他們儘快轉化爲日本「良民」。

皇民奉公會的成員不是鐵板一塊。不論是宗教信仰、民族背景、政治主張、國族認同方面，均存在不少分歧，在被「洗腦」時不時爆發出不同的聲音。比如「臺灣文學決戰會」臺灣作家出席者有十一名，該會議題爲「以皇道精神之神髓和文學經國之大志，全力建設臺灣文學。」儘管眾多參會者都表態擁護國策，但當西川滿提出「文學雜誌納入戰鬥配置」，企圖把百花盛開的文藝園地認同刺刀林立的戰鬥陣地時，受到沒有完全被同化、有良知的作家楊逵、黃得時的強烈反彈。神川清在會上叫囂「在此決戰態勢下，我等思想決戰陣營的戰士，必須撲滅非皇民文學，揚棄非決戰文學不可。」在這種窒息的氛圍下，張文環爲自保也爲保他人便氣憤地回應：「臺灣沒有非皇民文學，若有寫非皇民文學的傢伙應予槍殺。」這種違心的發言，收到「良好」的效果，會議的劍拔弩張態勢終於緩和下來。會議中所提出的文藝雜誌納入戰時體制的提案，也只好通過。這就是說，一九四三年十二月十三日《臺灣文學》終於奉上級指示停辦，由此而來《文藝臺灣》、《臺灣文學》、《臺灣》、《原生林》名曰合併實爲吞併，改由臺灣文學奉公會出版發行的《臺灣文藝》雜誌一統天下。文學就這樣由多元納入到一元化的戰時體制，從而嚴重地摧殘了臺灣文學的生產力。

第四節 「搶占」日本中央文壇

日本與臺灣過去有文學交流的先例，如臺灣新文學運動發生前，「臺灣俠義敘事、武俠小說，與日本技擊小說、武士與劍客故事的交流、雜混，便是其中明顯例證之一。」(註八) 由於有這個先例，故在日本人控制下的臺灣文學制度，均希望臺灣文化人繼承這個傳統。其實，繼承是藉口，是爲了讓臺灣文人按總督府的要求一齊去炮製「皇民文學」；讓臺灣作家從內心深處眞正認同日本文化，心甘情願加入「大東亞文學共榮圈」，另一目標是讓臺灣作家不再用中文而用日文寫作。眾所周知，用日語會話在生活場合中較易做到，用日文寫小說尤其是新詩那就難上加難。這種只准用日語的文學制度其實是用來消磨臺灣作家的士氣，讓這些文人即使不封筆也無法流暢地、生動地用藝術語言從事創作。

日本在臺作家西川滿等人在臺灣作跨國跨界行旅時，用日本文化、社會規範、國民性等滲透而占據文壇，這引發臺灣文人的不滿，他們其中一小部分採取反制手段，用自己的作品進軍或曰「搶占」日本中央文壇，讓日本首都東京出版的名牌文學雜誌，也發出臺灣作家的聲音。

這種「搶占」，不是迎合皇民奉公會，而是借他人酒杯澆自己胸中塊壘，即用並非母國的語言文字，傳達自己的理想和抱負；不去寫符合大東亞戰爭要求的作品，而是眞實地反映殖民地現實生活。這也就是「將計就計」，用日語然而是改造過的「國語」——也有人稱作「挪用」即用「嵌入」漢語的方式，曲折地表示對臺灣總督府強制推行「工業日本，農業臺灣」政策的不滿，同時破除日人認爲臺灣文學只是漢詩、俳句、短歌的偏見，展示不同於日本而發生在中國臺灣土地上的動人心弦的故事。這不僅是地方文學，而且其形態系相對於日本內地文壇的外地文學。

從動態上看日本文化與臺灣文化的交流，不難發現最先「搶占」日本中央（內地）文壇成功的是楊逵。他不是一般地用中華文化的忠孝節義及復仇觀念，或用尙武精神在日本文壇展示，而是著重寫出無產階級悲情，這就難怪其小說〈送報伕〉（日文〈新聞配達夫〉）入選日本中央文壇即一九三四年十月出版的《文學評論》第二名（第一名從缺）。這是臺灣作家用自己特有的「文體」到日本的「國體」去展示，也是「外地作家」從未踏上日本內地文學聖地的第一次，難怪楊逵比許多人「還要興奮。尤其是他最關切糖業公司迫害農民的那一段描述都沒有鏟除，他似乎感到有一點意外。」（註七）

當時受盡西川滿抽鞭敲打的臺灣作家和讀者，對楊逵的作品捷足先登日本（內地）中央文壇這件事，有積極的評價，這可從當時還是文學青年的賴明弘發表的「讀者來信」可見一斑。

這封「讀者來信」題爲〈指導殖民地文學吧！〉：

> 刻苦又刻苦的磨練後，比朝鮮晚了一年，我們臺灣的作家終於進軍日本文壇了。在《文評》（《文學評論》）上發現吾兄楊逵君的名字時，我的胸膺充滿了歡喜。爲了進軍日本文壇，我們每一個幾乎都拚命競爭過，終於被楊逵搶先了。不管如何，我們先要祝福臺灣文學的新發展。雖然我們臺灣人已經獲得日本作家的肯定，但是不能就此滿足。不能否認，《新聞配達夫》的確是未成熟的新作，其創作文筆的幼稚，壓根比不上朝鮮的張赫宙，但是張赫宙的作品沒有像楊逵那樣，以殖民地歷史中的現實爲題材做生動的寫照。《新聞配達夫》所受肯定的價值應該在此。我們應該用勞動階級的眼光來觀察這塊島嶼的模樣，做更深一層的挖掘，呈現出高水準的藝術作品。
>
> 我們深切盼望，日本的職業作家們，今後繼續伸出溫暖的同志的手，栽培、輔導殖民地文學。

別看賴明弘初次出征，可他眼光老到。他爲臺灣作家首次受到異國中央文壇的接納並刊載他們具有民族風格的作品由衷感到高興，但他同時指出「搶占」文壇不是意味著臺灣作家已成了日本文壇的附屬物，「進軍」更非最終目標，即不是讓臺灣文學去成爲日本中央文壇的亞流，這只不過是臺灣文學擴大國際影響的開始，不應爲此沾沾自喜，因爲這裡面蘊藏著兩種被殖民作家的潛在競爭。賴明弘認爲楊逵作品儘管有點稚嫩，但在藝術成就上與朝鮮的張赫宙一九三二年四月獲日本《改造》雜誌賞的《餓鬼道》不分高下。因爲楊逵的作品「以殖民地歷史中的現實爲題材做生動的寫照」，呈現了外地文學的一個榜樣。

臺灣作家進軍日本（內地）中央文壇的意義在於：

一是擴大了發表園地。楊逵的小說原來在《臺灣新民報》一九三二年五月十九日至二十七日發表，只刊了「前篇」就被叫停。在國外沒有條條框框，故能全文發表在東京一九三四年十月八日出版的《文學評論》上。當時《臺灣新民報》不登「下篇」並非來自行政處分，係一種特有的「刪除處分」或「注意處分」。

二是擴大題材範圍，臺灣作家固然可以寫些緊跟皇民政策的作品，但也可以寫不同於「皇民化」宣傳的小說。當然，鑒於殖民者與被殖民者權力關係的緊張，這類作品不能有明顯的中華民族意識，就是有也要巧妙地隱藏起來。

三是向日本文壇示威：日本人可以用日文改造臺灣作家，以爲臺灣作家學不好日語，從此就結束自己的文學生命，可他們沒有想到頑強拚搏的臺灣作家，也可熟練地用「東亞」的漢文形構式的日語從事創作。

四是鼓舞臺灣作家的創作士氣，不要以爲戰時的語言政策會使臺灣作家的創作前途暗淡無光，他們同樣可以用優秀的作品到日本中央文壇那裡亮相。「搶占」文壇，爲的是顯示臺灣作家沒有屈服於強權，仍然在艱苦的條件下創作。不管用什麼語言，臺灣作家都可以在海內外文壇大放光彩。事實上緊接著楊逵又有呂赫若的小說〈牛車〉，發表在一九三一年一月在東京出版的《文學評論》。

緊接著「搶占」日本中央文壇的第三位臺灣作家是龍瑛宗。在此之前，賴和的小說〈豐作〉經過楊逵的翻譯刊登在一九三六年一月出版的中央級刊物《文學案內》。龍瑛宗的小說題爲〈植有木瓜樹的小鎭〉，其主人公爲生活在殖民地名叫陳有三的知識分子。「這篇作品於《改造》一九三七年四月號的懸賞徵稿，成功地入選。」（註八）

這裡還要補充的是，一九三五年一月號的《中央公論》，張文環的小說〈父親的臉〉被選爲懸賞小說「選外佳作」五篇之一，遺憾的是沒有刊登出來。也許有人會說，張文環「搶占」內地文壇只成功了一半，「不過，這時候描寫臺灣原住民的大鹿卓作品〈野獸人〉被選爲『入選作品』兩篇之一，刊登在同一期，這是頗耐人尋味的。」（註九）

第五節　大東亞文學者大會

作爲日本軍部情報局所設置的戰時文學體制的一個重要措施的「大東亞文學者大會」，由情報局監督下的文學報國會組織召開，參加者有日、中、蒙、朝等國文學工作者。這是直接服務於「大東亞戰爭」的會議，是日本軍國主義對東亞地區實施思想控制和文化殖民化，讓「支那人」認識日本文化的「先進」面貌，促進「共榮圈」的文化交流，以便更好地建設新的東洋文化制度。

「大東亞文學者大會」共舉辦過三次。第一次於一九四二年十一月三日至十日在日本東京大阪舉行。參加者有來自蒙古、「滿洲國」，以及中國淪陷區和日本（包括臺灣、朝鮮等日本占領區）的代表。東南亞各國以準備不周爲由缺席。來自中國淪陷區的大都是一些不知名的文人，臺灣代表則被視爲外地代表，比日本、中國大陸和「滿洲國」低一個層次。大會分兩天討論了「大東亞文學精神的樹立」，包括「其精神的強化普及」、「以文學促進民族國家間思想和文化融合的方法」、「透過文學達成大東亞戰爭的策略」。執行主席菊池寬採取點名發言的方式，一些參與者只好虛以應付，說些離題的客氣話。會後安排了參觀宮城（皇宮）、靖國神社、明治神宮。與「大東亞文學者大會」相關的是首屆「大東亞文學賞」。此「賞」的正賞空缺，獲「次賞」的有石軍的〈沃土〉等。

第二次「大東亞文學者大會」於一九四三年八月二十五到二十七日在日本東京舉行。中國淪陷區、「滿洲國」、蒙古的代表共二十六人。中國代表除參加過第一次大會的古丁、柳雨生、沈啓無、張我軍外，還有商務印書館編輯長周越然、《新中國學藝報》主編邱韻鐸、《中華日報》編輯陶亢德、《新中國報》總主筆魯風、《女聲》月刊編輯關露、南京中央大學農學院院長陳學稼、浙江日語編輯局長章克標、《江漢晚報》社長謝希平、北京藝術專科學校教授陳綿等十八人。臺灣代表有楊雲萍、周金波等人，而日本代表則有百餘名。第二屆「大東亞文學賞」，也在各代表團分別推薦的基礎上，倉促評出中國大陸梅娘的〈蟹〉爲獲獎作品。此外還有泰國、菲律賓的兩部小說。

第三次「大東亞文學者大會」於一九四四年十一月十二日在南京召開。日方派出參加南京大會的代表有十四名。中方參加會議的人數共四十六名，其中有「滿洲國」代表及加入了「滿洲國」的日本人共八名；華北代表有錢稻孫等二十一名。華中地區及上海市方面出席的代表有包天笑、路易士、陶晶孫、柳雨生、楊之華等二十五名。

爲了宣揚「大東亞共榮圈」，三次大會的主辦者廣泛動員了亞洲的殖民地、日本國內和日本占領區的文學工作者，爲他們的侵略罪行辯護和宣傳。日本右翼作家出席這種會議不足爲奇，令人不解的是，主辦者將日本以外的不少作家都去淌這池渾水，讓這些人在光復後被指責爲叛國、漢奸而被釘到歷史恥辱柱上。有些作家只好含淚離開文壇，有的人試圖爲自己漂白反遭到更多的靈魂拷問。

參加「大東亞文學會議」的出席者，有些人被當成是皇民文學的代表作家，爲「殖民政權喉舌」，如臺灣的陳火泉、周金波、王昶雄，其作品有「漢奸文學」之批評；臺灣的龍瑛宗、張文環和大陸的路易士（紀弦）、沈啓無等不妨視爲是文化漢奸的同路人。不迴避與日僞頭面人物打交道，但政治上堅持自己底線的張我軍，則未歸類爲「大東亞文學共榮圈」的一員。不少人不知情勉強參與，有爲了文化交流、翻譯作品或以文會友而與會，也有的人是爲了瞭解日本文化而捲入其中。

參與這種會議，對某些作家來說，是歷史上的一大污點，儘管臺灣的龍瑛宗在會上作的是西川滿事先準備好的〈感謝皇軍〉的發言，張文環的講稿〈感謝從軍作家〉也是別人寫的，可這兩位作家會後畢竟發表過一些宣揚「東洋精神」、「亞洲合一」的講話和文章。對這類主張「內臺融合」，還有什麼跨越民族橫溝的言論，與主流論述保持著高度一致，但有些人帶有自我保護的性質。他們言不由衷的實踐，多少反映了戰時體制對公眾論述的宰制和壓抑。

第六節　「皇民文學」及其不滿

一九三七年八月，日本擴大對華南與南太平洋地區的侵略，占據了臺灣之後開始制定新的文學制度。一九四三年五月，日文作家田中保男在《臺灣公論》適時地提出「皇民文學」口號。他雖然闡述得不嚴謹，但這個詞語隨著戰爭的進行而流傳開了。無論是口號還是制度，都歸臺灣總督府「皇民奉公會」指導。那時官方投入一切人力、財力、物力，為建立「大東亞秩序」效勞。在思想文化上，取消漢文教育、禁止使用漢字漢語、更改服飾衣著、廢除原來的寺廟神祇，禁止出版、言論、集會、結社自由，不許舉辦跟漢族有關的宗教、民俗、演藝活動，強迫臺灣老百姓改用日式姓名，脅迫老百姓加入皇民組織，讓他們效忠日本天皇，忘掉自己的身分去做「真正的日本人」，為日本所用。

一九四〇年初期，文學界的某些人為配合這一島上的文學主流運動，於一九四三年四月底將「臺灣文藝作家協會」改組為「臺灣文學奉公會」。此後，「奉公會」與「日本文學報國會」相配合，並在總督府保安課、情報課、州廳警察高等課、日本臺灣軍憲兵隊的強有力支持下，構成了一支推動「皇民文學」發展的別動隊。他們舉辦全島的「大東亞文藝講演會」，還在《文藝臺灣》和《臺灣文學》雜誌上發表頌揚日本軍力和文化的短論及隨筆。這時為「大東亞聖戰」作宣傳的小說家並不多，有周金波、陳火泉、王昶雄等人。其中周金波在第二次「大東亞文學工作者」會議上有「建立皇民文學」的提案。戰時偏向日本人，戰後又緊跟國民黨的陳火泉，其小說〈道〉，則被公認為第一篇標準的「皇民文學」作品。可他辯解說這是「正話反說」，其實是正話正說。否則，其作品不會被皇民奉公會作為單行本出版，這是臺灣作家少有的特殊待遇。

周金波或其他人寫的皇民文學作品內容單薄，藝術粗糙，小說總數量還未達到十篇，其內容多半宣傳以做「高等」民族的日本人為榮，由此去圖解日本殖民者的政策。如周金波創作於一九四一年的〈志願兵〉，係臺灣作家首次從正面表現日本帝國主義戰時體制的小說。作品寫的臺灣青年高進六，為了響應「聖戰」的號召，將姓名改為帶日本色彩的「高峰進六」。他妄想為天皇戰死可以提高臺灣人的地位，因而寫了血書上前線當志願兵。另有王昶雄內容比較複雜的小說〈奔流〉，如作品中表示不贊成把臺灣人改造爲日本人：「我若是堂堂的日本人，就更非是個堂堂的臺灣人不可」，這句話不亞於一個宣言，小說敘述者「我」嫌棄臺灣的落後和不文明，認爲只有到日本留學，才可以提升臺灣人的文明水準。這體現了作者彷徨矛盾的心態，從而表現了臺灣人的認同危機。

以周金波、王昶雄、陳火泉爲代表的「皇民作家」，在宣傳皇道文化上起的作用不盡相同，但在文學觀念和思想方法上，符合日本軍國主義者所鼓吹的「禁祖先崇拜」、強迫施行「皇室尊崇」的「日本式近代合理主義」。這些作品對當時的臺灣社會影響有限，從產生到消亡只不過四年左右。第二次世界大戰結束後，由於「皇民文學」呼應殖民政策甚至有皇民意識認同的因素，成爲戰後臺灣文學史爭議不斷的焦點之一，這也突現了臺灣從社會性質到國族定位、文化認同問題的長期糾葛。

有的臺灣作家對「皇民文學」，抱持抵制或批判態度。他們或寫文章剖析「皇民文學」出現的背景及其危害性，或用自己不讚同「皇民化政策」的作品相抗衡。前者極少，後者則常見。

日本侵華關鍵時刻的一九四三年，當局將臺灣人區分爲「皇民」與「非皇民」，後者是指「叛國者」。具有反骨的吳濁流不願意做「皇民」。他完全按照自己的意願而不是時局要求進行地下創作，即秘密寫作，生怕被「非國民」發現後告密。當時他住在緊靠著臺北警察署官舍旁邊，這裡有他認識的兩三個特高課的警察。他寫〈胡志明〉第四和第五篇，是高危環境下的寫作。爲了這些含有激烈地批判日本統治臺灣內容的作品被搜查，他寫了兩三張稿紙便藏在炭簍裡，積累多了就將其帶到鄉下的住處。出於愛國精神，他瞧不起「地上」的「皇民文學」，十分不滿這種泯滅中華民族意識的寫作。正因爲吳濁流立志站在中國這一邊，他擔心自己被定位爲「非國民」或叛逆者、反戰者的那一天會來臨。那時空襲越來越激烈，他不怕犧牲冒著生命危險於一九四五年六月寫完前後共五篇與「皇民文學」不同的《胡志明》，正式出版時改爲《亞細亞的孤兒》。

第七節　戰時文學體制的崩盤

戰時臺灣文學體制的終結，一是受到臺灣人民的抵制和作家反抗。二是日本投降，抗戰勝利，原來的政治體制及其文學體制自然也就崩盤。

關於臺灣人民的反抗，霧社事件是典型。這個事件是指發生在一九三〇年十月二十七日，霧社原住民激烈的抗暴事件。

一八九五年，臺灣淪爲日本的殖民地。從一九一〇年開始，日本連續五年武力鎮壓原住民，並讓信奉巨木的高山族人去霧社森林區砍伐高聳入雲的樹木，以引發恐慌情緒，殖民者與原住民之間的矛盾由此激化。一九三〇年十月七日，莫那．魯道的兒子達拉奧結婚時請日警吉村喝酒，卻被殘酷的吉村打翻，雙方衝突由此達到白熱化的程度。第二天，日警將達拉奧拘押嚴刑拷打，吉村揚言不達嚴懲目的絕不罷休。莫那．魯道一家感到不反抗就會死亡，便決定起義。作爲臺灣神社大祭典的一九三〇年十月二十七日，霧社地區舉行了場面盛大的運動會。次日，賽德克族人利用這個運動會，以升旗唱國歌爲信號，領著六個部落族人衝進會場，殺死日本婦孺兒童共計一三四人。事發後，總督府調集軍警，以飛機、山炮、毒氣等武器強力鎮壓。賽德克族族長莫那．魯道以死抗議，參與行動各部族遭滅頂之災，走投無路的數百原住民集體自縊，餘生者被強制遷至川中島。

霧社事件是日據期間臺灣人最後一次場面壯烈的武裝抗日行動。臺灣總督石冢英藏與總務長官等重要官員爲此引咎去職。賴和及時地創作了一首長詩〈南國哀歌〉，張深切則於一九六一年寫有劇本〈遍地紅〉，以後還有別的文人以此爲題材寫小說或別的文體。

對日本，對天皇，對日語，對諸神不願無條件接受收作文學抵抗方面，李獻璋編的《臺灣小說選》，最能說明問題。這是戰前全部用中文創作的作品，也是那個嚴酷時代唯一出版的《臺灣小說選》。在四十年代，官方已全部禁止在公共場合講中文。可李獻璋不懼淫威，冒天下之大不韙出這種中文作品集。這種書還沒有出來就遭查禁。查禁的理由爲內容不妥，這「不妥」不僅是指作品用的是漢語，更重要的是這個選集滿溢出反日色彩。在個人反抗方面，曾被誣爲「臺共匪幹」的賴和也很具代表性。他寫於日據時期的小說，表現了經濟與政治的雙重壓迫，還有警察的凶殘，如〈不如意的過年〉、〈豐作〉；或寫臺灣同胞生存的苦難，和受淩辱的婦女，如〈一桿「秤仔」〉、〈可憐她死了〉；或寫封建勢力如何在農村中橫行霸道，其中還表現了傳統文人的悲哀，如〈鬥鬧熱〉、〈棋盤邊〉、〈未來的希望〉。從上述作品的思想傾向看，賴和沒有迎合總督府所倡導的「皇民文學」，而是在繼承中國大陸「五‧四」的新文學傳統時結合臺灣實際，生動地表現了殖民地弱小民族所遭受的苦難。別看賴和用日語創作，但表現的仍然是中華民族的坎坷命運和不屈的性格。正因爲這個原因，賴和於一九五一年作爲抗日志士入祀彰化忠烈祠。此外，楊逵充滿中華意識的〈鵝媽媽出嫁〉、巫永福深情呼喚神州大地的〈祖國〉，都表現了臺灣人民堅強的意志，這是臺灣新文學反抗精神的一個重要方面。當然，祖國意識不能表現得太直接，最好用「曲線救國」的方式進行，如黃得時改寫中國經典名著《水滸傳》、楊逵翻譯《三國志》，借古諷今彰顯了官逼民反的民族意識。正因爲這樣，黃得時在《臺灣新民報》連載五年的《水滸傳》，中途被官方發現，查禁過兩次。在出單行時還沒有印完，又被禁止出版。

不管是農民起義還是文人反抗，都無法從根本上改變臺灣人被殖民的命運。臺灣戰時文學制度的摧毀，靠的是國際力量的支援，和中國人長達八年的頑強抵抗，這便導致日軍全面崩潰。

戰時文學制度的崩潰，還與日本的文化制度存在缺陷及其實施時所引起的矛盾衝突有關，如「國語的排外且自我包容的界線所面臨的日本帝國多種族、多語言的限制，威脅並動搖了國語所確立的地位。」（註一〇）

一九四五年八月一日，日本天皇發表〈終戰詔書〉，接受波茨坦宣言，日本軍隊無條件投降。這「戰敗」日文為「敗戰」。不願服輸的日本人，又將投降稱為「終戰」。不管是「敗戰」還是「終戰」，一九四五年十月二十五日，臺北市中山堂順利地舉行「中國戰區臺灣省受降典禮」。從此，歷史大河中出現了重大轉折——臺灣脫離了日本殖民統治，回到了祖國的懷抱，並從五十年代開始了它在國民黨統治下的戒嚴文學體制時期。

註釋

一　阮斐娜著、吳佩珍譯：《帝國的太陽下——日本的臺灣及南方殖民地文學》（臺北：麥子城出版公司，二〇一〇年九月），頁一八六。

二　梁明雄：《日據時期臺灣新文學運動研究》（臺北：文史哲出版社，一九九六年版），頁二十四。本文參考了他的研究成果。

三　阮斐娜著、吳佩珍譯：《帝國的太陽下——日本的臺灣及南方殖民地文學》，臺北：麥田出版社，二〇一〇年。

四　彭瑞金、藍建春、阮美慧合著，王鈺婷增補：《臺灣文學史小事典》（臺南：臺灣文學館，二〇一四年十一月），頁一四〇、一四一。

五　柳書琴：《日治時期臺灣現代文學辭典》，臺北：聯經出版事業公司，二〇一九年。本節吸收了該辭典的研究成果。

六　賴慈芸主編：《臺灣翻譯史——殖民、國族與認同》（臺北：聯經出版事業公司，二〇一九年九月），頁六十一。

七　賴慈芸主編：《臺灣翻譯史——殖民、國族與認同》（臺北：聯經出版事業公司，二〇一九年九月），頁二二三。

八　下村作次郎：《從文學讀臺灣》（臺北：前衛出版社，一九八八年），頁六。

九　下村作次郎：《從文學讀臺灣》（臺北：前衛出版社，一九八八年），頁六。

一〇　阮斐娜著、吳佩珍譯：《帝國的太陽下——日本的臺灣及南方殖民地文學》（臺北：麥田出版社，二〇一〇年九月），頁一七三。

下編　光復後的臺灣文學制度

第一章　光復初期的文學制度

第一節　從「去日本化」到「再中國化」

解除戒嚴後，莊重的「光復」一詞受到嘲笑，有人用日語將其讀成「降伏」，成功大學光復校區校門口幾個字，也被本土派的學生拿掉，但「光復」這一歷史事實，是誰也無法抹殺的，這畢竟是臺灣的中國時代的開始。

爲適應這個開始，文學界用最大的熱情介紹中國文化，更多的作家則爭先恐後地學習「官話」。可惜懂「官話」的人很少，於是他們便借助於客家話、閩南話來學習淺顯易懂的中文，一時使《三字經》、《千字文》、《百家姓》等書洛陽紙貴。特別使人感動的是在學校任教的作家，通常是前天晚上跟別人學中文，第二天就將學的知識傳授給學生。正在龍潭教書的鍾肇政，就是在前一天跟從臺北國語補習班回來的人學拼音字母，然後再教給別人。黃得時則是透過收聽電臺的國語中心廣播而學會中文的。一九四七年，臺北市東華書局出版了一套中、日文對照的「中國文學叢書」，包括魯迅的《阿Q正傳》、茅盾的《大鼻子的故事》、郁達夫的《微雪的早晨》。此叢書由楊逵等人翻譯，蘇維熊作序，「序」中說：「今後要眞正理解祖國的文化，或者使我們學習得更爲正確，我們六百多萬同胞，不能不加強努力學習。」

光復後的臺灣，面臨著去殖民文化的問題。長期的奴化教育，使相當一部分人成了「機械的」愚民，個別人甚至成了「準日本人」。為了使臺灣同胞瞭解光輝燦爛的中華文化，去除「大和魂」的思想，做一個健全的國民，臺灣省行政公署發動了一場文化再建構運動。這個運動的一個重要方面是推行國語和宣揚「三民主義建設臺灣」的必要性。不過，推行國語不可能一步到位，有時還是要運用日語，如日譯《三民主義》十萬本，分贈或低價出售。

陳儀主政的臺灣地方政府儘管貪腐無能，但在清除「皇民化」流毒、宣揚「三民主義建設臺灣」的必要性方面，還是做了不少值得肯定的工作。國民黨中央宣傳部、憲政協進會帶頭發起，國立編譯館、臺灣文化協進會等官方或半官的團體也積極配合。「臺灣文化協進會」宣言提出：「建設民主的臺灣新文化」，「肅清日寇時代的文化和遺毒」，改變被奴化的臺灣文化。《臺灣新生報》還多次發社論說明「皇民化」的毒素必須清除。民辦的《民報》也發表社論，認為「光復了的臺灣必須中國化，這個題目是明明白白沒有討論的餘地。」這個配合祖國推行「中國化」及其文化建構運動的做法，受到一些人的頑固抵抗，出現了「反奴化論述」與「反國府論述」。

值得大書特書的是，一九四五年十一月八日成立的「臺灣文化協進會」。此會由游彌堅、許乃昌、陳紹馨、林呈祿、黃啓瑞、林獻堂、林茂山、羅萬俥、楊雲萍、陳逸松、蘇新、李萬居等日據時代政治界、文化界的精英組成。在臺北市中山堂舉行成立大會時，參加者多達四百餘人。大會通過的宣言，回顧了日本殖民統治者侵占臺灣五十一年來，「我們的文化，一部分變了質，一部分受到了嚴重的破壞，這我們要客觀地坦白承認的。」「現在，民主的奔流，澎湃著全世界。新的文化的建設，為整個人類的努力的目標，而我們臺灣正河山再造，百廢待興。」「過去的歷史，鼓勵我們新的決意，現在的事實，提示我們新的方案。」（註二）「臺灣文化協進會」後來演變為臺灣共產黨的外圍組織，這可以從會旗左上角的星星中有鐮刀加斧頭的共產黨標誌爲證。

作爲成立機構的行政院有關部門，於一九五六年五月三十日通令學校授課要用國語。七月十日，臺灣省政府通令大中小學與各縣市政府，規定學校的老師和學生不許使用閩南話和客家話，否則將受處分。一九七六年十月五日，臺灣省政府再次發出推行國語的類似文件。這一運動使得臺灣下一輩的本省人、客家人乃至原住民及母語非國語的外省人，都能流利地使用國語對話，但它也遭到部分反對。

文學制度本離不開語言的運用。作家們重新用漢語創作，光復後臺灣文學制度才有了生機，有了希望。王潔宇〈學國語〉如是說：

學國語，眞容易；
講演會，國語班，
收音機，機會千萬莫放棄！
說國語，也容易；
只要常常講，笨伯也可說流利。
看書籍，也容易；
國語書報到處有，
一有時間你便去！
國語文，也容易；

只要勤練習，
白紙黑字你也可以寫一氣！

學國語，貴傳習；
自家習了還不算好，
大家都會才眞歡喜！

學國語，貴傳習；
一傳十來十傳百，
千千萬萬都會説國語。

學國語，要努力；
即學即傳，
國語能眞普及！
只要有機會，
千萬莫放棄。

在這種「學國語，要努力」的氛圍下，陳映眞在楊逵所選編的集子裡讀懂了《阿Q正傳》這部不朽小說。

總之，戰後的臺灣文學制度，總的來說是一個「去日本化」到「再中國化」的過程，把過去用日語取代漢語的做法顚倒過來。

第二節　如何建立臺灣新文學

光復後四年間的臺灣文學，既是現代文學向當代文學的艱難過渡，同時也是一種新社會意識和視野較前開闊的文學創作。這不但從何欣在當時介紹西方的文藝思潮可看出，也可以從發生在《臺灣新生報》「橋」副刊上的臺灣文學方向性問題的論戰中體會到。

一九四八年四月七日，《臺灣新生報》副刊「橋」出滿一百期。「百期擴大茶會論題徵文」，揭開了如何建設臺灣新文學討論的序幕。作爲臺灣作家「領袖」人物的楊逵，在談到這個問題時認爲：一、臺灣文學發軔於歐戰後「民族自決風潮」和祖國「五·四」運動。「在表現上所追求的是淺白的大眾形式，而在其思想上所標榜的即是『反帝、反封建』、『民主與科學』。」二、一九三七年後，在日本法西斯壓制下，臺灣作家被迫以日文寫作。「但在思想上，臺灣作家卻未曾完全忘卻了『反帝和反封建』與『科學和民主』的大主題……臺灣新文學的主流未曾脫離我們的民族觀點」。三、說到臺灣文學的特殊性，在長期分離與殖民化後帶來了「語言上的問題」。「但在思想上『反帝與反封建』、『科學與民主』與國內卻無二致」。四、光復後文學沉滯，原因在語言不濟和（二·二八事變後）政治上的威脅感與恐懼感。楊逵還指出作家必須「到人民中間去，對現實多一點的考察，與人民多一點的接觸」；「本省與外省的作者，應當加強聯繫與接觸」。楊逵自己寫〈模範村〉就是這樣做的。秦嗣人也說：「作者的範圍必須擴大深入到各社會階層裡面去……，寫出了眞實，並不是反映了現實，現實是比眞實更高級。」（註八）揚風也認爲：「文藝不能忽略了人民與現實」。

建設臺灣新文學，重繪臺灣文學地圖，必須尊重臺灣文學傳統，必須承認臺灣文學與大陸文學的共性與特殊性。這特殊性，並不是一般省區意義上的地方色彩。正是在如何理解臺灣文學的特殊性問題上，省內外作家發生了爭論。駱駝英在他的長文〈論「臺灣文學」諸論爭〉中（註七），對將近二十個月以來的論爭，做了總結性的發言。正如陳映眞所說：「今日讀之，仍有極爲深刻的理論重要性。」下面是陳映眞對駱駝英論文主要觀點的概括和他對這場論爭的評價：

一、關於臺灣新文學的特點問題，駱駝英是從臺灣和大陸社會性質分析的高度展開他的分析的。他指出，臺灣割日時，包括臺灣在內的中國已經行進在半殖民地的過程中。在半殖民地的中國，帝國主義「爲了便於其榨取，不願徹底摧毀中國的封建勢力，反而與之互相勾結」。在帝國主義與封建主義雙重壓迫下，「反帝、反封建是中國革命人民共同之要求。」

另一方面，作爲日本殖民地的臺灣，日帝也和臺灣封建勢力相勾結。「因此反帝反封建的要求，特別是反帝的要求，是臺灣同胞普遍的要求」。半殖民地大陸社會和殖民地臺灣社會——在「受帝國主義和封建主義的壓迫、榨取這一點上是有共同性的。因此，大陸和臺灣新文學，或有使用日文和漢語之別，但就反映人民基本要求，充滿反帝、反封建內容來說，並無多大差別，因而「用不用『臺灣文學』四個字，並不是什麼大問題」。

二、關於怎樣理解臺灣社會、文學的特殊性問題，駱駝英也是從社會性質論著手分析的。他認爲，一九四五年「臺灣作爲國民政府的一個領有區而回到祖國」，在社會性質上「也是半封建、半殖民地」，有特殊性，也有普遍性。因此，他主張「要分析臺灣現階段的社會特殊性，並且從這一個別的特殊性，找出中國的一般性，配合現今全國性的新文學的總方向。」他又以魯迅的《阿Q正傳》說明偉大文學作品首先是地方的，同時又是民族的、世界的。因此，「用不用『臺灣文學』四個字，並不是什麼大問題」……

三、有關「新現實主義」的定義。駱駝英還就一九一九年「五·四」運動和一九四八年的中國社會性質、階級對比的異同、階級力量轉化的情況，革命的展望、文藝作品中人物的個性、階級性和群體性的關係，做了細緻深刻的分析。最後，就當時長期討論的中國新文學的「新現實主義」作出界說：新現實主義就是「立腳在辯證唯物論和歷史唯物論上，且站在與歷史發展的方向相一致的階級的立場上的藝術思想和表現方法」。而所謂「與歷史發展的方向相一致的階級」，在那個極端反共法西斯的政治環境下，其實就是無產階級的意識。一九四九年三月二十九日，「橋」副刊突然休刊。二十個月來參與爭論不分省籍的作家、理論家不是星散、失蹤，就是被捕乃至鎮壓。

臺灣文學新現實主義論爭的全部理論和思想內容，除駱駝英的論文外，其餘理論水平還比較粗疏，但爭論觸及了：

一、臺灣新文學的歷史定位；

二、在大陸文學對比下臺灣文學的特殊性問題——即聯繫到「臺灣文學」的提法問題；

三、臺灣和大陸社會性質的異同問題；

四、臺灣文學與當前中國文學的關係等這些在今日也具有理論重要性的諸問題，而且在一九四七——一九四九年的歷史背景下，爭論充分顯現了被重編到中國當時的半殖民地、半封建社會基礎上的臺灣新文學，如何不能自外於中國新民主主義革命時期文學所承擔的使命。（註八）

現在，人們在《臺灣新生報》副刊「橋」上，所看到的是兩岸具有左翼色彩或主張現實主義的作家首次「合作演出」。不過，這「演出」時間短暫，且只限於文學範圍。即使這樣，這場爭論中的結盟還是有益的。

註釋

一　游彌宣：〈「臺灣文化協進會」的目的〉。

二　林雙不：〈新而獨立的臺灣文學〉，臺北：《自立晚報》，一九八八年五月。

三　揚　風：〈文章下鄉〉，臺北：《臺灣新生報》「橋」副刊第一一七期，一九四八年五月二十四日。

四　作於一九二七年，後收入魯迅：《集外集拾遺．老調子已經唱完》，北京：人民文學出版社，二〇〇六年十二月。

五　轉引自彭瑞金：《臺灣新文學運動四十年》（臺北：自立晚報社文化出版部，一九九一年版），頁五十三、五十四、五十六。本節吸收了他的研究成果。

六　〈如何建立臺灣新文學（續）〉，臺北：《臺灣新生報》「橋」副刊，第一〇一期，一九四八年四月三日。

七　參看陳映眞：〈臺灣現當代文藝思潮之演變〉，北京：《文藝理論與批評》一九九三年第一期。

八　臺　北：《臺灣新生報》「橋」副刊，一九四八年七月三十～八月二十三日。

第二章　戒嚴時期的文學制度

第一節　思想檢肅與克難運動

戒嚴時期是指一九四九年五月二十日至一九八七年七月十五日。這一時期的文藝政策的核心爲「反共抗俄」。爲「反共抗俄」，必須統一思想，統一行動，而異端思想不利於軍民同心合力保衛大臺灣，於是有從一九五〇年開始施行以「清共」、「肅共」爲名的思想檢肅運動。這不妨視爲光復後臺灣文化制度的一個重要組成部分。

「檢肅運動」來源於一九五〇年六月公布的〈戡亂時期匪諜檢肅條例〉，該月底實施的「思想檢肅」，有四條潛在標準：

一、是否信仰三民主義；
二、是否忠於最高統帥；
三、是否擁護「反共抗俄」；
四、對反攻大陸是積極參與還是袖手旁觀。

這場檢肅運動拉開了臺灣五十年代白色恐怖的序幕。有一些年輕人因爲加入了臺共組織，涉嫌「叛亂」

而被逮捕。

檢肅當然離不開思想檢查與圖書檢查。在這種局勢下，作家虞君質及《自立晚報》副刊主編吳一飛被檢肅而坐牢。省籍作家柯旗化，因擁有唯物辯證法書籍也進班房，作家朱點人則被判死刑。遭處決的作家還有簡國賢、徐瓊二以及作為「匪諜」的魯迅研究者藍明谷。曾與丘媽寅、陳錦火等人召開過幾次交換心得的讀書會，並購買過毛澤東著作和來自上海的左翼書刊，但從未參加過任何組織的葉石濤，則於一九五一年九月以「知情不報」罪名被檢肅最後判有期徒刑五年。

中華人民共和國於一九四九年十月一日在北京成立，使臺灣多數人對前途失去信心，擔心臺灣守不了多久就會垮臺。事實上當時在臺灣的部隊，只有兩個師，根本缺乏作戰和應變能力。這反映在文藝界，也是一片灰色失望情緒。當局為了鼓舞士氣，一再要臺灣軍民勇敢奮起，展開戰鬥，隨時作好反攻大陸的準備。可也有人認為這是根本不可能的。作為老百姓，最好不要介入國共兩黨鬥爭，以免充當炮灰。於是，一九四九年十月十八日《臺灣新生報》上出現了〈袖手旁觀論〉。這篇文章，劉心皇一口咬定「作者正是共黨的三十年代左翼作家王任叔」（註一），原因是此文署名「巴人」，而王任叔使用的筆名中有一個便是「巴人」。事實上，「巴人」的筆名有不少作家使用過（註二）。至於大陸的「巴人」，是不可能到兩岸封鎖極周密的臺灣投稿的。一經發現，不僅國民黨饒不了他，就是共產黨也會認為作為中共高幹的王任叔嚴重違紀，會給予嚴厲處分。

不可否認，這篇文章寫得老練、犀利，不從正面展開論述而將題旨包含在談天說地之中，使《臺灣新生報》副刊主編傅紅蓼失去了「政治警覺」，將其刊登出來。而政治嗅覺銳敏的文探們，普遍認為這不是一篇普通的雜文，而是「潛臺共諜們」精心製作的，其用意是「警告臺灣作家，只可袖手旁觀，否則中共到來，性命難保。」這種分析，正是評者也是國民黨恐共心理的一種表現。由於生怕人民解放軍渡海而來，以致弄得風聲鶴唳，草木皆兵：明明是文藝問題，說成是嚴重的政治問題；明明是一般作者所寫，偏偏說是「匪諜」所作；明明是只要稍加「批評」即可，偏偏要發動大小報一齊圍剿。先是孫陵走馬上任《民族報》副刊主編後，立即亮出寒光閃閃的匕首，寫了一篇題爲〈文藝工作者底當前任務——展開戰鬥，反擊敵人！〉的創刊辭，厲聲斥責「巴人」。（註三）接著《中華日報》發表題爲〈袖手旁觀嗎？〉的社論，（註四）對「巴人」加以嚴厲的聲討。軍中要人閻錫山也說：「在我們這反共的區域中，不只不容有一個投降的人，動搖的人，並且不許有一個兩可的人，因兩可的人就是滅亡我們的媒介。」（註五）這裡說的「兩可」的人，是指四十年代京滬等地出現的民主自由主義者。官方不許人民有選擇旁觀的自由，還把旁觀者看作「亡國」的媒介。這種上綱上線的做法，無非是爲鎮壓持不同政見者作輿論準備。

時任國民黨臺灣省黨部副主任兼《臺灣新生報》董事長的李友邦，覺得這樣做不利於團結更多的人，從另一種角度考慮休戰。由此他竟被誣爲通「匪諜」的後臺老闆，於一九五一年七月被處決。這是當時白色恐怖驚心動魄的一幕，是國民黨到臺灣後借文藝論爭製造的頭一個冤案。

除反對「袖手旁觀」論外，當局還要求大家跟上「克難」形勢。一九五一年，國軍爲了鼓勵士氣，開展了「克難運動」。各軍用競賽的方式選拔「克難英雄」，到臺北接受蔣介石和行政院長陳誠的接待。總政治部還發動社會各界人士舉行盛大的歡迎會，並通知一九五〇年成立的「中國文藝協會」：不少前線官兵喜歡讀文學作品，某些作家已成爲他們心中的偶像，宴會一定要有知名作家參與，並規定「每位英雄旁邊坐一位作家」。王鼎鈞認爲，官方沒有說誰是知名作家，誰是戰士的心中偶像，可大家都知道，張秀亞、徐鍾珮、羅蘭、琦君、鍾梅音，都是招人喜歡的女作家。「文協」負責人張道藩爲了響應上峰號召親自出席宴會，趙友培還做了一首〈克難英雄頌〉當場朗誦，可「文協」會員來得很少，尤其是該來的女作家都沒有來，總政治部一位副主任主持會議時對「文協」作了嚴厲的批評，沒有給跟不上「克難」形勢的「文藝總管」張道藩一點面子（註六）。

爲了更好地推行以「克難」爲核心的文學制度，當局發動群眾檢舉或舉報。舉報是指機關、團體、企事業單位和個人向情治部門或國民黨第四組揭發違反出版法、盜印大陸書等「犯罪」行爲。檢舉與舉報的意義類似，是指非受害人向國民黨支部、「警總」反映黨員或黨組織執法犯法或大搞不正之風問題的行爲。其方式爲上門舉報或寫檢舉信或用電話舉報等。這些「忠貞之士」檢舉的對象，不僅有左翼人士，還有右翼作家，如曾受到過魯迅批判過的梁實秋，有一本於一九五九年出版的譯著《沉思錄》，原作者是羅馬皇帝和哲學家瑪克斯．奧瑞利阿斯（Marcus Aurelius），簡稱瑪克斯。有人竟把這位瑪克斯與共產主義說學創始人馬克思等同起來，向有關部門揭發梁實秋以翻譯爲名在臺灣宣傳「共黨」學說。安全部門偏聽偏信，爲此立案調查。

中華商場於一九六一年落成，標誌著「克難」年代的終結，但「檢舉」之風並沒有停止。如「海歸」人士胡品清，一九六二年由法國到臺灣，擬任正在籌備中的中國文化學院法國文學研究所所長。可在「中國文藝協會」舉行宴會歡迎這位詩人的前夕，突然有人檢舉胡品清在法國巴黎包格爾斯書局出版的法文本《中國現代詩選》，收入過毛澤東的〈沁園春．雪〉，因而取消了這次聚會。由此可見，五、六十年代以「克難」爲標誌的政治運動及其連接的文學制度，「克難」竟成了鎮壓的同義語。

第二節　嚴苛的書刊檢查制度

說到「嚴苛」，使人想到日據時期審查出版物，不僅限於報紙、雜誌、書籍，更遍及說明書冊、明信片、照片、曆書、神社、寺廟的神符、火柴盒標籤紙、電影底片、唱片等類別，簡直是包羅萬象，堪稱一網打盡。臺灣的檢查制度比日本人只不過是五十步與百步之差。它分兩種：狹義的查禁係專指對文藝報刊及作品的封殺。臺灣的文藝期刊，出版者出版刊物時必須申請登記並且自行限制出版品的內容，廣義的查禁制度則包括了連帶對作者、編者所實行的文化專政手段。在思想方法上，這種「連帶」有點像封建社會的株連九族，其思想哲學方法完全是復古式的，同時又與現代的形而上學方法相結合。在七十年代，他們用這種既古老又「現代」的方法查禁因為中華民國退出聯合國應運而產生的許多探討臺灣未來的雜誌、書籍，例如《臺灣政論》、《美麗島》等雜誌，和吳濁流的《無花果》、陳映眞的《將軍族》等鄉土小說。其他因為西洋電影而翻譯的書籍如《畢業生》、《教父》等，也遭封殺。

按當時的出版法——當局發現出版品有所謂違法情況時，就不准出售和郵寄，甚至將它全部沒收。如為刊物，多項併處作停刊一年的懲罰。但實際上，無論是刊物還是書籍被認定的「違法」情況，有時只是幾句話或某一個比喻。如《將軍族》不過是作品裡出現過向日葵，便被認為所寫的是「共產中國」的「國花」；另小說裡描寫一個年輕人，為趕走鳥群揮舞了一下紅旗。其實，無論是「向日葵」還是「紅旗」，作品中只是一語帶過，並沒有作濃墨重彩的描寫。可查禁是無須問理由的。有「左翼文壇祭酒」之稱的陳映眞，沒有「悔悟」也不懼「感訓」，他寫過批判現行制度的小說，再加上閱讀魯迅著作，使他兩次身陷囹圄。至於以筆鋒之雄健、文字之鋒利與敢言著稱的柏楊，同樣是因爲「文字獄」即「大力水手事件」闖禍而被捕，最後卻是以撰寫「挑撥政府與人民感情」的雜文定罪，被關押十年。

從「查禁」角度定義戒嚴文化制度，便強化了臺灣當代文藝的政治性、時代性與現實感。其政治性與現實感的突出表現是「查禁」包括了對禁書閱讀者的懲處。臺灣當局認爲被禁的「異議知識分子」的書刊作者有問題，閱讀這些作品的人自然也會因火種「蔓延」導致「思想有問題」。爲控制民間閱讀，當局從臺北到高雄的圖書館均安插有情治人員。如一時未能安排，便會遭到安全人員的清查，如「臺中省立圖書館」的書籍一度被翻得底朝天。「警總」一旦發現有人閱讀魯迅、茅盾、郭沫若、巴金、丁玲等作家的作品，便會派員找上門約談。可「警總」越是說魯迅這個人如何十惡不赦，尤其是當蘇雪林用「流氓大師」、「青皮學者」、「共黨匪徒」來稱呼魯迅（註七）、說郁達夫的小說如何色情時，讀者便會激起強烈的閱讀欲望。臺灣作家楊渡回憶道：「現在回想，才知道影響自己最多的，可能不是那些學校規定的書，也不是正經八百的書，而是禁書。沒辦法，禁忌之愛，永遠有致命的吸引力。」（註八）這裡說的「致命」便包括坐牢，典型的例子有前述的省籍作家柯旗化和葉石濤。

國民黨遷臺後，雖然不再像抗戰時期那樣設有「圖書雜誌審查委員會」，但〈臺灣省戒嚴期間新聞紙雜誌圖書管制辦法〉規定，所有的出版品都必須送「警總」審核，如果認定這個出版物有問題，除了不能出版外，就連出版負責人也要用其他相關法律處罰，包括警告、罰鍰、禁止散布、沒收、停止發行和撤銷登記。本來，這些發行人或老闆並不是文學的直接生產者，而主要是文學的傳播者及市場的經營者，其中在各大學周邊經營禁書的書商所看中的是經濟效益，他們沒有也不會把黨國利益放在首位。只要受讀者歡迎能投放市場，能收到可觀的利潤，哪怕是禁書，他們也願意鋌而走險印製發行。如五十年代啓明書局經理應文嬋出版斯諾的《長征二萬五千里》，再翻印出售大陸文人馮沅君所著《中國文學史》，其中最後三頁提到「無產階級的文學」。一九五九年二月，臺灣省警備總司令部便以「爲匪宣傳」名義逮捕應文嬋。

任何一種文化現象的產生，均與特定的時代背景及文學生存的環境也就是文化語境有密切的關係。冷戰結構下戒嚴期間的書刊檢查，看似淨化文化市場的需要，其實這裡面隱藏著政治、經濟、思想、文化等各種複雜因素。考察書刊檢查制度的發生，不僅要有文化的眼光，更要有歷史的眼光、批判的眼光尤其是政治眼光。因爲不是呈直線發展的戒嚴時期這段歷史，並不單純體現爲時間關係，還有政治上當局反思丟失大陸原因這一複雜的政治因素。

在蔣介石看來，只要是宣揚社會主義、共產主義的書當然包括反對自己的讀物，就是毒物，都要加以審查和禁止。這是一種「有害思想論」、「危險思想論」，企圖把精神上的異端用政治權力加以禁錮，這是國民黨力倡禁書的主要原因。

「警總」查禁的對象，主要是針對身邊的島內作家，同時對有嫌疑的境外作家也不輕意放過，如由臺灣培養的作家於梨華，於一九七五年從美國回到闊別二十多年的祖國大陸，臺灣當局聞知後，便由七個單位聯合組成「書刊審查小組」，將於梨華描寫祖國大陸的《新中國女性及其他》、《誰在西雙版納》列入禁書之列。再如以出版宣揚分離意識著稱的、於一九八三年十月在南加州創辦的臺灣出版社，十二年間被國府查禁圖書四十二部。

「警總」權力大，管事多，幾乎不受什麼監督，他們想整誰就整誰，哪怕高級幹部也不能倖免，成功大學馬森說：白色恐怖比起「紅色恐怖」來是「小巫見大巫」（註九），這種比喻至少低估了白色恐怖時期哀鴻遍野的殘酷事實。「警總」當時實施的是「能可錯殺一千，不可放過一個」的方針，如出身於政工學校的劉宜良，以江南的筆名寫有揭露國民黨內權力鬥爭及政壇秘聞的《蔣經國傳》，後又寫國民黨另一失勢人物吳國楨的傳記，同樣有許多訪問傳主得來的絕密資料。一九八四年十月十五日，江南被國民黨特務暗殺於舊金山自宅車庫中。

查禁的負作用是僞書現象的泛濫。奇怪的是，這種現象的造成與官方有密切的關係，如官方認爲在臺灣出版大陸書可用「改裝」的形式出版，這「改裝」是指著者「朱光潛」著就變成「朱潛著」，也有的書作者變成「本社編」；要麼把幾個人的書合成一本出版，這給未來的學者考證帶來困難。

第三節　中國文藝協會與除「三害」

在國民黨中央宣傳部長張其昀、教育部長程天放、國防部政治部主任蔣經國、臺灣省教育廳廳長陳雪屏等人的支持贊助下，「中國文藝協會」於一九五〇年五月四日正式掛牌，這是「自由中國文壇」正式建立的標誌。作爲五十年代最活躍的文藝團體，該組織並沒有理事長，只有三位常務理事：張道藩、陳紀瀅、王平陵。當「國軍文藝運動」興起大有取代「文協」勢頭時，陳紀瀅當面請示蔣介石：「文藝工作到底由誰領導？」蔣立刻回答：「由道藩同志領導。」（註一〇）

這個臺灣最大、且惟一有辦公地點和少量專職幹部的文藝團體，其支持和贊助者或任要職，或具有立法委員身分，且有充分從事三民主義文運的熱誠，他們給這個民間群眾團體塗上一層政治色彩，這色彩另一表現是財政上的支持。成立時由行政院補助三萬元，國民黨中宣部補助二千元，一九五八年後增加爲一萬元。事實上，國民黨也常常從政治上、政策上、方針上給這個組織下達指令。該協會會章寫道：「團結全國文藝界人士，研究文藝理論，從事文藝創作，發展文藝事業，實踐三民主義文化建設，完成反共復國任務，促進世界和平爲宗旨。」這就把作家們納入了反共復國爲核心的體制化管理。正是這種寫作體制，使「文協」會員獲得了創作資本和高於普通作家的話語霸權。反過來，他們在聽命當局的政治指令時，又強化了文學的制度力量。

「文協」成立之初只有一百四十多人，後來不斷擴充以致壟斷文壇達十餘年之久。這個團體的宗旨雖然也說到要「研究文藝理論」，但「研究」的最終目的是爲反攻大陸服務。爲此，他們從一九五八年起不定期編印《大陸文藝情資研究》簡報。別看這個「文協」當年寄身於十分破舊的中國廣播公司汽車間，後遷至寧波西街的一條小巷中，可就在這個「汽車間」和「小巷中」，文學生產被組織成一個規模寵大的「投稿比賽的得獎遊戲」。這個提倡寫大陸「暴政」的「政治遊戲」，網羅了絕大多數知名度高的作家、藝術家。

有相當於軍事化組織紀律的「中國文藝協會」，制定有〈中國文藝協會動員公約〉：

我們願意貢獻一切力量，爭取反共抗俄戰爭的勝利，並爲厲行國家總動員法令，各自努力本位工作，經鄭重議定下列公約，保證切實履行，如有違反，願服從眾議，接受嚴厲的批評和制裁，絕無異言。

（一）恪遵政府法令，推動文化動員。

（二）發揚民族精神，致力救國文藝。

（三）團結文藝力量，堅持反共鬥爭。
（四）厲行新速實簡，轉移社會風氣。
（五）嚴肅寫作態度，堅定革命立場。
（六）鞏固文藝陣營，注意保密防諜。
（七）加強研究工作，互相砥礪學習。
（八）集會嚴守時間，力求生活節約。

這種「公約」，以文藝之名向當局表忠心。而「接受嚴厲的批評和制裁」云云，正可見文壇上所籠罩的嚴酷政治氛圍。更值得注意的是，「中國文藝協會」發動會員學習政治，不忘使命，前後舉行座談二十四次，發表文章三十萬字，最有代表性的是一九五三年十二月發表的該協會全體會員學習〈《民生主義育樂兩篇補述》的心得與建議〉，除宣揚蔣氏的「偉大貢獻」外，還請求「中央委員會」從速制定「民生主義社會文藝政策」。

「中國文藝協會」在組織作家創作方面沒有取得重大成績，經得起時代篩選的作品少之又少。他們熱衷於搞運動，最著名的是「除三害」運動。一九五四年五月四日，陳紀瀅、王平陵、陳雪屏、羅家倫、任卓宣、蘇雪林、謝冰瑩、王集叢等人成立「文化清潔運動專門研究小組」，負責研究如何會同各界開展這項運動。值得注意的是，蔣介石在《民生主義育樂兩篇補述》中只提到「國民不是受黃色的害，便是中赤色的毒。」但是到了陳紀瀅以「某文化人士」的名義在一九五四年七月二十六日的《中央日報》、《臺灣新生報》上正式提出「文化清潔運動」的口號時，卻多加了一條「黑色的罪」。中國文藝協會常務理事及國民黨內「文藝協會黨團」的幹事會書記陳紀瀅指出：「文化清潔運動」也可以叫做「除文化三害運動」。這是兩年前鑒於不少出版商專門編印誨淫誨盜、造謠生事、揭發隱私的書籍，故有必要提出「肅清文化陣容」的口號。鑒於「黑色新聞」勢力非常強大，他們常依仗「誰來管我，先內幕誰一番」，因而許多部門無奈他何。

這次「某文化人士」談話一發表，立即受到內幕新聞雜誌的圍攻，但鑒於陳紀瀅的談話不代表個人，因而他並不怕別人反對。一九五四年八月七、八日，陳紀瀅和王藍以「中國文藝協會」代表人物身分正式亮相：嚴厲喝斥「赤、黃、黑」三害，並表明「中國文藝協會」願意充當除「三害」的前驅，從而揭開了「文化清潔運動」的序幕。

無論是蔣介石還是陳紀瀅所講的「赤色之毒」，均是指宣傳共產主義及過高估計蘇聯及中國共產黨的力量。「黃色之害」是指低級下流的色情作品和誨淫誨盜的圖文。「黑色之罪」，是指用誇張渲染手法寫黑社會殺人越貨、走私販毒黑幕的作品，其中包括有的報紙雜誌與通訊社虛構大陸新聞而美其名曰揭發內幕的報導。像《臺灣新生報》副刊均為一股黃色乃至黑色的文藝氛圍所籠罩，並影響著別的報刊。在某種意義上說，「除三害運動」就是針對該報的。正如一位文學史家所記載：「臺灣當時，既然這樣受大陸局勢惡化的影響，在文壇方面，便呈現著『動亂、灰色和黃色』。方形的黃色雜誌和報導內幕的雜誌很多，裡面的東西不是黃得一塌糊塗，就是捕風捉影的似是而非的戰局內幕，和一些私人生活的內幕。報紙副刊的文章，充滿了名人以及名女人軼事，陳舊不堪的掌故，『鴛鴦派』的抒情，以及庸俗酬唱的舊詩詞。有多少文人噤若寒蟬，不敢說話，也不敢發表文章；有多少文人寫著『大腿、櫻唇、隆胸、豐臀』的黃色文藝，和胡扯八道的洋幽默。」（註一一）

從文學反映現實的角度看，黃色和黑色文藝倒是適應了動盪時代變化的需要，也是統治者麻醉人民的一種必要手段。而掃黃反黑「不過暴露了以政治強力干預文藝活動，以蠻力扭曲現實的強悍作風，並開始了永不歇止的文藝箝制政策。」（註二二）這裡講的「政治強力」，包括官方控制的文藝團體和報刊一起動員和上陣，分別在「臺灣」、「軍中」、「空軍」、「警察」廣播電臺舉辦專題講座，前後達七十四次。八月九日，包括一五五個社團的五百餘人連署，同時在各報發表〈自由中國各界為推行文化清潔運動厲行除三害宣言〉。其中較突出者如政界的民社黨負責人徐傅霖、蔣匀田，青年黨領袖余家菊，教育界如臺灣大學校長錢思亮、臺灣省立師範學院（今臺灣師範大學）校長劉眞，還有當年的十家大出版單位及九十三種雜誌都加入了除「三害」的大合唱，至於軍團系統，有以中國青年寫作協會（簡稱「作協」）所發表的〈我們對於文清運動的認識〉作為響應：除表示支持這個運動的開展外，還特別指出除三害還應加上為害甚烈且隨處可讀到卻又不引起人們重視的粗製濫造的小說、散文、看不懂的新詩和舊體詩、主題不明確的劇本、內容貧乏的文藝理論，這些也應該加以掃蕩。這表面上看「作協」比「文協」高明，其實暴露了軍中文藝系統比「文協」更粗暴。

由於動員面是如此之廣，乃至事後有小型文革之稱的「文化清潔運動」，其涉及的不僅是文藝界，而是整個文化界。其中反黃、反黑在客觀效果上雖然有一定的積極意義，但反「赤」則純是禁錮言論自由、以通匪為藉口修理異己，由此實施以打擊「赤害」為名的恐共統治的一種專制手段。可見「除三害運動」並不是單純的文化運動，而是由官方支持的一項政治整肅運動。

第四節 「中華文獎會」與《文藝創作》

一九五〇年春初，張道藩奉蔣介石的指令，於一九五〇年三月一日創設「中華文藝獎金委員會」，獎勵富有時代精神的文藝作品，以激勵民心反攻大陸的士氣。該「獎會」委員有張道藩、程天放、陳雪屏、狄膺、羅家倫、張其昀、胡建中、陳紀瀅、李曼瑰等九人，張道藩爲主任委員。該獎經費由國民黨宣傳部第四組每年撥款六十萬新臺幣，其日常工作爲：

一是經常徵求文藝理論、詩歌、小說、劇本、樂曲、木刻等稿件，從優補助稿費；
二是每年於元旦、「五・四」、雙十節、國父誕辰，定期舉辦各項文藝獎；
三是舉辦論文及文藝演講等比賽，發給優勝獎金；
四是補助文藝刊物及文藝團體等經費。

七年間向「文獎會」投稿作家約三千多人，作品近萬件，並舉辦獎勵十七次，共七十三項，得獎作家一百二十人。該會評審委員有何容、齊如山、蔣碧薇，王夢鷗、朱介凡、高明等人，所徵求的劇本包括評劇及地方劇本、獨幕話劇本、電影分幕對白劇本，還有宣傳畫、漫畫及鼓詞小調。一九五〇年初，「文獎會」出版兩本反共書籍：一本是葛賢寧所著的《常住峰的青春》，另一本是水束文（吳引漱）的《紫色的愛》。歌頌最高統帥有功的葛賢寧，於一九五〇年春天進入「文獎會」工作，後來出任《文藝創作》主編。

「文獎會」評獎的標準特別注重作品的「反共抗俄意識」。他們資助的文人多爲軍中作家，如司馬中原、朱西寧、段彩華、尼洛等。他們創作的作品，多半屬以時代的動亂、國難、兵燹爲寫作背景的「大兵文學」。這是「戰鬥文學」的一支勁旅，是反共文學的主流。

這種「大兵文學」或曰「戰鬥文學」，曾遭到不少作家的質疑。連張道藩自己也承認：「當前仍確許多作家主張用文藝來『言志』的，他們在作品中，在言論上反對以文藝來『載道』。兩年來曾有許多作家詢問文獎會：『爲什麼非反共抗俄的作品不鼓勵？』一年來又有許多作家詢問：『爲什麼非反共抗俄的作品不刊載？』」(註一三) 這些質疑者還「譏諷反共抗俄文藝爲『八股口號』，爲『宣傳工具而不是文藝』」。(註一四) 實踐證明，這些看法有一定道理。試看當年那一大批「中華文藝獎金」的獲得者，奉行以「反共抗俄」爲核心的「三民主義文藝」，陷入其大鍋菜式的同質性(諸如牛哥那類「牛伯伯打游擊」的公式)、虛幻性、戰鬥性的泥塘，不再有題材、體裁、風格、形式的多樣化，使創作路子越來越窄，這也爲張道藩自己的失勢製造了條件。那是一九五六年七月，「中華文藝獎金委員會」正準備增設「聯絡組」大幹一場時遭停辦，這表面上是因資金短缺而無法生存，其實是一九五四年十二月美國和國民黨簽訂〈中美共同防禦條約〉後，蔣介石的反攻美夢已受到制約乃至被切斷。在這種情況下，「文獎會」所倡導和配合的「戰鬥文藝」運動顯然有違美國願望，無預警地撤銷正是國府向美方謝罪將其當替罪羊的表現，同時也正可改變人們對當局只會破壞不會建設的形象。

正因爲「反共抗俄」的文學制度及其「文獎會」機構已失去生存的政治基礎，再加上黨政軍團勢力的崛起，這便加速張道藩政治上失寵和主管文藝大權的旁落。即使「中國文藝協會」未和「中華文藝獎金委員會」一起撤銷，但它已淪爲「總政治部」系統的附庸。這使以「中華民國文藝鬥士」自居的張道藩去世前，使其痛心的不是他的「全集」未能出版，而是「中華文藝獎金委員會」不能堅持辦下去，雖然在蓋棺前他還不太清楚是誰從中作梗，奪走了他的文藝領導權。

當然，說國民黨只重視「戰鬥」而完全不重視文藝雜誌的創辦，與事實不完全相符。僅一九五〇年，國營事業臺灣鐵路管理局創辦《暢流》（一九九一年停刊），中國石油公司同年創辦《拾穗》（一九八九年停刊），新聞處呂天行、行政院李季穀合辦《當代青年》（一九五五年停刊），臺灣師範學院附屬中學教師程敬扶創辦《半月文藝》（一九五五年停刊），《臺灣新生報》趙君豪和姚明合辦《自由談》（一九八九年停刊）。最值得重視一九五一年五月四日出現以引導文壇走向爲使命的《文藝創作》。這個適應政治需要的刊物，總共發行六十八期。小說的作者，外省作家占絕對壓倒優勢，如潘人木、梅遜、端木方、高陽、段彩華，詩歌方面主要作者有彭邦楨、紀弦、上官予、墨人、李莎。戲劇方面作者有高前、費嘯天、小魚等。評論方面有陳紀瀅、張道藩、王平陵、葛賢寧、李辰冬等。

這些作家所寫的作品幾乎看不到風花雪月，有的火藥味還很濃。刊物發表的小說不外是宣揚軍民的克難精神，或向中共抗爭，或表彰抗俄戰士的英勇行爲，這樣的作品有郭衣洞的《蝗蟲東南飛》，爲才的短篇小說〈失去陽光的日子〉、楊念慈的詩歌〈你們，三百名女兵〉、潘人木的短篇〈一念之差〉。除了這種殺聲隆隆的剿共作品外，也有遊子懷念大陸故鄉之作。至於本省作家，也有人向「文獎會」投稿，如時爲年輕作家九龍（鍾肇政）寫的〈老人與山〉，描寫堅貞不屈的知識分子上山開荒的故事，有激勵鬥志的作用。

《文藝創作》常製作專輯，如「文藝論評專號」。最有史料價值的是一九五二年出版的三萬多字的

「一年回顧專號」，執筆者均是權威人士，打頭文章為張道藩的〈一年來自由中國文藝發展〉，緊跟著是陳紀瀅的〈一年來自由中國的文藝創作〉，另有王聿均的〈一年來自由中國的詩歌〉、葛賢寧的〈一年來自由中國的小說〉。這類文章還包括藝術創作評論，如王紹清的〈一年來自由中國的電影發展〉、齊如山的〈一年來自由中國的平劇〉、呂訴上的〈一年來的臺灣地方劇〉、梁中銘的〈一年來自由中國的美術〉、李中和的〈一年來自由中國的音樂〉。該刊不滿足於這種分類評述，還增加了趙友培的〈自由中國文藝的新展望〉以及孫德芳的〈對自由中國音樂界的展望〉。上述文章連用了十一個「自由中國」，使人感到「自由中國文壇」的崛起簡直呼之欲出。這些論評的題材離不開貫徹蔣介石的《民生主義育樂兩篇補述》有關文藝的指示。該刊還出版過「菲律賓華僑文藝作家專號」。之所以選菲律賓而沒有選馬來亞，是因為菲律賓是國民黨反共的後方基地，與中華民國有良好的外交關係。

基於時代的變遷和人事關係的調整，《文藝創作》先後擔任主編的有葛賢寧、胡一貫、王平陵、虞君質。其中在六十一期後上任的主編虞君質，在欄目設計上有很大的改進，除社評外，還有小說、理論、詩歌、散文、詩詞選輯、書評、戲劇、木刻、青年習作及藝文動態等。

這份辦了六年為「反共抗俄」文學制度效力的刊物，在勢頭正旺時突然停止，其停刊的原因按張道藩的說法是完成了發揚反共文藝的使命，還培養了不少文壇新秀，並刊登了許多符合創刊宗旨的作品，況且當時還有《幼獅文藝》、《新文藝》、《晨光》、《文藝月報》、《文壇》等刊物可供作家馳騁。其實停刊的原因最重要的是經濟問題。那時「文獎會」已經解散，作為附屬物的《文藝創作》也就只好關門大吉。

第五節　文學教育與「中華函授學校」

臺灣的不少大專院校均有中文系或文學院，其任務是傳授中國文學知識，提高人文素養。不過由於官方沒有充分認識到文化尤其是文學對塑造讀者靈魂的影響，再加上整個社會重商輕文，評價人的標準不是看其有多少學問而是看他賺了多少錢，課程設置也過於理想化，致使中文系畢業生走出校門便面臨失業的困境。

比中文系覆蓋面更大的文學院，包含中文系、外語系、歷史系、哲學系、其中中文系以古典文獻整理爲主，訓詁課程占了重要地位。這是一門最古舊的學問，老師們以守護「中學爲體」的文化理想爲榮。學生如報考國文系，必然有整理無標點符號古籍的試題，如《詩經》、《論語》。

以義理、考據、辭章構成的學術，在發揚中華文化方面有較大的作用，其缺點是有一股黴味，脫離社會實際。以臺灣師範大學爲例，八十年代中期古典文學占七十二學分，三十七鐘點。雖然後來有現代文學，可只占七學分，課時四鐘點（註一五）。淡江大學中文系夜大學古典文學課程五十二學分，二十七鐘點，現代文學課程只有四個學分和二個鐘點。和大陸高校一樣，臺灣大專院校存在著嚴重的厚古薄今現象。他們和北大中文系主任楊晦一樣認爲：大學中文系不培養作家，只培養研究人才。既然大學把培養作家的任務交給社會，社會上便有一些有識之士組建文藝學校，最著名的有相當於大陸「中央文學講習所」的「中華函授學校」。

據臺灣新詩史料家麥穗回憶：一九五三年八月，臺北的一家報紙在「壯闊」的版面上登了一個「中華文藝函授學校」招生廣告。其中有招生的宗旨和內容，還有李辰冬、謝冰瑩、王平陵、王藍、梁實秋、沈剛伯、陳紀瀅、錢歌川、趙友培、張秀亞、紀弦、鍾鼎文、鍾雷、覃子豪等三十八位教授的名單附在上面。這個學校的所謂教授，只有梁實秋、錢歌川等人名副其實，其餘均是著名作家。由於他們名氣大，招生的內容畢竟吸引了想上大學中文系而無條件入學的文藝青年。當時楊華康即麥穗痴迷於詩，已走在寫詩的道路上，因而當他看到這所學校除「小說班」、「國文進修班」外，還有他最感興的「詩歌班」，由此他索簡章、報名後迅速交學費，很快就成爲這所函授學校「詩歌班」的第一期學員。

「中華文藝函授學校」三個班首期學生有九〇一人，其中小說班三三六人，國文進修班四七三人，作爲最精煉的語言藝術的詩歌班只有九十二人。小說班的主任是抗戰成名的女作家謝冰瑩，國文進修班主任是研究中國文學史的梁容若，詩歌班主任系法國理昂大學研究院進修過的侯佩尹。一九五四年另由曾主編《新詩週刊》的覃子豪繼任。覃子豪對詩歌班的教學工作異常投入，把它當作事業來做。覃氏充分認識到培養文藝新軍的重要性，正如有一篇文章所說：「他擔任中華文藝函授學校詩歌班主任以來，可說是他爲教育別人最辛苦的一個階段，爲了每週趕寫一篇講義，他曾累得吐血，但是無數愛新詩的學生們，都爲他的精神感動得流淚。學生們對他的講義，視爲至寶，跟他學習創作新詩的人都有顯著的進步。」（註一六）他這些講義後來修改出版，而當時的講稿經過聽課的人反復揣摩，已有了紀念意義。

一九五三年，是日本投降後的第八年，是國民黨撤退到臺灣的第三年。當時存在著語言轉換問題，對本省作家來說已能夠用中文寫作了，但仍有一部分人用中文創作遠不如用日文創作來得快。由於這個函授班有國文進修課程，所以報名參加的本土人士就多達一三八人。引人注意的是，在日據時期寫「皇民文學」的陳火泉，也是小說班首屆學員。當時因爲國共內戰，離鄉背井的流亡學生隨軍隊漂流到臺灣的年輕人也很多。據麥穗保留的一份同學通訊錄，學員的籍貫幾乎包括了全中國，而年齡也以二十～二十七歲之間居多。但九十二位同學中有好幾位已在文壇馳騁，如筆名向明的董平、筆名瘂弦的王慶麟、筆名劉炳彝的藍雲、筆名小民的劉長民、筆名秦嶽的秦貴修、筆名一夫的趙玉明、筆名戰鴻的楊祖泉、筆名雪飛的孫健吾、筆名蜀弓的張效愚，另有彭捷、楊華銘、丘平及麥穗本人。

函授學校系社會人員提升學歷的一種最佳方式，大陸在「十七年」時期也有過，但專門培養詩歌青年的函授學校，是在改革開放後瀋陽阿紅主編的《當代詩歌》首創的，這是以通信為主要教學方式的學校。定期由函授學校給予輔導和考核，有時也進行短期的集中面授或就地委培，大陸這種辦學方法比臺灣落後了數十年。

戒嚴時期的文學教育制度，是為形塑黨國神話、忠於黨的領袖和單一的歷史觀服務的，其目的是維護政權的世代相傳而非發展前進。但與新聞出版相比，文學界相對多了一點自由的空間，這自由雖然不能超越黨國體制，但只要不把矛頭指向政權的掌舵者，作家們就有旋轉的空間。上晏蕭說得好：「如果沒有林海音潛在的自由主義思考，就沒有臺灣作家艱難的發表空間；如果沒有鍾肇政的私下串連與鼓勵，就沒有支撐臺灣本土作家度過艱辛語言轉換期的力量。」（註一七）同樣，如果沒有神父和外國宗教作背景，以致任命耶穌為寫作會會長，民辦的教育機構就不可能長期維持，以致成為「思想審查下的庇護所」。這裡講的「庇護所」，是指「在舉辦電影公開發表會免去向政府申請准演證」，禁書風聲甚緊的時候，「寫作會舉辦的讀書會也可以以陳映真為主題。」（註一八）

「寫作會」，是指創立於一九六六年堅持至今的耕莘青年寫作會。它以培養青年寫作人才、提倡文學研究風氣為目的，另開辦文藝課程，出版文藝書刊和會訊《旦兮》。

第六節　軍中文藝體制的確立

在五十年代，當局推行文藝政策主要有兩支文武結合的部隊：一爲張道藩負責的「中國文藝協會」及「中華文藝獎金委員會」，二是由蔣經國領銜的軍中系統。這兩個系統原是平行的，互相配合的，但到了一九五六年後期，情況發生了變化：當局的文藝政策主要透過蔣經國的「黨政軍團」出面貫徹執行，「中國文藝協會」則成了配合部門。

蔣經國長達二十年（一九五二～一九七三）出任國防部總政治部主任，號稱「青年導師」。在其任內爲抓筆桿子，採取了以下措施：

一、一九五〇年六月起發行《軍中文摘》，此階段是以刊登社會各界的適合作品爲主。日後此刊物隨著軍中文藝的實際發展及因應時局的需要，迭有更名及調整編輯方向。

二、一九五六年十二月間，總政治部首先舉行許多場的軍中文藝座談會，極力結合社會的知名作家與軍中文藝工作者參與，透過軍屬廣播電臺及報刊大力宣達。

三、一九五一年五月，蔣經國以總政治部主任名義發表〈敬告文藝界人士書〉，號召「文藝到軍中去」運動，希冀藉由文壇的活動使文藝在軍中由萌芽而開花結果。

四、一九五二年六月，國防部總政治部大力舉辦「軍中文藝示範營」，大批邀約文藝界人士到軍中輪流開課、舉行座談會指導，會中提出「兵寫兵、兵唱兵、兵演兵，兵畫兵」的口號。

五、一九五四年間，陸陸續續邀請文協會軍中訪問團，到全臺各個軍中基地參訪，對作家給予相當的禮遇。

六、一九五四年一月起軍中刊物改名爲《軍中文藝》，此階段已是以刊登軍中作家作品爲主，因爲先前刻意推動的軍中文藝風氣已初見成果。

七、一九五四年開始，國防部總政治部年年舉辦「軍中文藝獎」，直至一九五八年間才停辦。後改以「國軍新文藝金像獎」接續。

八、一九五五年爲配合蔣介石的戰鬥文藝號召，《軍中文藝》又改名爲《革命文藝》。

軍中作家係五十年代文壇一支重要力量。官方在倡導「戰鬥文藝」時，特別開展了「國軍文藝運動」，組織軍中文藝團體，這樣便培育了一大批效忠現政權的作家，主要有鄧文來、姜穆、尼洛、趙滋蕃、公孫嬿、邵澗、桑品載、田原、穆穆等。其中創作時間較長和作品產量較豐者有司馬中原、朱西寧、段彩華等「三劍客」。他們和政界作家相通之處均是努力地書寫反共文藝，但由於他們較年輕，對國共的鬥爭實際體驗不多，故其積極性比老一輩作家稍弱。到了六十年代，軍中文藝仍得到蓬勃發展：一九六五年四月八日至九日在臺北市北投復興崗上召開了第一屆「國軍文藝大會」，參加者除軍中文藝工作者外，還邀請了社會文藝工作者參加，總計五百餘人。蔣介石親臨訓示，提出了「抑揚節宣」四字訣，並以「新文藝的十二項內容」訓勉與會人員：

一、發揚民族仁愛精神；

二、復興革命武德精神；
三、激勵慷慨奮鬥精神；
四、發揮合群互助精神；
五、實踐言行一致精神；
六、鼓舞樂觀奮鬥精神；
七、激發冒險創造精神；
八、獎進積極負責精神；
九、提高求精求實精神；
十、強固雪恥復仇精神；
十一、砥礪獻身殉國精神；
十二、培育成功成仁精神。

大會根據蔣氏這種「雪恥復仇」的講話精神，除設立了「國軍文藝金像獎」外，還發表了〈國軍第一屆文藝大會宣言〉，重點闡明了「三民主義新文藝」的主張，強調「新文藝，是以倫理、民主、科學爲內容，以民族的風格、革命的意識、戰鬥的精神熔鑄而成的三民主義的新文藝。」「新文藝運動的目的，就在提高人性的尊嚴，在謀求人群的幸福。這一崇高眞善美的文藝理想如果用現代的語彙來說，稱之爲『人文主義』也未嘗不可。但我們相信，它比十五世紀的『人文主義』更積極，比十八世紀的『新人文主義』更進步，因此，新文藝也可以稱之謂『進步的人文主義』」。

依據第一次文藝大會宣言與決議案所訂定的〈國軍新文藝運動推行綱要〉，其準則爲：

（一）文藝本質與三民主義思想結合起來。

（二）文藝路線與反共復國運動結合起來。

（三）文藝題材與現實生活結合起來。

（四）文藝創作與民族情感結合起來。

一九七八年元月十八、十九日，在臺北再次舉行「國軍文藝大會」，出席者有軍中作家及特邀社會人士共四百多人。參謀總長宋長志和國民黨負責文化工作的楚崧秋主任的講話，均強調過去說過多次的批判唯物主義，國軍新文藝運動要擔負起「宣揚三民主義，發揚中華文化的雙重任務」。最值得重視的，是國防部總政作戰部主任王昇於十九日下午所作的〈提筆上陣，迎接戰鬥〉的即興式結論演講。此演講充分代表了主流意識形態，是「截至目前爲止臺灣比較重要的文藝政策宣言中最後的一篇，也引領了文藝政策全盤崩潰前的最後高潮。」（註一九）此講話談到存在主義和他們的「僞自由主義」，指出沙特式的「爲反抗而反抗」的存在主義與今日中華民族之處境不相干。此段話明顯是指李敖在《文星》雜誌上宣揚的西方存在主義哲學和胡適思想的本質「自由主義精神」。在談到在海內外報刊上經常被討論乃至被抨擊的「工農兵文學」與「鄉土文學」時，一方面指出作家應該描寫乃至歌頌工人與農人，一方面又指出「我們卻不能走中共那一套『工農兵文學』路線」；一方面強調「絕不能把寫鄉土文學的人都給他打成左派、頭上戴上紅帽子」，另方面又反對只「強調一種狹隘的地域的觀念，幫臺獨開路。」這種左右開弓的做法，反映了他善於處理複雜問題的才能。他對不利當局文藝政策貫徹的鄉土文學思潮沒有採用過去「戰鬥文藝」主持者的主動進攻的辦法，而是用被動的守勢法去說服論戰雙方，這均是爲了調和當局與本省民眾的關係，以求穩定社會秩序，更好地推行本土化政策，達到鞏固其統治的目的。

從以上對軍中文藝體制的竄起及當局召開的各種重要文藝會議回顧中可以看到：三民主義是縱貫臺灣當代文化（主要是一九四九年以後）走向的主軸，這就難怪當時出版的或獲獎的文藝理論著作都不可避免地打上三民主義的烙印。至於領導人的講話，不考慮文藝的本質是什麼，而只從政治對文藝的亟需出發規定文藝應是什麼，作家應寫什麼，評論家應宣傳而不是研究什麼。尤其是軍中文藝體制把文藝的多功能簡縮爲單一的戰鬥功能，並且爲了獨樹一元功能論，要求作家、評論家「擔當起三民主義政治作戰與心理作戰的前鋒」，（註二〇）這就埋沒了文藝的審美本性，爲整個文壇異化爲「一個文網密布的監獄」（註二一）提供了充分的理論基礎。

第七節　中華文化復興運動

國民黨在戒嚴期間所制定的文化制度，臺灣文化嚴重缺席。中華文化復興運動的推行，便是典型一例。

一九六六年十一月十二日，爲孫中山一百晉一誕辰。這時，蔣介石乘此機會發表了國父一百晉一誕辰中山樓中華文化堂落成紀念文〉，認爲臺灣是「彙集中華文化精華唯一之寶藏」和發揚民族文化的「範式」（註二二）。嗣後，孫科、王雲五、張知平等一千五百人聯名給行政院上書，建議發起中華文化復興運動，將孫中山誕辰的十一月十二日定為「中華文化復興節」。同年十二月，國民黨九屆四中全會通過了〈中華文化復興運動推行綱要〉。次年七月二十八日，「中華文化復興運動推行委員會」成立，會長由蔣介石親自兼任，副會長為孫科、王雲五、陳立夫，秘書長為谷鳳翔。在此之後，中華文化復興運動遂在全臺灣相繼開展，教育部文化局亦在此時成立。

國民黨在總結失敗教訓時，不僅立足於軍事上反省，而且還從道德文化角度考慮。蔣介石就認為，國共兩黨之爭並不僅是軍事力量的較量，同時也是一場「道德文化戰爭」，是「七分政治的鬥爭條件與成效」（註二三）。為了不再重蹈不重視文化的錯誤，他決心用經過曲解的「民族文化」作為強化自己在臺灣統治的思想基礎。關於這曲解的「民族文化」，有一位論者這樣解釋：

> 文復運動所推展的「中華文化」，不僅借由三民主義將傳統與現代互相聯結，還以道統強化臺灣在中華文化的正統性，並借由強調臺灣與中國淵源的方式，將中華文化深植於臺灣。（註二四）

可見，蔣氏所推行的「中華文化」，在某種程度上來說與大陸講的「中華文化」有質的差異，因為它是以三民主義為核心的，其目的是讓臺灣成為接受所謂「正統」中華文化的「模範省」。也就是說，「這是一種用『立國』、『建黨』思想為條件所擇取、『淨化』後的中華文化。一個將文化、思想與政體相結合的民族論述，才是『文復運動』的眞正主軸。」（註二五）

蔣介石發動「中華文化復興運動」另一原因是在六十年代，美國要求國民黨不要寄希望予「反攻大陸」，而應改變策略，由積極進攻變為消極地扮演中國文化的守護者，以爭取大陸人心。雖說是無可奈何，但仍有積極作用，它可用來針對大陸發生的文化大革命運動。對岸發生的這場文革，以掃「四舊」爲名毀滅了大量的中外文化精華，並使大陸的經濟發展跌入崩潰的邊緣。大陸發生的這場悲劇，國民黨自然幸災樂禍，也正是他們把自己裝扮爲中華文化的繼承者和捍衛者的最好時機。蔣介石在召見文化大學傳播學院院長王洪鈞談及「文復會」的設立時，就直言不諱地說：「中共發起文化大革命，對中國青年在文化傳統的認識方面殘害最深，爲免於中華文化的斷絕，我們要設立文復會來延續中華文化的命脈！」（註二六）可見，「文復」運動的開展，帶有濃厚的政治功利主義成分在內。

「中華文化復興運動」開展的又一原因是伴隨著臺灣經濟的發展，人民的道德水準在下降：投機貪婪之風日盛，人與人之間信任感無由建立，「社會正義」幾乎成了古老詞彙。這種「酒逢千杯知己少，話不半句投機多」的情況也需要求助傳統文化去改良日益惡化的社會風氣。

「中華文化復興運動」的開展還由於臺灣社會當時盛行「全盤西化」論。五十年代初，鴨綠江邊戰火蔓延。爲了把臺灣變成入侵朝鮮的跳板，美國與臺灣當局簽訂了共同防禦條約。接著是美援、日援在臺灣泛濫成災。隨著西方經濟和商品的輸進，西方的文化思潮也成爲許多文化人追逐的對象，尤其是英美派的自由主義和實用主義蔚然成爲學術教育界的主流。像李敖這樣年輕有爲的知識分子，由於不滿俗陋的文化生態環境，便想借宣傳西方的科學與民主來提升本國的文化，並借題發揮抨擊國民黨的道統。由李敖領頭的，以提倡現代化和「全盤西化」著稱的《文星》雜誌自此一紙風行。

「中華文化讀書運動」對傳統文化作一番整理，去蕪存菁。同時選擇西洋文化的精華，吸取採用，合中西文化融於一爐，而造成一種更新的能造福人類的中和文化」。整理大量的古籍，使文字顯明易懂化，讓普通民眾能讀得懂。編印《中華文化概述》，出版中國歷代思想家（一百位）小傳，介紹其生平思想行誼及其著作的影響作用，使國人對中國學術思想之演變，有較深入認識。編印中國歷代忠孝人物故事（一百位）及忠孝文選，以發揚民族文化人文精神的宏偉風範。重新英譯四書，並向海外發行，以加強國際學者對中國文化的瞭解與景崇。譯介西方名著，有關於政治、經濟、社會、科學等各方面者，已有多種出版。翻譯英國人李約瑟所著《中國的科學與文明》，編印「中國科學技術史」叢書、《周秦漢魏諸子知見書目》、《中國史學論文選集》及「中國人文及社會科學史叢書」、「中國近代法制研究」、「中國文獻西譯書目」、「現代化建設與中華文化復興運動」專輯、「中華文化總論書目」、「中華文化復興論叢」、「研訂標準行書模板」等書。此外是促進中西文化交流，引進新的科學技術，吸收新的科學知識，以加速現代化的行程，俾收文化整合的幫助。這些開放型的學術交流工作，是光大中華文化所必循的途徑，也是融合中西文化所必采的方法。

此外，從文藝研究爲文化復興發皇，從民族文化人文主義掀起文藝思潮：第一是宏揚倫理道德的具體行爲，以表現國民的忠孝仁愛精神。第二是倡導「反共產反奴役反迫害的民主意識」，以穩固民主思想與制度。第三是發展科學技術，促進科技進步，以實現國家的現代化與現代文明。設立「國家文藝基金會」，擬定文化政策。國劇推行委員會則負責對國劇的進行改進與推行，如國劇的定期演出，劇本的整理與創作，場面人員的訓練，國劇課程的設計與課本的改進，舉辦各大專青年暑期國劇研習會等。另設立由中央到地方各文化中心機構，聯合全臺灣文藝界舉行文藝座談，舉辦各種文藝季，獎勵文藝創作，設立文藝研究班，輔導各種文藝活動，如書畫展覽、戲劇演出、舞蹈表演、音樂演奏，各種文藝創作比賽，改進與弘揚傳統藝術。辦理國際文藝交流，研習國際文藝創作技巧。編印中華文藝史，匡正北京對中國傳統文藝的破壞。製作大量配合大眾傳播的文藝節目，發揚文藝工作的多彩多姿，精印中國當代名家書畫專輯等。

「中華文化復興運動」開展後，在七十年代初達到了高潮。「文復會」頒布了「國民生活須知」九十九條，並在文藝、學術、科技、教育、新聞、出版等領域大規模推行「文復」運動，在總會之下還設立了名目繁多的專門性委員會。這些委員會均由教育部預算中提供每年四十萬，後增至五十萬經費補助。它們的共同任務，就是宣傳「中國文化、三民主義、中華民國三位一體論」。蔣介石下列這段話，便是各委員會立論的依據：「三民主義以承繼中華民族大道德行和傳統為己任」，「使中華一貫的道德文化，又一次發射出光輝燦爛的光彩」；「三民主義為民族之托命，亦為我文化之凝聚。」（註二七）陳立夫、陶希聖、梁寒操、馬樹禮等要人，各做著長短不一的文章，專門闡明「固有的優秀文化，主要就是這一部三民主義」（註二八）的中心論點。

這場運動在宣揚「禮、義、廉、恥」方面未免老調重彈，但它在批判「全盤西化」論，提高民族自信心，發展社會文明，推動古典文化的整理、普及等方面產生了程度不等的積極作用。如臺灣商務印書館與國立編譯館合作出版了《尚書今註今譯》、《周易今註今譯》、《老子今註今譯》、《禮記今註今譯》、《莊子今註今譯》、《大學今註今譯》等二十八種，為保存光輝燦爛的傳統文化作出了應有的貢獻。再如魏子雲邀請全臺各高校中文系教授，開設中國文化講座，講座以中國詩、詞、戲劇、小說為內容，讓讀者領會中華文化的精采之處，且將演講的材料彙編成冊，廣為流傳，其功亦不可沒。

「行政院文化建設委員會」成立後，「文復會」補助款項改由行政院文化建設委員會提供。行政院文化建設委員會除繼續從事古籍今註今譯外，並執行策劃《孔子廟庭》雜誌編輯，另出版數種《四庫全書索引》以及民族學方面的專書《生命禮俗》。動態部分則保留文化講座，並舉辦「現代生活與傳統文化」、「國民現代生活運動」、「孝行分孝道」等大型座談會。

「文復會」在組織結構上，可謂是五臟俱全，但在實際效果上，引起人們重視的只是上面提及的文化講座的舉辦及古籍的普及。由於這場聲勢浩大的文化復興運動主事者們對抗大陸文革心切，而事先並未對中華文化的實質意義領會透徹，因而他們往往把傳統局限在線裝書範圍之內，而忽視了文化的現代形態，甚至有以固有文化壓抑臺灣本土文化的傾向，以致使人無法從實際生活中感到復興文化的迫切性。在人事安排上，「文復會」的成員清一色是黨政要員，尤其是會長一職由歷屆總統擔任，這就難免有人議論：受到官僚文化的影響，以致文復會既未能徹底復興、也未能推動中華文化，「只是以古籍注釋來充其成績單」（註二九）。又由於「文復會」經費日益減少，它面臨「求生不得，欲死不能」的尷尬情況，故又有不少人懷疑其存在的價值與功能，說「文復會」「實質功能不大，成爲一個只會說教條、喊口號的文化單位。」（註三〇）

第八節　當前文藝政策與文藝會談

臺灣的文藝制度，集中體現在國民黨於一九六七年一月舉行九屆五中全會上。這個會由教育部管轄的文化局負責貫徹執行，這便「將國民黨的文藝政策正式納編於國民黨行政體系之中，形成了黨政軍三聯合的集團文化改造運動，將環繞著『戰鬥文藝』的各個主題推向高峰。」（註三一）大會通過的〈當前文藝政策〉，充分肯定了進步的人文主義主張，並對文藝創作基本目標、文藝創作路線、文藝工作、文藝人才、文藝機構、文藝經費等提出了具體推行原則。這個政策的最基本精神是強調「配合中華文化復興運動，積極推進三民主義新文藝建設」、「促進文藝與武藝合一，軍中與社會一家」、「強化文藝的敵情觀念，堅持文藝的反共立場」等。「創作路線」則強調要「加強文藝創作的時代精神、國家觀念與民族意識，使新文藝負起承先啓後的使命」；「重視文藝創作的社會性，建立清新、雄健、溫厚、明朗的風格」；「創造純眞優美至善的文藝，使思想信仰力量融貫於作品之中，並力求深入淺出的表現，以照耀人性的光輝，啓示生命的意義。」

從〈當前文藝政策〉基本目標和創作路線看，它標榜的是進步的人文主義。這可從創作路線第二、三、四條可看出：「文藝創作應以服務人生爲主旨」」、「文藝的價値，即在增進生活的情趣，擴大心靈的境界，以滋潤人生，充實人生，美化人生。」

同年十月，爲了呼應和表示衷心擁護〈當前文藝政策〉，張道藩、陳紀瀅、蘇雪林、謝冰瑩、李曼瑰、張秀亞、鍾梅音、林海音等四十人，共同發表了一篇帶宣言性的長文〈我們爲什麼要提倡文藝〉。此文除引言、結論外，尚有：

（一）文藝與新聞；
（二）文藝與出版；
（三）文藝與教育；
（四）文藝與科學；
（五）文藝與哲學；
（六）文藝與宗教；

（七）文藝與政治；
（八）文藝與軍事；
（九）文藝與外交；
（十）文藝與經濟。

他們在引言中提出：「凡是文藝創造，都是美的表現；文藝創造所表現的美，當為融真合善之美，不是離真背善之美。而文藝的大用，是美之用，是美而真、美而善之用。」這種主張，比起單純強調文藝的作戰功能，無疑是一個進步。

為了檢討文藝政策執行情況，國民黨於一九七一年二月召開「中央文藝工作研討會」，出席會議的有文教機關、文藝團體及各級黨部主管文藝工作人員共一六八人。會後通過了《總決議文》，強調「繼續貫徹戰鬥文藝運動，使文藝充分發揮作為思想作戰前鋒的功能」；「建立三民主義的文藝理論體系與創作路線，以倫理道德為中心思想，以民族風格為表現方式，在技巧方法上順應潮流，在精神思想上發揚傳統，使文藝在民族的根幹上開花結實，以抵禦外來文化的逆流，並進而影響外來文化」；「發揮以『仁』為極致的中國文化精義，宏揚民族的正氣，照耀人性的光輝，創造以忠孝仁愛為本的民族主義文藝，以平等自由為本的民權主義文藝，以和平樂利為本的民生主義文藝，重視文藝的教育性和社會性，建立敦厚、清澈、明朗的文藝風格，發聾振聵，鼓舞群倫，匯合教育、科學與大眾傳播的力量，導向三民主義以仁為本的思想主流，使文藝與文化復興運動相結合。」這裡所講的「抵禦外來文化的逆流」，乍看起來與張道藩於一九五二年五月在《聯合報》副刊發表的〈論當前文藝創作三個問題〉中講的「向歐美各民主國家當代的文藝傑作多學習」相矛盾，其實這是「文壇」與「政壇」起承轉合所致，或曰當局實行「糖與鞭」的政策所造成。不過，官方越是高喊要「抵禦外來文化的逆流」，可作家們寫得越是起勁，讀者們也更歡迎這些令人耳目一新之作。

一九六八年，國民黨爲了促進〈當前文藝政策〉的推行，於五月二十七日至二十九日舉行了爲期三天的「文藝會談」。蔣介石於二十八日向大會發表〈書面訓詞〉，強調「積極的去開創三民主義的新文藝運動」，以強化文學的反共使命。這表現了蔣介石晚年仍非常關心臺灣文藝的發展，但他畢竟力不從心了。到了七十年代，蔣介石的大權已轉移到長子蔣經國手中。在反共這一點來說，他們父子是一致的，但蔣經國比起蔣介石更注意經濟建設和團結本省同胞。基於這一點，他「對於文化思想界的態度毋寧說是居於消極防杜而非積極領導」（註三二）。鑒於蔣經國將主要精力放在抓十項經濟建設上，又由於當時國民黨主管文宣事務人員多半對文藝不大內行，所以這時期不但現代主義文藝得到迅速發展，就是對現代主義和〈當前文藝政策〉均產生嚴重威脅的鄉土文學，也沒有受到官方的嚴厲批評和強力阻止。

七十年代後期，蔣經國的親信王昇接替了國防部總政治作戰部主任的要職，文化戰線便從此歸他統管，蔣經國所開創的軍中文藝體制也由此進一步得到延續和發展。

一九七五年四月五日，蔣介石去世。次日，國民黨中央常務委員會召開臨時會議，決定由嚴家淦繼任總統。這位過渡時期的人物，主持了於一九七七年八月二十九日至三十一日在臺北舉行的第二次文藝會談。會議排斥以鍾肇政爲首的「有問題」的作家參加。王昇、李煥、陳紀瀅、尹雪曼、余光中等黨政要人及反鄉土文學有功之臣共十五人組成大會主席團，由嚴家淦致詞。出席會議的有五百多位作家、文藝界人士。這次會議，一面檢查上次會議決議執行情況（如「國家文藝基金會」已成立），另一方面爲制定文藝政策提出參考意見。會議的結果主要表現在再次確認了理論原則，如相信文藝的內涵，應是永久不變的人性，這種人性其源出於蔣介石講的「怯懦原是一種苟且偷惰的本能」這種看法；再次肯定文藝要以「三民主義爲中心思想，並發揚中華固有文化、光大民族遺產。」這種認識也來源於蔣介石講的「文藝之本在思想。如以情感爲文藝的花果，思想即爲文藝的根株。在三民主義思想指導之下的文藝創作，必須發揚至眞至善至美的優良文化傳統，恢宏倫理道德的觀念，培養實踐篤行的習性，並使文藝與科學均衡發展，以提高人類精神的境界，免於物欲橫流的陷弱。」（註三三）會議期間，當局控制的各類報刊加入了圍攻鄉土文學的行列。大會最後通過了〈對當前文藝政策之修訂建議案〉、〈發揮文藝功能，加強心理建設案〉。繼續強調「堅持反共文藝立場」，並建議恢復「中央文藝工作小組」，以加強對文藝工作的控制。

　　這次文藝會談，比起上一次文藝會談並無新鮮內容。嚴家淦的講話仍然是重複蔣介石生前的思想，這均暴露了嚴家淦保守拘謹、維持現狀的政治品格。

　　第三次文藝會談於一九八一年十二月十二日至十三日在臺北陽明山中華文化會堂舉行。嚴家淦、謝東閔、蔣彥士親臨大會並發言，蔣經國作了題爲〈使文藝花果更加燦爛光輝〉的書面致詞，要求文藝界「致力於文化復興、文化建設、文化發展」，以實現「三民主義統一中國的大業」。中華文化復興運動推行委員會文藝研究促進會主任委員周應龍則作了〈從通俗文藝的開展向精緻面文藝的提升〉的總結報告。

　　這三次「會談」，中心內容是剝奪作家的自由思考，與開展思想檢肅運動相呼應。後來爆發「美麗島事件」，及其隨之而來的「臺灣結」與「中國結」的論戰，點燃了質疑和消解的火種，並對「文藝會談」所確立的文學制度和批評範式，作了根本性的顛覆。

第九節　出版生態與文星書店

平鑫濤在回憶一九五四年創辦《皇冠》雜誌時有云：

那個時代的臺灣，書店寥寥可數，出版的書本大多從大陸翻版而來，新書少得可憐。報紙只有《中央日報》、《新生報》等幾份官辦報紙，新聞管制又嚴，沒有趣味，雜誌少之又少。綜合性雜誌《自由談》，銷數最廣；石油公司出版的以譯文為主的《拾穗》，也銷得不壞……估計《自由談》、《拾穗》都有一萬本左右的銷數。

這說明在戒嚴體制下，無論是新聞出版還是文壇乃至書店，均成蕭條狀。百年臺灣文學制度，本不限於文藝政策、文學社團及其出版，同時應包括書店的經營和銷售。像屬於隱性文學制度的書店，與顯性的文學制度有一定的關聯，如正中書局和戰鬥文藝相呼應，而民間書店則不一定緊跟反共文藝政策，有時還呈逆向反動。

國民政府遷到臺灣後，對新聞出版採取嚴格的管理制度。一九五〇年十一月，行政院發布報紙「限張」訓令，各報不能超過一大張半。一九五一年六月十日，行政院又以臺灣省無論是報社還是雜誌社都呈飽和狀態為由，節約紙張，規定今後申請登記之報社、雜誌社、通訊社，都應從嚴限制登記，長達近四十年的「報禁」從此開始。後來還有名目繁多的新聞紙雜誌圖書管制辦法。按照這些不同管道發來的「代電」「解釋」，規定報刊、通訊社不得設立兩個以上的發行所，雜誌不得發行增刊和副刊，個人不得辦軍事雜誌，一人不得辦兩種雜誌，雜誌社不得設立記者站。

臺灣的出版業就在這種嚴酷的氛圍中行進。官方一方面設立官辦的「中央文物供應社」，官辦文化機構辦的「中央日報（出版）社」、「暢流出版社」。另方面於一九七一年成立軍方主辦的黎明文化事業公司。即使這樣，仍允許從大陸遷臺的文人繼續創作活動的同時自辦出版社。五十年代的文藝出版以「文藝創作」、「重光文藝」、「文壇社」、「帕米爾」、「明華」，以及總部設在香港的「亞洲出版社」最引人矚目。除臺北外，高雄、臺中、臺南也有影響較大的文藝出版社，如高雄的大業書店，臺中的光啓書局。

五十年代的臺灣出版社取名均具有象徵意義，如外省人喜歡用「重光」、「中興」、「紅藍」或「反攻」、「復興」這些帶有戰鬥性或國族性的社名，而後來出版社取名不鍾情政治色彩，如「洪範」、「九歌」、「爾雅」、「大地」、「水芙蓉」，正如應鳳凰所說：「用的全是中國典籍象徵，或帶有古典文學意味的裝飾性詞語，顯出他們有意趨避商業及政治色彩。」（註三四）作家是出版社的衣食父母，同樣出版社也是作家的衣食父母，像張秀亞、尼洛、余光中、郭衣洞（柏楊）、羊令野、蓉子等一大批作家的創作成果，正是透過不同的出版社走向市場。

臺灣的書店有三種，一種是黨營、軍營、公營的書店，如正中書局，從一九三一年在南京創辦時就帶有濃厚的「使命色彩」。遷到臺灣後，成了官方出版品和三民主義教科書的大本營。成立於一九五八年雙十國慶節的幼獅書店，隸屬於「中國青年反共救國團」，以服務青少年爲宗旨，是成長的一代汲取精神食糧的園地。二是歷史悠久的書店，如從大陸遷來的以「打開中國近代史」爲使命的世界書局。三是既是出版社又是書店的民辦機構，如三民書局的「三民」並不是三民主義的簡稱，而是三個小民辦的書店，這是辦得有規模、很受讀者歡迎的書店，它還是出版社的另一種稱呼。同樣，臺灣商務印書館既是出版社，也是書店，王雲五在大陸文革發生時創辦了「人人文庫」，內容涵蓋文史哲乃至農工醫。在這些書店中，文星書店和其他書店一樣，採用郵購、直銷、店銷、學校四大銷售通路，辦得最有特色，影響也最大。

「文星」，係指蕭孟能夫婦於一九五二年在臺北開的一家以「文星」命名的書店，另指創刊於一九五七年十一月十五日的《文星》雜誌。這本側重學術文化的雜誌，以「生活的、文學的、藝術的」爲宗旨，其內容很像美國新聞處辦的《今日世界》，以報導新知或其他重大事件爲主，設有校園之聲、文學評論、時事評論、藝術、現代詩、電影、人物等欄目。書店開張十年，雜誌辦了五年，均顯得平淡無奇，未能鼓動風潮，造成聲勢。直到中西文化論戰爆發，《文星》成了主戰場，各路人馬紛紛在該刊發表不同意見，尤其是李敖所發射的〈老年人和棒子〉、〈播種者胡適〉、〈給談中西文化的人看看病〉三顆重磅炸彈，《文星》一時洛陽紙貴，才有了眞正的文化生命。

由於《文星》爲中國思想趨向尋求答案，在挖根上苦心焦思，在尋根上愼終追遠，在歸根上四海一家，在定向方面言辭激烈，尤其是有「憤怒青年」之稱的李敖，從第四十九～九十八期任主編時，他讓《文星》走「思想掛帥」的路。李敖深信思想應該領導政治，而不該政治主宰思想。思想本來是一切的根源，思想是冷靜的、愼密的；政治是狂熱的、粗糙的。在李敖執牛耳《文星》的四年裡，他努力在這種思考自由、思想獨立的大方向上，給《文星》讀者乃至兩岸的中國人指引前進方向，使中國人不受獨裁政治的誘惑，這就是李敖這位主編的眞正旨趣。

不是休閒刊物的《文星》，有思想，有追求，它在爲中國的思想撥亂反正，在行動上則永遠不忘祖宗。這種辦刊方針觸怒了黨政要人，如曾任「國防部心戰組長」的侯立朝奉蔣經國之命，於一九六四年八月寫了一篇個人署名的檄文〈文化界中的一株毒草〉（註三五）。作者以國民黨代言人自居，指控「文星」使用各種拳腳散布毒素和挑戰國民黨的威權統治，侯立朝還開出「文星」骨幹成員名單和「文星」組織結構圖，是以公開告密的方式讓所謂「文星集團」成爲「警總」的刀俎之肉。

侯立朝另一傑作是附有圖表的《文星集團想走哪條路？》（註三六），這「圖表」是指「文星集團」政治造反動作的模擬圖。這指控有許多是子虛烏有的東西，但官方相信侯立朝這類御用文人的說辭，便串連出一系列這樣的奇談怪論：文星是「匪諜頭子」、文星走《自由中國》的路、文星是左派「生活書店」的臺灣版。正是依仗這些捕風捉影之論，官方於一九六五年八月三十一日先查禁該刊第九十期，再處分其停刊一年。

從三十一～三十五歲四年間，也就是一九六六～一九七〇年前後，是李敖的「星沉」時期。封殺「文星」及其靈魂人物李敖的手法，最耐人尋味的是國民黨竟利用一批出身共產黨或曾經做過左翼人士的作家，去羅織「文星」的罪名，如參加過共產黨的謝然之。李敖的戰法是以子之矛攻子之盾，指出謝然之違反了蔣介石的「不應憑藉權力，壓制他人」的指示，與蔣介石所說的「必須放棄一切偏激的、狹隘的、不忍的作風」唱反調。這篇文章火力很猛，構成了《文星》被消滅的最後條件，作者引火燒身也就立竿見影了。作爲國民黨理論總管的謝然之當然不甘俯首就擒，便利用他的權力封殺「文星」，明白告訴蕭孟能的老闆蕭同茲「茲據有關方面會商結果，認爲在目前情況下，《文星》雜誌不宜復刊。」於是在黨的命令超過行政命令之下，《文星》生存環境更加惡化，最後以冤沉小島告終。李敖說，「這是好像先用行政命令把你打暈，然後再用黨的命令把你殺死。」（註三七）這「黨的命令」是指由蔣介石親自下的文句欠通的手令：「該書店應即迅速設法予以封閉」。一九六八年一月二十五日，「警總」用鐵腕手段掐死「文星」。同年三月十五日，「文星」總經理鄭錫華被加上「涉嫌叛亂」的罪名被捕。三月二十日，蕭孟能被以同樣罪名抓進保安處審問。三月三十一日，在「文星」正式進入墳墓和歷史前，還發生了動人的一幕：爲了搶購，爲了抗議，也爲了惜別，許多讀者將書店擠得水洩不通，場面之壯觀令李敖欣慰，同時令「文星」的敵人膽寒。

在「文星」宣告結束的廣告與海報出現後，一九六八年三月十七日出版的《紐約時報》，便提前報「喪」：

臺北文化人失去書店

治安人員的壓力迫使關門

第十節　行政院文化建設委員會與《文訊》雜誌

官方一直未將精神文明的建設提上議事日程。不僅是官方而且在民間，大都認爲文化事業可有可無，以致遇到文化建設與商業利益發生衝突時，文化必然會成爲祭品。

這與臺灣一直把「文化」與「教育」混淆起來有關，這就難怪長期以來各縣市沒有文化局，中央更沒有文化部。以前教育部兼管文化事務，主事者並不懂得「文化」（Culture）的含義：文者，包括語言、文字、符號、意義、象徵、器物、儀式、活動；「化」者，是指有形或無形，在整個自然天地和生活細節中，去教養、去化育，以完成、成就一個人的品德。（註三八）

爲糾正不重視文化建設的偏差，臺灣當局於一九八一年成立文化建設委員會，這是屬於行政院下設的一個部門。掌管統籌規劃及機關協調、推動、考評有關文化建設事項、兼及發揚優良傳統及提高生活品質。組織會本部置主任委員、副主任委員、主任秘書及參事；業務單位有第一處、第二處、第三處及中部辦公室，行政單位含秘書室、人事室、會計室、政風室及法規會、資訊小組、藝術村資源中心等任務編組單位。附屬機構有傳統藝術中心、文化資產保存研究中心籌備處、臺灣文學館、臺灣博物館等。

文化建設委員會首任主委爲陳奇祿。在他的領導下，這個委員會不再像過去那樣急忙制定文藝政策、舉行全島文藝會談、推行國軍新文藝運動，而是把創設地方文化中心和保存、發掘臺灣民俗放在重要位置，使臺灣的文藝政策由過去以批判、破壞爲主，轉入以建設爲主。後任「主委」有周應龍、郭爲藩、申學庸、鄭淑敏、林澄枝、陳郁秀、陳其南、邱坤良、翁金珠、黃碧端、盛治仁、曾志朗、龍應台等人。他們所做的均是整理和保護文化事業，爲文化人服務。「行政院文化建設委員會」於二〇〇二年升格爲文化部，首任部長爲龍應台。

文化建設委員會的成立，「在某種意義上，結束了過去以黨領政，以黨決定文藝政策的時代。」（註三九）這個轉變適應了時代的要求。本來，面對本土化的熱潮，國民黨發號施令的地方只有官方、黨方控制的文化產業，已很難對進入市場的媒體進行管制。這時前後左右文運的是強勢媒體，如《聯合報》、《中國時報》的文藝副刊，帶動了鄉土文學的崛起和報導文學的興起。

一九八二年，時任文工會主任的周應龍，除批准成立文藝資料研究及服務中心外，並創辦《文訊》。其創辦背景是：大陸在葉劍英〈告臺灣同胞書〉的鼓勵下，已開始關注臺灣文學，認爲對岸的文學應該整合到中國當代文學這一格局中來。爲此，廈門和廣州的學者在加緊整理臺灣文學資料，爲撰寫《臺灣文學史》作資料準備。時在國民黨文工部門任要職的孫起明向周應龍建議：「臺灣文學是在臺灣的中國人的文學，所以我們應掌握這歷史的解釋權。」（註四〇）爲把臺灣文學的詮釋權不被大陸學者拿去，於是一九八二年底孫起明等開始籌備《文訊》的創刊工作。對這份未來的刊物，孫起明提出四項重點：

一、注重史料的搜集、整理；

二、介紹人物。包括文壇前輩，以及具潛力的年輕一代；

三、建立眞正的文學批評風氣；

四、表達不同的文學理念。

以上四點，均落實在一九八三年七月一日出版的《文訊》雜誌創刊號中。

這份國民黨文工會出錢主辦的刊物，詩人焦桐曾參加編輯工作，以致被人「歸類爲國民黨黨工」（註四一）。這不是戲言，首任總編孫起明就是一位資深的「黨工」，他當年負責跟蹤左派陳映眞等人的創作，陳氏的小說出現了什麼政治問題乃至某個細節，都逃不過他的眼睛。

雖說這是國民黨的文藝工作從政策指導型轉爲服務型的一個重要措施，但這個刊物創辦初期還留有服務於文藝政策的內容，如為五十年代反共文藝樹碑立傳的「文學的再出發——一九四九年至一九六〇年的文學回顧」專號。即使到了九十年代，它打上的政黨烙印也無法消除掉，如一九九五年出版的總一〇九期所收錄的〈宋楚瑜、黃大洲、吳敦義的文化理念與實踐〉，便成了選戰文宣的一環。這位宋楚瑜，也幫侯德健修改〈龍的傳人〉歌詞。他接任文工會主任後重視這份《文訊》刊物，做出四項改革：

一、每年編列六百萬的預算；
二、任命孫起明為文工會秘書長，成立專職文藝工作的第七室，脫離綜合影劇、大眾傳播的第三室而獨立；
三、配合《文訊》內容，每週邀請一位作家餐敘，聽取意見；
四、聘請專職人員，負責《文訊》的編務工作（註四二）。

由於宋楚瑜工作太忙，第三條未能做到。宋楚瑜離職後，預算沒有原先多，於是《文訊》一直在風雨飄搖中前進。一九九七年，《文訊》還被納入國民黨中央機關刊物《中央月刊》之中，作為「別冊」形態面世。到了一九九八年八月後，又恢復單獨出版。隨著國民黨成為在野黨而導致經費拮据，便於二〇〇三年一月二日宣布停止對《文訊》的經營，《文訊》轉為由「臺灣文學發展基金會」捐助出版，這更利於《文訊》從政黨挾持中解放出來，恢復它以人文關懷、緊扣文藝脈動和整理文藝史料的特色。陳芳明在海外從事分離主義運動時，曾拒絕讀這份刊物，可後來《文訊》作出革新：努力超越意識形態局限，以文化服務身分去策劃各類專題，同時也發表些持臺灣意識觀點的文章，甚至還給陳芳明開了專欄，使它逐步成爲研究臺灣文學最完整最豐富的資料庫。這在國民黨所辦刊物中，是少數能被本土派某些人士認同的刊物。

作爲臺灣當代文壇最負盛名的長壽文學雜誌之一，《文訊》經常邀請著名學者、文化評論家，探討當前文化與社會現象。從「人文關懷」等欄目中可以看見資深作家的智慧風華、中生代作家馳騁文壇的心路軌跡、年輕作家的初試啼聲，以及學者的人生歷程。《文訊》企圖爲臺灣文學留下史料，逐月記載當月的「文學記事」和「各地藝文采風」，並把觸角延伸至世界華文文學，製作「全球華文文學通訊」。「文學新書」介紹五十～八十本當月文學新書，另有書評五～七篇介紹國內外好書，後來又增加了「大陸研究臺灣文學動態」等專欄。

第十一節　「政治紅利」與商業稿酬

臺灣的稿酬制度，不像大陸由官方公布統一標準。其制度的變更，與當時的政治環境、文化氛圍，形成一種互動的關係。在高喊「反攻」的年代，當局制定「反共文藝」政策，創辦了「中華文藝獎金委員會」。這個「文獎會」，資金雄厚，廖清秀於一九五二年獲得該獎會的長篇小說獎，獎金連同稿費共一萬一千四百元，而當時他的工資只有一百二十元。一九五五年，臺灣國民全年所得平均爲臺幣三二九六元，而文獎會徵獎長篇小說第一名的獎金和廖清秀差不多，即一萬二千元，相當於四個老百姓全年的收入。作爲文獎會附屬產物《文藝創作》雜誌，每篇應徵的稿件，有每千字新臺幣三十～五十元稿酬，在當時任何刊物都比不上它。該刊發表的作品還可出單行本，單行本仿照書店抽出百分之五十版稅。這種出於戰鬥需要所定的高額版稅和稿費，是官方用「政治紅利」收買作家，要他們爲反共文學的生產努力工作。

這種「政治紅利」沉寂多年後，在八十年代又有所表現。不過，這「紅利」不是給本地作家，而是拉攏受批判的大陸文人。一九八一年，坊間曾傳出上海作家沙葉新、《苦戀》劇本武漢原作者白樺等抗議臺灣水升公司盜版他們著作的消息，臺灣作出如下回應：根據沙葉新小說改編的電影早在〈假如我是眞的〉開拍前，就已提成劇本版權費二十萬元新臺幣，在銀行存放著。一九九二年，臺灣公開宣布將版權稅三十萬元提存在中華民國電影基金費中，方便大陸作者隨時來取。兩岸通商通郵通航後，臺灣基金會將三十萬加上利息共新臺幣四十五萬，擬托編劇貢敏帶上海和武漢面交（註四二）。

當時大陸作家的工資每月不足一百元人民幣，這四十五萬新臺幣當然不等於四十五萬人民幣，但對窮困的大陸文人來說，也是天文數字。可無論是白樺還是沙葉新，都是中共黨員，他們不可能也不敢去領這筆相當於「嗟來之食」的稿酬。

到了九十年代，兩岸文學交流蓬勃發展。錦繡出版社爲了爭取到大陸學者的稿件，給《中國巨匠美術周刊》所訂的標準是一千字人民幣一百元，而大陸規定的標準是一千字人民幣二十～二十五元。這種比臺灣作者稿酬要高的競爭，與政治無關，而與商業行銷手段有關。

在臺灣，「政治紅利」畢竟不常見，更多出現的是「商業稿酬」。這「商業稿酬」由民間制定發放標準，因而浮動性大。如隱地編的《五十六年短篇小說選》、《五十五年短篇小說選》分別於一九八三年、一九八四年出版，因銷量有限，只有樣書及象徵性稿酬。一九七三年開始爲五百元新臺幣，以後上升到一萬二千元。編輯費，則從一九七三年開始支付，從三千元陸續增爲十二萬元。「小說選」的銷售量越高，支付的稿酬則水漲船高。到了《八十七年短篇小說選》，銷量低迷，已很難發出稿費，因而這種「年選」也就畫下了句號（註四四）。

這種「商業稿酬」，本係適應市場需要的產物。眾所周知，瓊瑤靠豐厚的稿酬或版稅致富。這種情況不僅存在於暢銷書作家，而且某些嚴肅作家也可「待價而沽」，如鹿橋聽說沈登恩要出他的小說《人子》時，故意誇張地說：「你竟然敢出我的書？我的稿費跟海明威一樣高。」其時鹿橋的稿費標準每字一元，《人子》十五萬字，出版社就得給他付十五萬元，而沈登恩主持的遠景出版事業公司總投資不到三十萬元（註四五）。

出於競爭的需要，臺灣的稿酬制度不僅通俗文學與嚴肅文學有別，而且海內與海外的作家付酬標準也有差異。一九六九年八月，《中國時報》闢有「海外來稿」專欄，明文規定海外作家的稿費高於本地學者，從美國留學歸來的某些臺大外文系教授不服，如「新批評」的倡導者顏元叔就聲稱以後投稿會在文章末尾注明「寫於美國」。

一般說來，在五十至七十年代，外省作家靠稿費維生稍微多一些，而本省作家就不如他們，如完全可以稱為「文學大咖」的葉石濤，一輩子寫了數千萬字，單行本也出了不少，可他逢人就說「沒有拿過什麼稿費。勞苦了一輩子，兩手空空。」其實，像他這樣的重量級作家，無論是雜誌社還是出版社，都會給他一定的稿酬，只不過這是杯水車薪，解決不了生活問題。他長期擔任小學教師，按他的文學成就和文壇地位，他完全可做大學教授，當講座教授也綽綽有餘。可國民黨執政時長期重北輕南，不會到南部挖掘人才，何況葉石濤還有「前科」坐過牢。只不過葉石濤憑實力寫的著作影響大，不少出版社都願意出稍高一點的潤筆費。如與葉石濤有一定情誼的遠景出版事業公司，於一九八一、一九八三、一九八五年陸續推出葉氏三本評論集和回憶錄，時任「遠景」老闆的沈登恩給葉石濤的信中說《沒有土地，哪有文學》「稿費伍萬元（新臺幣）」。這裡應該說「版稅」卻寫成「稿費」，這不是筆誤，「而是一段臺灣文學出版品的『辛酸史』。沈登恩的信告訴我們，那個年代文學人出書鮮有出版合約，大概只有口頭約定。伍萬元在遠景是一次買斷版權的意思。」（註四六）葉石濤也充分體諒出版社的困難，沒有斤斤計較，這是八十年代初文人相交的「古風」。

稿酬制度的變化離不開政治文化生活的變化。一旦當局放棄反攻大陸，把國民經濟建設提到議事日程時，文學環境就相對寬鬆，發放的稿費也就有可能比過去多。每當政黨或財團需要作家爲其服務時，他們會用高稿酬吸引作家。可作家的生存畢竟不能依賴政治生活的變化尤其是政黨，那就只能靠商業出版發的稿酬改善或維持生活。這對流行作家最爲有利。讀者不多的嚴肅文學作家，則得不到相應的物質回報。儘管商業稿酬會腐蝕文學的純潔性，會助長創作商業化的現象，可當作家窮困潦倒時，這種商業稿酬還是可以解燃眉之急。

不像大陸有職業作家的臺灣，靠賣文爲生者由於得不到相應的生活保障，其生產積極性會受到傷害。規模較大的出版社如聯經出版事業公司和時報出版公司，訂有稿酬或版稅制度，這有利於自由撰稿人發揮寫書的積極性和創作自主性。「商業稿酬」以經濟的方式促進文學生產，使得文學創作與市場關係更爲緊密。臺灣地區的行政部門一般都不習慣制定或執行有形的稿酬制度，他們不爲雅俗不同的作家制定不一樣的稿酬標準，他們不對刊物和出版社的稿酬作具體化、細節化的管理。他們實施的是無形的稿酬制度，也就是說各自爲政。一九八四年，吳錦發主編的《民眾日報》副刊，每千字稿費四百元，《成功時報》副刊稿費不固定，每千字三百元到四百元。嘉義出版的《商工日報》，可能是與「商」字有關，每千字五百元。葉石濤既然拿不到大學教授的高薪，只能靠小學教師的微薄工資外加稿費度日，據李敏勇說葉石濤每月的稿費收入平均五、六千元，可他兩個小孩上大學，每月就要一萬元，顯然入不敷出。爲了生活，葉石濤還從事翻譯工作，翻譯費每千字約三百元。更不用說在邊緣的小報發文章，每篇只有一千至二千元的小額稿酬。即使八十年代中期葉石濤給《文訊》寫四千字，得到的也只有二千多元的稿酬，這相當於茶水費。葉石濤不好意思讓人知道他客串「翻譯家」和在小刊小報上發文章一事，不願公開這種一人打多份工的煮字療饑的辛酸史。前述與葉石濤有過良好合作關係的沈登恩深深知道葉石濤筆耕不易，不到五千元對他起不到什麼作用。爲敬重這位老作家，對葉石濤出的兩本書「遠景」整整開了十萬元的支票。「美中不足的是沈兄寄的支票，支票入了『公庫』就非葉老所能支配了，《文學臺灣》的同仁都知道葉老喜歡現金稿費。」（註四七）

稿酬制度不確定和標準低，直接影響到作家的生活質量。儘管一些作家自命清高，以安貧樂道自詡，但像晚年孫陵那樣窮得三餐不繼的文人而奢望他們寫出傳世之作，基本上不可能。魯迅說得好：「錢，——高雅的說罷，就是經濟，是最要緊的了。自由固不是錢所能買到的，但能夠爲錢而賣掉。人類有一個大缺點，就是常常要饑餓，爲補救這缺點起見，爲準備不做傀儡起見，在目下的社會裡，經濟權就見得最要緊了。」（註四八）

第十二節　文學會議在質變

在九十年代前期，臺灣舉行的有關當代文學的學術會議，不少都以「中國」爲主題，如清華大學文學研究所等單位於一九九〇年主辦的「第二屆當代中國文學國際會議——一九四九年以前之兩岸小說」、中央研究院文哲研究所於一九九三年主辦的「中國現代文學國際研討會」。最著名的是由《聯合報》文化基金會主辦的「一九四九～一九九三四十年來中國文學會議」。主辦單位廣泛邀請了大陸、香港、臺灣及海外作家參加，實現了兩岸三地及海外多元的面對面交流，並就四十年來兩岸三地的文學現象作不同角度的考察，對這四十年來的民族分離現實作一省思。正如會議發起人邵玉銘在〈寫在「四十年來中國文學會議」之前〉所說：「假如我們不能對民族經驗作一感性的擁抱與理論的檢視，我們又怎能恢復民族情感、建立共識並進而邁向統一？」（註四九）

到了本土化高漲的九十年代後半期，除《中央日報》副刊於一九九六年主辦「百年來中國文學學術研討會」外，鮮明地打起「中國文學」旗幟的會議在銳減，而以「臺灣」爲名稱的文學會議越來越多。這裡的「臺灣」，有時候是客觀或中性的名詞，但後來越來越多牽涉到政治和族群的意識形態。不管怎麼樣，這比起過去執政黨以「中華民國文學」或「中國現代文學」取代「臺灣文學」，和研究者不敢理直氣壯以「臺灣文學」之名研究本土文學來說，無疑是文學解嚴的勝利，是一大超越。

「中國青年寫作協會」在九十年代前期顯得特別活躍。他們於一九九〇年主辦了「八十年代臺灣文學研討會」、一九九一年主辦了「當代臺灣通俗文學研討會」、一九九二年主辦了「當代臺灣女性文學研討會」、一九九三年主辦了「當代臺灣政治文學研討會」、一九九四年主辦了「當代臺灣都市文學研討會」。後因會議秘書長去世，會長又出國，十分活躍的「青協」便基本上偃旗息鼓。後來的研討會比較重要的有：一九九五年的「臺灣現代詩史研討會」、一九九六年的「五十年來臺灣文學研討會」、一九九七年的「臺灣現代小說史研討會」和一九九九年的「臺灣文學經典研討會」。另有臺灣師範大學國文系與中國修辭學會、《中央日報》副刊聯合主辦的「解嚴以來臺灣文學國際學術研討會」，對解嚴後的社會思潮給臺灣文學造成的深刻影響，作了很有創意的探討。

這些研討會的貢獻主要在於讓現當代文學研究從邊緣進入中心，從玩票演變為專業，使「臺灣文學」成為一個可以從學術的方式加以研究的對象。其功用主要不在獲得對某些問題的共識，而是提供自由講壇，讓各種不同派別的作家和評論家盡量抒發自己的看法。應指出的是一些極端派把「臺灣文學」、「母語文學」作為一種道德或國家認同的護身符。在這種觀念的驅使下，他們在會議發言時用「臺語」轟炸聽眾，致使洛夫一類的「外省作家」叫苦不迭（註五〇）。

在九十年代，在國外主攻比較文學、文藝批評學的學者紛紛回臺任教。他們中有的人滿腦子後現代、後殖民以及女性主義之類的術語。那怕是三幾千字的論文（或曰讀後感），就可以看到李歐塔、德希達、弗洛伊德、拉崗的名字反覆出現。這些人常用西方文論的「照妖鏡」，把臺灣作品一一套在框子裡，所缺乏的正是「將彼俘來」能力。但研討會上也出現了一些不屬「彼來俘我」的論文，為建構臺灣文學文體史打下了基礎。如臺灣小說／現代詩史研討會，由日據時代、光復初期而後以每十年一期，概分至九十年代，各組論文合起來就是一部臺灣小說／現代詩史。遺憾的是，寫史畢竟是一種寂寞的工作，很少有人能坐冷板凳將其寫成。臺灣詩壇派別太多，門戶之見太深，在九十年代以前很難有一部不引起爭議的臺灣現代詩史。這就是臺灣學者為什麼願意將臺灣現代詩史的詮釋權拱手讓給大陸學者的一個原因。

近數十年來，臺灣政經社會的發展堪稱變化莫測：從民生凋敝到經濟起飛，從全島戒嚴到開放黨禁、報禁，真讓人目不暇給。在這種政經變貌花樣翻新的年代裡，不同派別、不同信仰的文學評論家，秉承著各種不同的政治目的爭奪文學詮釋權。最明顯的是一九九七年十月舉行的兩場「鄉土文學論戰」研討會。第一場爲「回顧與再思——鄉土文學論戰二十年討論會」，由臺灣社會科學研究會、人間出版社、夏潮聯合會主辦。另一場爲由「行政院文化建設委員會」主辦、春風文教基金會承辦的「青春時代的臺灣——鄉土文學論戰二十週年回顧研討會」。這兩場研討會策劃者均爲當年鄉土文學論戰中的驍將：陳映眞與王拓。這兩人原是同受當局壓迫的戰友，後來分道揚鑣：陳映眞任「中國統一聯盟」主席，王拓爲民進黨立法院黨團幹事長。由他們來主辦立場不同、意識形態有異的研討會，有如二十年前的戰火再次燃燒起。所不同的是，這次不是主流與非主流的對決，而是鄉土文學陣營裡兩派力量的對峙。臺灣的臺灣文學研究，長期以來一直在體制外，以中文系名義主辦的研討會少之又少，由外文系主辦又名不正言不順，因而只好求諸於官方及其附屬的文藝社團和主流傳播媒體。但這些主、協辦單位不是服從於政治，就是適應商業利益需要，這就難免滲入非學術因素。本來，文學論述離不開時代背景和政治社會，尤其是以「政治文學」爲題的研討會，大家的興奮點都在「政治」二字上。

世紀末的臺灣文學研討會，主要有兩種：一種是小型的作家個案研究，如高雄市立中心舉辦的葉石濤研討會，眞理大學主辦的王昶雄研討會。另一種是打國際牌的研討會，如「行政院文化建設委員會」策劃與臺灣大學共同主辦的戰後五十年臺灣文學國際研討會，其主題爲強調文化認同與社會變遷，有爲二十世紀臺灣文學形貌和品質定位的企圖。但有些研討會牌子大，論文少，聯誼的功能遠大於學術。

九十年代至新世紀，臺灣文學會議之所以從「中國」演變成「臺灣」，其主要原因是適應了本土化形勢的高漲，另有官方的支持和媒體的激勵。至於開不開得成功，主要靠會議策劃者的努力和開拓。

第十三節　票選「臺灣文學經典」

臺灣當代文學如果從光復後算起，已有半個多世紀的行程，這其中曾產生過不少激動人心之作。性急的臺灣文學評論家們，在二十世紀末到來之際，忙著爲這些作品定位，廉價地贈送「經典」的桂冠，引來了一場不亞於一九九五年出現的臺灣各大學該不該設「臺灣文學系」的激烈爭辯。

所謂「臺灣文學經典」，共有三十部：

小說類有白先勇《臺北人》、黃春明《鑼》、王禎和《嫁妝一牛車》、張愛玲《半生緣》、陳映眞《將軍族》、吳濁流《亞細亞的孤兒》、王文興《家變》、七等生《我愛黑眼珠》、李昂《殺夫》、姜貴《旋風》；

散文類有梁實秋《雅舍小品》、陳之藩《劍河倒影》、楊牧《搜索者》、王鼎鈞《開放的人生》、陳冠學《田園之秋》、簡媜《女兒紅》、琦君《煙愁》；

新詩類有鄭愁予《鄭愁予詩集》、瘂弦《深淵》、余光中《與永恆拔河》、周夢蝶《孤獨國》、洛夫《魔歌》、楊牧《傳說》、商禽《夢或者黎明》；

戲劇類有姚一葦《姚一葦戲劇六種》、賴聲川《那一夜，我們說相聲》、張曉風《曉風戲劇集》；

評論類有夏志清《中國現代小說史》、葉石濤《臺灣文學史綱》、王夢鷗《文藝美學》。

這三十部「經典」，係由王德威、彭小妍、李瑞騰、向陽、蘇偉貞等七位決審委員以票選方式敲定。比起大陸由北大學者謝冕等少數人編選「文學百年經典」來，它顯然不是個人行爲，而是一種集團行爲乃至帶有官方色彩。爲了使這一「經典」更具權威性，行政院文化建設委員會還於一九九九年三月十九日主辦了第一屆「臺灣文學經典研討會」。大會由《聯合報》副刊承辦，地點在國家圖書館。研討時先莊重地公布三十部「經典」名單，行政院文化建設委員會主任林澄枝還親自到會致詞，強調這次評選的民主性，並表示不介意外界的批評。

其實，外界豈止是「批評」，簡直是抨擊！發難者主要是當年呼籲在公私立大專院校設立「臺灣文學系」的文學團體「臺灣筆會」及其取同一傾向的媒體，諸如《臺灣文藝》、《文學臺灣》、《笠》詩刊、《臺文罔報》。他們和行政院文化建設委員會對著幹。研討會在開幕當天，有多位本土派的文壇大佬在舉行「搶救臺灣文學」記者會，憤憤不平地質問這「是誰之經？」和「何人之典？」，並批評行政院文化建設委員會以權謀私，「公器私用」（註五一）。那些視臺灣文學爲「同鄉會」的本土作家，強烈要求「不知文學爲何物的女主委林澄枝辭職，以謝國人」（註五二），甚至連民進黨黨部也出面聲明「這項活動已挑起文學界重大爭議，擴大社會裂痕，也傷害了長年爲臺灣文學努力的作家的感情」（註五三）。對此，香港文學界也有強烈反應。如洛桑在〈都是「經典」惹的禍〉中說：「看來此事已非單純的文學事件，進而成爲社會事件或政治事件了！」（註五四）

爲什麼這場文學論爭會成爲「社會事件或政治事件？」原因是臺灣文壇長期以來存在著主流派與非主流派的鬥爭，在高揚臺灣文學「本土性」、「獨立性」的臺灣筆會會長李喬及巫永福、鍾肇政等人看來：「上述作品不能代表臺灣文學精神，並且認爲評審明顯偏袒，以反本土意識作爲取捨標準，希望大家提出批判」（註五五）。這裡講的「臺灣文學精神」，實際上是指脫離中華文化母體的「臺灣意識」。按這種標準去衡量，大概只有葉石濤的《臺灣文學史綱》較符合標準。這部「文學史綱」，雖然有時對作品的文藝分析能突破省籍等外緣因素的限制，但它在許多地方闡明的是臺灣文學「強烈的自主願望，且鑄造它獨異的臺灣性格」（註五六）。葉石濤晚年已不再像當年寫《史綱》時「打太極拳」，而是公開亮出「臺灣文學國家化」的旗號，和同是本土作家卻高揚「中國意識」的陳映眞明顯不同。至於「外省作家」余光中等人也不贊成狹隘的本土傾向。他們作品的入選，自然會被視爲「不能代表臺灣文學精神」。

臺灣文壇不僅有意識形態之爭，而且有創作流派之爭。本來，這次入選的「經典」作品也有用寫實主義手法寫成的，但傳統派認爲現代派所代表的是腐朽沒落的思潮，用這種創作手法寫成的作品毒汁四濺，理應從「經典」行列中剔除出去。如寫得一手漂亮舊體詩詞的「畫餅樓主」在〈從毒螃蟹和美人魚談起〉中認爲：「依樓主『法眼』掃描，那入選的四位現代派詩人，三『隻』境界偏低，就像（西方）工業時代（現代）文化（文學）工廠廢水中寄生的螃蟹，張牙舞爪，一身是毒。一（條）如幼稚園童話中的美人魚，中看不中吃，說他是美人，卻是『石女』；說他是魚，腦袋卻是『美麗的錯誤』。這三『隻』是余光中、洛夫、瘂弦；一『條』是鄭愁予。」（註五七）這裡把現代派比作「毒螃蟹」，顯然言重了。無論是余光中還是鄭愁予的詩，均是臺灣詩壇有建樹的作品。採取上綱上線的辦法，使人覺得倒是「樓主」本人在「張牙舞爪」嚇唬人。

臺灣文學「經典」之所以會引發起研討會內外的一場激烈的臺灣文學論戰，還在於它的評選標準有一定的隨意性。如並不曾在臺灣上學、工作過的張愛玲，明明是上海作家——最多只能算香港作家，卻將其定位為臺灣作家，顯然欠科學。其次，這次「經典」的評選，正如評論家洛桑所說：「卻像一次文學獎的評審。」（註五八）它評選的是臺灣文壇優秀的或有廣泛影響的作品，並非都是「經典」之作。這七位評審委員，儘管是飽學之士，但他們不可能個個文學門類都精通。彼此的知識結構自然可以互補，但投起票來就難免有拿不準的地方，因而會有遺珠之憾。如一旦遺漏或評審缺乏公正性，就會傷害作家的情感，難怪有位落選詩人在會上散發抗議傳單。即使是入選者，也不一定會買賬，他可能認為入選的不是自己的代表作或入選標準有偏差。如在「經典」研討會中度過生日的李昂就感慨地說：「二十年來，《殺夫》從被謾罵的作品成為『經典』。要到什麼時候，《北港香爐人人插》才可以從政治謾罵回歸到文學經典。」她無奈地表示，「臺灣有太多政治、太少文學」，她希望有一天「可以眞正的回歸到文學原點來談文學。」（註五九）這裡說臺灣文壇政治多於藝術，確是實情。且不說「經典」評選中有政治標準，就是李昂的《北港香爐人人插》，也非「性文學」，而是有太多的政治。為了彌補這次「經典」評選的不足，行政院文化建設委員會還將舉辦第二次、第三次。如此舉辦下去，有可能成為「票選遊戲」，更會擴大臺灣作家之間的裂痕。因這裡牽涉到競爭文學詮釋權的問題。當大陸學者在八十年代和九十年代前期寫出一本又一本厚重的臺灣文學史時，某權威人士驚呼兩岸爭奪臺灣文學解釋權臺灣未交出成績單。現在主流派交出了「經典文學」的成績單，非主流派是否又會另立爐灶，像年度「詩選」一樣弄出一本「前衛版」式的「經典」名單呢？不過，客觀地說，這份「經典」名單對人們研究臺灣文學是有參考價值的。

第十四節　「自由中國文壇」的解體

由張道藩掛帥，以「中華文藝獎金委員會」、《文藝創作》雜誌和「中國文藝協會」所組成的「自由中國文壇」，即使不等於反共文學，但到了反共文學式微、鄉土文學崛起的一九七〇年代，「自由中國文壇」這一稱謂已逐步被「鄉土文學」所解構，但還未達到全面崩潰的地步。只要存在一口氣，它就會用不斷調整、修正「反共抗俄」和三民主義的文藝路線。這一狀況的出現，不僅與政治制度有關，也與戒嚴的社會氛圍及其派生的理論密不可分。既然文學要依附政治才能存在，那麼解構「自由中國文壇」問題也不能完全透過文學的方式。「自由中國文壇」本是社會政治運動的產物，它的興亡也主要不是靠文壇內部的力量而是靠社會的激變即臺灣政治、經濟的激變去解決。具體說來，八十年代街頭運動狂飆，老國代老立委陸續下臺，一九八九年一月法務部研擬完成〈臺灣地區與大陸地區人民關係暫行條例草案〉，從此「淪陷區」的惡稱已被中性的「大陸地區」所取代。一九九一年四月三十日當局正式宣布「動員勘亂時期臨時條款」作廢，這使高揚反共文學的「自由中國文壇」的存在失去了根基。

八十年代至九十年代本是走過單一世代，邁向眾聲喧嘩的多元歲月。移民海外潮流的出現，享樂主義的彌漫，頹廢思潮在下一代的流行，尤其是「美麗島事件」，揭開了臺灣八十年代悲劇的一頁。捲入這一事件的雖然只有王拓、楊青矗、紀萬生、劉峰松、曾心儀等少數作家，但已足夠顯露本已淡化的省籍矛盾又進一步尖銳起來，遠在七十年代末，黨外的政治勢力已結合成一股沒有黨名的政黨。正是這種政治經濟社會結構的解嚴，帶來了文學思潮的解嚴：

第一、飽含著抗議執政當局的政治詩、政治小說、政治散文紛紛占領各種報刊。舉凡被「自由中國文壇」視爲禁區的題材，如五十年代的白色恐怖和「二・二八」事件，都成「政治文學家」們表現的對象。政治文學之所以能繁榮，主要是因爲言論空間有所擴大，不少政治禁忌被突破、政治黑幕被揭穿，扎根現實作家的使命感，使他們無法躲在象牙塔內寫「性、輕、玄、奇」的文章。

第二、女性文學的崛起，這是八十年代臺灣文學一大特色。

第三、「本土化」由邊緣發聲向主流論述過渡。

第四、三民主義再也無法作爲評論家的指導思想。

在八十年代至九十年代初，由於開放大陸探親（一九八七年）、臺灣警備總司令部（一九八七年）關門、解除報禁（一九八八年），也由於在野勢力不斷整合，並出現了新一代的反對人物，他們的鬥爭策略和方式比過去有重大變化，這反映在文學理論上和辦刊指導思想上，「自由中國文壇」高揚的三民主義再也無法作爲他們的指導思想。以新批評而論，儘管出現了像《龍應台評小說》那樣的力作，但已無法阻擋像細讀、本身俱足、內在價值、字質、有機結構、（和諧）統一、張力、歧義、曖昧、反諷、美感距離等新批評和傳統批評詞匯的逐漸消失。取代它們的是另一種批評術語：解碼、去中心、互動、詮釋循環、期望視域、眾聲喧嘩等等。這種術語的流行，和西方的結構主義、現象學、詮釋學、記號詩學、讀者反應理論、解析學、新馬克思主義、女性主義批評……紛紛登陸文壇分不開。既然有這樣的思潮流行，當然也就有這樣的代表性刊物和代表性人物出現。如八十年代的《中外文學》再度領導新潮流，成了結構主義、後結構主義及其它新潮理論的發源地。一九八六年創辦的《當代》，在介紹解構理論和女性主義方面，發揮了重要作用。一九八七年創刊的《臺北評論》，更是以鼓吹後現代主義和後結構批評著稱於文化界。學院派評論家如葉維廉、張漢良在宣揚後結構學說方面做了許多工作。詹宏志評述張大春的某些小說時，則運用了這種理論。當然，也有人對後結構主義持不同意見，如蔡源煌就沒有去跟這股潮流。（註六〇）廖炳惠則獨闢蹊徑，在《形式與意識形態》（註六一）中，以新馬克思主義與新歷史主義爲指導思想，針對「文本」與「支配」觀念爲構架，兼從理論與作品兩者下手，考察藝術與文學作品的表達與內容的充實，或質疑意識形態的形式與內容。王溢嘉則獨自一人以精神分析學家身分從事文學評論工作。還有，林燿德等人對媒體與文學發展關係的研究也很值得重視。

第五、出現用社會文化乃至階級鬥爭觀點來觀察文學現象和社會現象的新視域。

第六、理論家們不再聽「自由中國文壇」的一致召喚。

回顧五十年代「自由中國文壇」流行的文學思潮，「戰鬥文藝」在一統天下，文學運動所表現的是「有政府」狀態。六十年代現代主義領導新潮流，七十年代「鄉土文學」成爲一股強大的創作潮流。這種狀態的極限發展促使文學成爲一個統一體以致走向狹窄和僵硬。到了八十年代以後，儘管仍有「三民主義文藝在臺灣」一類的會議召開，但當局已很難再用「自由中國文壇」所倡導的文學樣式或創作流派去概括異彩紛呈的臺灣文學界。至於引進大陸文學，在「警總」關門前後即一九八七、一九八八年，洪範書店出版《八十年代中國大陸小說選》，還要拿到第三地即臺灣駐香港單位認證和簽批，證明不是出自臺灣的材料才能核准出版，可到了一九八九年鄭樹森同樣替這家書店編選五卷本《現代中國小說選》——首次讓五四以後兩岸三地的小說完整呈現，其中包括軍事戒嚴時期絕不可能出現的「陷匪」作家茅盾、巴金、沈從文等人時，「警總」已不可能借屍還魂，阻撓它的問世。（註六二）正因爲理論家和編輯家們不再聽從「自由中國文壇」的一致召喚，所以儘管有像王德威這樣的理論家試圖用舶來的「眾聲喧嘩」觀念修訂中國的寫實主義文學史，但也有自稱是「一個無可救藥的寫實主義的擁護者」（註六三）的呂正惠，在積極地倡導寫實主義。除寫實主義外，還有後現代主義崛起問題。此外，在媒體結構上，《聯合報》、《中國時報》所走的「中國路線」受到高揚臺灣主體路線的《自立晚報》、《自由時報》、《臺灣時報》、《民眾日報》四報副刊的挑戰。《幼獅文藝》、《聯合文學》、《文訊》、《中外文學》所宣揚的中原文化也被《臺灣文藝》、《文學臺灣》、《笠》、《番薯》等四種本土刊物所解構。在會議方面，僅一九九四年就有於彰化舉行的紀念臺灣文學之父賴和百歲冥誕活動、在臺中舉辦的慶祝《臺灣文藝》與《笠》詩刊創辦三十週年會議、在高雄由民進黨舉辦的「南臺灣文學景觀——作家與土地的共鳴」研討會、由前衛出版社與黃明川合作拍攝的「臺灣文學家紀事·東方白」首部傳記影片在高雄上映、在新竹由清華大學等單位主辦的「賴和及其同時代的作家——日據時代臺灣文學國際學術會議」，還有臺灣師範大學在臺北主辦的「第一屆臺灣本土文化學術研討會」和臺灣筆會在臺北舉辦的「臺灣作家會議」，無不在宣揚臺灣文學的主體性和獨立性。（註六四）這種文學傳播媒體和會議成爲「中國結」與「臺灣結」的對立場域的事實，反映了臺灣文學多元發展的現象，從而加速了「自由中國文壇」的解體。

第七、文學理論批評的中心命題，不再是文學應爲「反共抗俄」的政治路線服務。

在「自由中國文壇」時期，文學理論與批評的一個中心命題，是文學應當如何爲「反共抗俄」的政治路線服務。馬不停蹄的文藝鬥爭和文藝批判，均可溯源到這種文藝的政治性與它的審美性、文藝生態的多元化與統一的社會主調的根本分歧。在八十年代至九十年代，雖然也有文藝批判事件發生，但它不再像過去「文化清潔運動」那樣是自上而下的發動，而是出自自由而多向的競爭，有時則是和壓倒一切的獨尊的文學現象挑戰。如新世代評論家游喚曾寫過一篇文章：〈八十年代「臺灣結」論〉，發表後便遭極端本土派辱罵。其理由是游喚只提到了臺灣文學的主體性，而不提臺灣文學的本土化。在極端本土派眼中，「本土化」相當重要，因「本土」已不是鄉土，而是異化爲「臺灣共和國」的本土。（註六五）游喚企圖用「主體性」的觀念去和流行的「本土論」挑戰，可他不知道或忘卻了，「主體性」原是「本土論」者用過的詞，只不過他們認爲這個詞已不新鮮、刺激，已遠不足以表達他們臺獨新觀念罷了。游喚是學者，他的文章是他自己主動寫的，而不是奉「自由中國文壇」的命而寫，可他在和「本土論」者挑戰時，自己又走向了另一極端，即走向了「獨臺文化自主」論。（註六六）這「獨臺」和「臺獨」雖有程度的不同，但並無本質的差異，這大概是他始料所不及的。他太注重意識形態，以自己的意識形態批評別人的意識形態，連批評大陸學者古繼堂的《臺灣新詩發展史》也是意識形態掛帥，以臺灣本位觀點去批評古繼堂的「大陸本位觀」。當然，這也是評論文章的一種寫法，有這種寫法尤其是有不同的意見出現，總比鴉雀無聲要好。這種看法的發表和宣洩，應該說也是一種評論自由的表現。不少文學評論多是文人之間的相親、相捧和相互應酬。文學評論由「圈子評論家」所控制，極少提供讀者發表意見的機會。游喚敢於站出來和以葉石濤爲代表的「南部詮釋集團」唱反調，不僅脫離了「自由中國文壇」的掌控，而且多少改變了用「臺灣意識」解釋一切的情況，這也是文學評論中出現的本土論、反抗論、抗議論、第三世界論、人權文學論、公害論、新文化論、政治文學論、獨立文學論、邊疆文學論等多元化的一個組成部分。

第八、文學理論批評的中心命題，不再是文學應爲「反共抗俄」的政治路線服務。

第九、兩岸文學交流，直接促進了「自由中國文壇」的崩盤。

兩岸文學匯流，尤其是大陸作家、評論家的作品在臺灣發表和出版，這是四十多年來從未出現過的新氣象。這一氣象也刺激了「自由中國文壇」文學理論的衰亡，以致出現了一小批以研究所謂「淪陷區文學」即大陸文學著稱的評論家及其評論作品。另一方面，臺灣作家也到大陸去參觀訪問。由於不再隔絕，使作家的意識有了深刻的變化，他們對自己過去認爲大陸從一九四九年到文革結束文學是一片空白的觀點提出疑問，對「自由中國」代表中國、自己是中國作家唯一正確的代表的觀念作了反省：「也許過去四十年來，我們自以爲是中國文學的正統，根本是一種虛幻，因爲全世界根本很少人在看臺灣的作品。」（註八七）這種反躬自問，早先便有諸如「邊疆文學」等問題的討論。又由於大陸的學者出版了許多研究臺灣文學的論著及臺灣文學史，它所張揚的所謂「淪陷區文學」的主體性，以及反三民主義的詮釋框架，這又使「自由中國文壇」腹背受敵，加速終結「自由中國文壇」統治的合法性，促使國民黨主控的文藝路線加速解體，讓持續了將近四十年的週期性規律的「反共抗俄」、「三民主義指導創作」的局面至八十年代「後反共電影」的出現（註八八）而逐漸終結。探親文學的出現，則突破了反共文學創作模式，同時也反映了和平統一中國是海峽兩岸人民的共同願望。這一點，其實是整個臺灣文學生產方式發生深刻變化的可靠標誌。

註釋

一　劉心皇：〈自由中國五十年代的散文〉，臺北：《文訊》一九八四年三月號。

二　臺灣就有一位小說家筆名爲「下里巴人」。

三　臺　北：《民族報》，一九四九年十一月十六日。

四　臺　南：《中華日報》，一九四九年十一月十七日。
五　轉引自劉心皇：〈自由中國文學三十年〉，《當代中國新文學大系．史料與索引》（臺北：天視出版公司，一九八一年八月十日），頁十七。
六　王鼎鈞：《文學江湖》，臺北：爾雅出版社，二〇〇九年。
七　蘇雪林：《我論魯迅》，臺北：傳記文學出版社，一九七九年。
八　楊　渡：〈我在臺灣看禁書的故事〉，廣州：《南方周末》，二〇〇六年三月十日。
九　馬　森：《世界華文新文學史》中冊（臺北：印刻文學生活雜誌出版公司，二〇一五年），頁六八七。
一〇　王鼎鈞：《文學江湖》，臺北：爾雅出版社，二〇〇九年。
一一　劉心皇：〈自由中國五十年代的散文〉，臺北：《文訊》一九八三年三月號。
一二　彭瑞金：《臺灣新文學運動四十年》，臺北：《自立晚報》出版部，一九九一年。
一三　《聯合報》，一九五二年五月四日。
一四　《聯合報》，一九五二年五月四日。
一五　封德屏記錄：〈中文系新文藝教育的檢討〉，臺北：《文訊》一九八五年第二期，頁二十七。
一六　麥　穗：〈臺灣最早培植詩人的搖籃——中華文藝函授學校〉，載臺北：《臺灣詩學季刊》第十期，一九九五年三月。
一七　上晏蕭：〈威權時期的思想「庇護所」：耕莘青年寫作會〉，臺北：《文訊》二〇二〇年二月號，頁三十七。

一八　上晏蕭：〈威權時期的思想「庇護所」：耕莘青年寫作會〉，臺北：《文訊》二〇二〇年二月號，頁三十八。

一九　鄭明娳：〈當代臺灣文藝政策現象〉，香港：「世界華文文學研討會」論文，一九九一年。

二〇　蔣介石在第一次「文藝會談」上的講話。轉引自《中華民國文藝史》，臺北：正中書局，一九七五年，頁九七九。

二一　陳明成：〈反攻與反共：關鍵年代的關鍵年份——臺灣文壇一九五六的再考察〉，載《文學與社會學術研討會——二〇〇四青年文學會議論文集》（臺南：臺灣文學館，二〇〇四年），頁二〇三～二〇四、二二四。

二二　參見《中華文化復興論叢》第一集（臺北：中華文化復興運動推行委員會，一九六九年三月），頁一～三。

二三　參見秦孝儀：《中華民國文化發展史》第四冊（臺北：近代中國出版社，一九八一年），頁二一五三。

二四　林果顯：《「中華文化復興運動推行委員會」之研究》，臺北：稻鄉出版社，二〇〇五年。

二五　李知灝：〈「被稼接」的臺灣古典詩壇——《中華民國文藝史》中官方古典詩史觀的建構〉，臺南：《臺灣文學研究學報》（二〇〇七年十月），頁一九一。

二六　王洪鈞：〈研擬執行文化復興的具體計劃〉，臺北：《文訊》一九九〇年第十二期。

二七　參見《中華文化復興論叢》第一集，臺北：中華文化復興運動推行委員會，一九六九年三月，頁一～三。
二八　王洪鈞：〈研擬執行文化復興的具體計劃〉，臺北：《文訊》一九九〇年第十二期。
二九　王洪鈞：〈研擬執行文化復興的具體計劃〉，臺北：《文訊》一九九〇年第十二期。
三〇　顏崑陽：〈從實際生活去推展文化〉，臺北：《文訊》一九九〇年第十二期。
三一　鄭明娳：〈當代臺灣文藝政策現象〉，香港：「世界華文文學研討會」論文，一九九一年。
三二　侯　健：〈過去一年的文藝批評〉，《聯合報》，一九七八年一月七日。
三三　鄭明娳：〈當代臺灣文藝政策現象〉，香港：「世界華文文學研討會」論文，一九九一年。
三四　應鳳凰：《畫話一九五〇年代臺灣文學》（臺北：遠景出版事業公司，二〇一七年四月），頁五十一。
三五　一九六四年八月自印，後又收在《文星集團想走哪條路？》的附錄中。
三六　侯立朝：《文星集團想走哪條路？》，自印，一九六六年三月。
三七　李　敖：《李敖自傳》（北京：人民文學出版社，二〇一八年），頁一六一。
三八　林安梧：〈論「文化的休閒消費」與「文化的生長創造」〉，臺北：《文訊》（一九九五年二月），頁三十一。
三九　封德屏：〈國民黨文藝政策及其實踐（一九二八～一九八一）〉，臺北：淡江大學中國文學系博士班畢業論文，二〇〇九年。
四〇　孫起明：〈應以前瞻性眼光評估《文訊》〉，臺北：《文訊》（一九九三年七月），頁八。
四一　焦　桐：〈《文訊》資歷〉，臺北：《文訊》，一九九三年七月，頁一〇。

四二 孫起明：〈應以前瞻性眼光評估《文訊》〉，臺北：《文訊》，一九九三年七月號，頁八。

四三 黃建業主編：《跨世紀臺灣電影實錄一八九八～二〇〇〇》（中）（臺北：國家電影資料館，二〇〇五年），頁八五五、八七六。

四四 林積萍：〈昨日不播種，今日的收穫——爾雅「年度小說選」三十五年〉臺北：《文訊》二〇一五年七月號，頁九十六。

四五 陳逸華：〈用行動擔起文學的命運——遠景出版事業公司《諾貝爾文學獎全集》及其他〉，臺北：《文訊》二〇一五年四月號，頁六十九。

四六 李敏勇：〈關於葉老的稿費〉，臺北：《文訊》二〇二〇年五月號，頁四十一。

四七 李敏勇：〈關於葉老的稿費〉，臺北：《文訊》二〇二〇年五月號，頁四十一。

四八 魯　迅：〈娜拉走後怎樣〉，《魯迅全集》（北京：人民文學出版社，一九八一年），第一卷，頁一六一。

四九 張寶琴等：《四十年來中國文學會議》，臺北：聯合文學出版社，一九九五年。

五〇 洛　夫：〈雜話文學會議〉，臺北：《文訊》一九九四年三月號。

五一 《聯合報》，一九九九年三月二十日，第三版。

五二 《世界論壇報》，一九九九年四月十七日，第二版。

五三 《聯合報》，一九九九年三月二十日，第三版。

五四 洛　桑（馬森）：〈都是「經典」惹的禍〉，香港：《純文學》一九九九年四月號。

五五 陳曼玲報導：〈臺灣文學經典公布三十件作品〉，《中央日報》，一九九九年三月二十日。

五六 葉石濤：〈自序〉，《臺灣文學史綱》，高雄：春暉出版社，一九八七年二月。
五七 畫餅樓主：〈從毒螃蟹和美人魚談起〉，臺北：《世界論壇報》，一九九九年四月十七日。
五八 洛　桑（馬森）：〈都是「經典」惹的禍〉，香港：《純文學》一九九九年四月號。
五九 曾意芳報導：〈經典研討會中本土文學界另類觀點〉，《中央日報》，一九九九年三月二十二日。
六〇 參看吳潛誠：〈八十年臺灣文學批評的衍變趨勢〉。載林燿德、孟樊主編《世紀末偏航》（臺北：時報文化出版企業公司，一九九〇年），頁四二三。
六一 廖炳惠：《形式與意識形態》，臺北：聯經出版事業公司，一九九〇年。
六二 鄭樹森口述、熊志琴整理：〈一九八〇年代三地互動〉臺北：《文訊》二〇一二年第十期，頁四十一～四十二。
六三 呂正惠：〈八十年代臺灣小說的主流〉，載《世紀末偏航》（臺北：時報文化出版公司，一九九〇年），頁二七四。
六四 向　陽：《臺灣文學散論》（臺北：駱駝出版社，一九九六年），頁五十八～五十九。
六五 參看游喚：一九九二年十二月十九日在〈「大陸的臺灣詩學」討論會〉上的發言，見臺北：《臺灣詩學季刊》第二期，頁三十六。
六六 參看游喚：〈八十年代臺灣文學論述之質變〉，臺北：《臺灣文學觀察雜誌》，一九九二年二月，頁五。
六七 龔鵬程：〈臺灣文學環境的劇變〉，臺北：《文訊》一九九〇年十月號。

六八　指以政治宣傳爲考量，改編大陸的傷痕文學爲〈假如我是眞的〉、〈苦戀〉、〈上海社會檔案〉等三部電影。

第三章　解嚴以來的文學制度

臺灣的文學體制在一九四五年八月後，從日本殖民體系轉換爲中國文學的現代傳統；到一九四九年與大陸分離後，逐步形成了不同於大陸的文學體制，如解除戒嚴以前，中國現代文學在教育體制裡長期缺席，臺灣文學研究在中文系裡同樣失語；外文系成了引進西方文學觀念和批評標準、方法的一個重要策源地；現代主義的引進比大陸早得多等等。但再怎麼不同，兩岸受相近的文化所制約，因而有不少平行發展現象，如兩岸文化人都承襲傳統士大夫的憂患意識，捲入左右翼意識形態的碰撞，而到世紀末，臺灣則演變成兩派有關國族認同問題的鬥爭。至於臺灣五十年代後期「橫的移植」與大陸新時期大量引進西方現代主義思潮，均有驚人的相似之處。

第一節　文藝政策：由主導轉向輔助

七十年代後期，王昇任國防部總政治作戰部主任。在一九七八年召開的國軍文藝大會上，他所作的〈提筆上陣，迎接戰鬥〉的報告，成了闡述國民黨「戰鬥文藝」政策和點名批判「工農兵文學」的最後一篇文獻。

進入九十年代，隨著政權本土化及經濟體制和兩岸關係的變化，這時原由蔣介石制定的文藝政策已不再具有影響力，基本上進入了一個無爲而治的時代。當然，任何執政黨都不可能完全放棄文藝這塊陣地。面對戒嚴令的解除和社會的大幅度變遷，國民黨不想光爲文藝家提供服務，而企圖再將文化工作轉型爲黨的文宣部，尤其是成爲選舉作戰機器。但走回頭路是沒有出息的，故官方這時再想主導文藝，至少有點力不從心。如一九九六年元旦正式運轉的「國家文化藝術基金會」，每年拿出一億元新臺幣獎助文藝資產，含文學藝術及廣播電視媒體等八大類。這個基金會與五十年代出現的「中華文藝獎金委員會」功能完全不同，即它不是指導作家如何炮製「戰鬥文藝」作品，而是接辦民間文化藝術相關的輔助業務。該會執行會長陳國慈表示：「基金會不會以補助經費來牽制、主導藝文團體的發展方向，甚至對申請補助的審核，也只作條件式的資格審查和背景分析，而由各類專家組成的評審會來決定是否補助」。這種以服務與協助取代規範與控制的做法，是尊重文藝規律的表現，深受作家們的歡迎。

臺灣的文藝政策之所以會從「主導」轉向「輔助」，其原因有下面兩點：

一、作家們均十分厭惡五十年代用高額獎金催生出來的有「戰鬥」無「文藝」的作品，這類作品大都落入「牛伯伯打游擊」的公式。這種大鍋菜式的同質性的模式化文藝，嚴重窒息了臺灣文藝的發展。此外，他們還厭惡因整肅不同文藝聲音所帶來的弄虛作假的文風。如眼看反共戲劇的創作無人問津，便只好走捷徑，把原來大陸作家陳白塵諷刺國民黨的〈群魔亂舞〉，改編成諷刺共產黨的〈百醜圖〉，把沉浮諷刺戰時重慶社會的〈重慶二十四小時〉，再創造爲〈臺北一晝夜〉。右翼作家居然把左翼作家沉浮的作品當作臨摹、「學習」的拓本，這是對「反共文藝」的絕妙反諷。

二、隨著黨外運動的蓬勃開展與多黨制的登臺，以及隨軍來臺的外省作家垂垂老矣的狀況，「中國文藝協會」的權威已被解構，再加上經費的限制，官方已無能力主導文藝運動。在這種情況下，作家和媒體均不願受政權利益的制約，而改由服膺讀者的口味和市場的需要。正因爲這樣，哪怕由「文工會」

出資主辦的《文訊》，也不得不盡量淡化官方色彩，而那些由民間文藝界人士創辦的雜誌，堅持不給官方收編，努力尋找臺灣文學的歷史坐標，推動臺語文字化和臺語文學的寫作，盡可能把文藝的資源和工作空間做大，並回過頭來批判官方文化，掀起一連串的「回顧」、「定位」、「體檢」、「重建」運動，使官方再也無能力像過去那樣壟斷和操控文藝。

第二節　體制內外的社團並存

隨著國民政府退到臺灣，創建新的文藝團體成為他們反思歷史教訓、控制知識分子以及文學生產的一個重要手段。最能顯示官方的政治意圖和鬥爭策略的是五十年代初成立的一批文藝團體。這類團體有完整的組織系統及會員的詳細檔案，有較固定和充裕的活動經費。可後來在難以出現這種政治高於藝術的團體，到了八、九十年代，已被蓬勃開展的黨外運動和商業利益沖得元氣大損，不再具有話語霸權。經費的嚴重不足，使現存的「中國文藝協會」連一個相像樣的刊物都養不起。但該會始終堅持一個中國的立場而與分離主義文學思潮取向不同，故他們舉辦的「作家下午茶」等活動，出席者通常是「外省作家」居多。九十年代後期改選理事長，詩人王吉隆（綠蒂）當選。他雖不是大陸人，但願意與大陸作家往來，因而這個團體經常邀請北京的中國作家協會組團來臺訪問，並多次組織臺灣作家訪問大陸。這個團體在臺北舉辦過「兩岸詩學座談會」、「兩岸作家臺北對話文學」等會議。

以青年為讀者對象的《幼獅文藝》在不斷革新，一直堅持出版。「中國青年寫作協會」不斷有新血注入，又不限定某種籍貫、某種成分來組成，故使它顯得生氣勃勃，充滿了青春活力，在培養青年作者和研究當代臺灣文學方面，動作最大，表現得最投入和認真。其中在林燿德於一九八九年起連續六年擔任「中國青年寫作協會」秘書長期間，協同理事長鄭明娳努力開發資源，將一個鬆散的民間團體改造爲具有凝聚力的單位。他們一方面規劃小說/散文創作研究班，另方面還主辦了一系列世紀末臺灣文學專題研討會，並邀請大陸知名學者參加，因而成爲九十年代前期成功主辦研討會的功臣大將。鑒於新感官小說和表現情欲的現代詩紛紛問世，新任理事長林水福還適時地於一九九六年主辦了林燿德生前策劃的「當代臺灣情色文學研討會」，並結集爲《蕾絲與鞭子的交歡——當代臺灣情色文學論》出版，在突破文以載道的傳統觀念和以泛道德攻訐「情色文學」方面，起到了一定作用。

「中國婦女寫作協會」到了九十年代沒有與時俱進，其宗旨仍爲老一套的「促進婦女的知識與才能，從而團結婦女的力量，提高婦女的地位」，與女性主義毫無關係。不過該會面對強大的本土化思潮，仍「以發揚整體中華文化」爲己任，這是難能可貴的。該會在培養女性創作人才，提升藝文風氣，特別是把「寫作」擴充到「文化」的全方位層次上，下了不少功夫，收到了一定的效果。

依內政部規定：全國性社團均需冠上「中華民國」，因而在臺灣以「中華民國」爲起頭的文藝團體有許多：如成立於一九六七年的新詩學會，成立於一九七〇年的中華編劇學會，成立於一九七三年的比較文學學會，成立於一九七六年的青溪新文藝學會和傳統詩學會，成立於一九八三年的專欄作家協會，成立於一九八四年的兒童文學學會，另還有成立於一九八九年的「中國作家協會」，成立於二〇〇〇年的中華武俠文學學會，等等。以「中國」爲名的團體則有成立於一九五二年的「中國語文學會」、成立於一九七九年的「中國古典文學研究會」。「中國語文學會」在一九九六年出版了臺灣惟一的《中國現代文藝理論》季刊，遺憾的是學術水準不高，缺乏嚴格的學科意識，刊登的文章比較蕪雜，再加上經費不足，只好於二〇〇〇年底停刊。這些「中國作家協會」、「中華武俠文學學會」、「中國古典文學研究會」、「中國語文學會」在「臺灣」取代「中國」的時代，導致在《二〇一九臺灣文學年鑑》中均不見蹤影。

以上學會除以「聯繫退除役文藝作家活動」爲宗旨的青溪新文藝學會帶有軍方色彩外，其餘團體專業性強。他們所開展的不同類型的活動，給文壇帶來了生機。

如果說上述組織是主「內」的話，那以促進國際文化交流爲目的的「中華民國筆會」，則就是主「外」的了。此會成立於一九三〇年，後由陳西瀅建議於一九五七年在臺北復會，先後任會長的有張道藩、羅家倫、林語堂等人。該會暮氣沉沉，一度曾停止過活動，後於一九八〇年重新恢復，可因爲中華民國不被聯合國所承認，再加上大陸已加入了國際筆會，故他們開展國際交流時，受到諸多的局限。余光中從一九九〇年起連任兩屆會長，後任會長爲臺灣大學外文系教授朱炎。他們兩人去世後，二〇一九年會長爲高天恩。該會活動不多，會員人數也有限，參加者必須通曉外文，且與國際文壇有交往。一九七二年創刊的英文筆會會刊，一直固守精英路線，他們還常組織有名望的翻譯家將臺灣文學翻譯成外文出版。可到了二〇一九年，在該年「臺灣文學年鑑」中同樣不見蹤影。

臺灣地區以對外交流爲主的組織還有成立於一九八一年的亞洲華文作家協會。一九九二年，在「亞華」的基礎上又成立了世界華文作家協會。該會共分亞洲、歐洲、北美洲、南美洲、大洋洲、中美洲、非洲七大洲際分會，召開過多次會員代表大會。除一九八四年創刊的《亞洲華文作家》雜誌作爲該會會刊外，又於一九九二年五月在《中央日報》國際版開闢了《世界華文作家》周刊，曾出版四百多期（現已停刊）。世新大學還於一九九九年成立了「世界華文文學典藏中心」。世界華文作家協會首任會長爲黃石城，後任會長爲前行政院文化建設委員會主任林澄枝，實際操作者爲總會秘書長符兆祥（二〇一九年升爲會長）。該會雖然以「認同中華文化，熱愛華文寫作而聯繫結盟」，但實際上是爲提升臺灣的國際地位服務，帶有一定的政治色彩，難怪大會成立時，李登輝曾親自出席祝賀和頒獎。這個組織代表性較差，不少分會的會長在該地或該國均缺乏號召力和權威性，難怪被人認爲這個華文作家協會是「封閉的意識形態共同體」。

在官方文藝團體日益衰微的情況下，爲適應文藝多元發展和兩岸文學交流的需要，九十年代又出現了一些新的民間文藝團體。如由尹雪曼發起的中國作家藝術家聯盟，曾組團訪問大陸和邀請大陸作家訪臺，並主辦有《文藝新聞》（已停刊）。一九九四年由文曉村、王祿松等人發起的「中國詩歌藝術學會」，是「葡萄園」、「秋水」等弱勢詩社的組合，其目標是追求另一種風格的志同道合，以聯合起來對抗以「創世紀」詩社爲龍頭的《年度詩選》的話語霸權。他們除舉辦詩歌藝術獎和兩岸詩刊學術研討會、兩岸女性詩歌學術研討會外，還編輯了多本爲弱勢者揚眉吐氣的《中國新詩選》（已停辦）。

解除戒嚴後，整個臺灣社會大幅度轉型，開放作家申請和成立社團，使文學活動出現了結構性的變化。八十年代後的政治改革帶來了社會改革和文學制度的革新，以「臺灣」爲名的文藝團體終於出現並多了起來，如一九九六年成立的以提倡母語寫作爲宗旨的臺灣臺語社，一九九九年成立的以「建立屬於臺灣的文學理論及觀念」爲宗旨的臺灣文學協會。其中最著名的是一九八七年二月十五日成立的以楊青矗爲會長的臺灣筆會，另設有鹽分地帶等分會。這個筆會不再是執政黨透過社團形式調節和監控作家文學生產的一種組織形式，而是逃避作家體制化，具有主體性與獨立性的社團。它一成立就沒有得到官方文學制度的認可，這便進一步促成了它的所謂「在野」的反抗性格。他們反體制、反獨裁，提出「政治民主化，經濟合理化，文化優質化」作爲臺灣社會理想和憧憬。在該會秘書長李敏勇執筆的《臺灣筆會成立宣言》中，提出八點改革措施，其中第七條用了「臺灣地區」而不是「臺灣」，也沒有極端地主張用「臺語」取代中文，而是強調「雙語教育」。這是因爲在本土政權還未出現的年代，臺灣社會和政治生態不允許本土化運動走得太遠。不過，這八點其核心是「臺灣本土化」。該會一成立，急於得到國際文藝界的承認，申請參加國際筆會，可國際筆會認爲臺灣已有了一個「中華民國筆會」，不能再有第二個筆會參加，要參加也只能以個人名義。臺灣筆會便以該會不是以華文而是用臺灣話寫作爲由，說明他們不屬中國或「中華」筆會的一種，再次強烈要求申請加入該會。後來國際筆會經過愼重研究後，答覆他們說：「臺語」也是中文的一種方言，與海峽對岸的福建話大同小異，因而拒絕其申請。

總的說來，九十年代的文藝社團突破了以往「黨、政、軍對文藝團體的籠絡和箝制」而演化和分化，出現了體制內與體制外、多種文學社團並存的局面，在一定意義上引進了競爭機制，在管理科學化、經營企業化的原則下促進了業務的發展。但由於這些社團限於條件無法開展盈利性的文化產業，因而缺乏充足的財源，經常處於「饑餓」狀態，連專用會所都沒有，舉行會員大會或改選理監事會時出席率很低，因而能維持下去完全有賴於對文學熱忱未息的理事長和秘書長的傻勁或曰無私奉獻。

第三節　開展兩岸文學交流

兩岸關係的分期，通常分爲三個時期：一九四九～一九七八年的軍事衝突時期，一九七九～一九八七年的和平對話時期，一九八八年起爲民間交流時期。後兩個時期的到來，是由於臺灣當局於一九八七年七月十五日宣布解除長達近四十年的「戒嚴令」，三個月之後正式開放臺灣民眾赴大陸探親。在這種獨裁體制對臺灣民眾的管制潰不成軍的情況下，在人道的考慮和社會發展需要的推動下，兩岸文化交流終於從這年底隨著探親船的運行開始起動。

臺灣開放大陸出版品，其中古繼堂於一九八九年由文史哲出版社出版的《臺灣新詩發展史》，不少詩人對它「又愛又恨」。「愛」的是臺灣新詩終於有史了。「恨」的是臺灣新詩的詮釋權被大陸拿走了，於是有反彈大陸學者的「臺灣詩史論研討會」。辛廣偉於二〇〇〇年由河北教育出版社出版的、以堂堂四六〇頁規模的《臺灣出版史》，也極大地刺激了臺灣的同行：「面對著談了許久卻遲遲沒有動筆、自己的出版史，由中國大陸的學者先完成，心中五味雜陳」（註一），以致有《臺灣人文出版社三十家》（註二）的問世。

當然，交流是雙向的，大陸學界瞭解臺灣文壇現狀，也需要對方的支持，只不過不是直接透過臺灣，而是輾轉靠鄭樹森、聶華苓、劉紹銘、陳若曦等海外作家及香港作家李怡、西西做媒介。臺灣最早刊登和出版的大陸作品是「傷痕文學」。這裡有政治因素，如把「傷痕文學」拔高爲「中國大陸的抗議文學」（註三），介紹它們是爲了讓臺灣讀者瞭解大陸的「抗議」之聲。一九八六年後，政治性考慮有所降低，阿城、張賢亮、張潔、古華等大陸著名作家的作品紛紛上市，再加上媒體的報道與評論，一時形成文學上的「大陸熱」，使臺灣讀者「終於得以足履六朝古都或西陲翰海或鶯飛草長的江南。本來只是課本裡的、口頭上的地理，如今成爲具體不過的故國大地」，「許多臺灣的讀者才乍然間發現原來彼岸不都是『共匪』，還多的是有血有肉的『同胞』，以及他們血淚交織的故事」（註四）。

交流在雙向進行。過去視臺灣文學爲一片空白的大陸文壇，也開始在惡補，在向彼岸文學投來驚異的目光。瓊瑤的《煙雨濛濛》、《我是一片雲》一類言情作品便成了先頭部隊，用頂溫柔的親情、友情、愛情軟化了對岸同胞硬梆梆的階級鬥爭意識形態。接著是三毛帶著異國風情、浪漫人生向大陸讀者瀟灑走來。

眾所周知，大陸文壇長期以來主張文藝爲政治服務，審美娛樂功能被淡化，那種以休閒爲旨趣的言情小說、武俠小說被放逐。在這種情況下，瓊瑤、古龍們乘虛而入，也就理所當然。另方面，兩岸長期老死不相往來，又給臺灣文學披上一層神秘的面紗。白先勇、陳映眞等人的作品，正好打開一扇瞭解臺灣社會的窗口，使大陸讀者對彼岸的生存境遇、世態人情有所瞭解，有的還倍覺新鮮刺激。由於大陸經濟市場化，造成了文化市場的波動與變化，給兩岸文學交流帶來一些負面影響。如讀者對臺灣作品的接納主要是一種「輕文化」，娛樂性的消費居多，這對大陸的精英文化無疑是一種傷害。還由於兩岸經濟實力的懸殊，臺灣的書價大陸讀者無法接受；反之，大陸圖書以低價在臺灣傾銷，又將嚴重打擊臺灣的圖書出版業。另有繁簡文及盜版猖獗問題的困擾，均値得專題探討。

要打破兩岸作家互相敵對這種僵局，見面的地點最好是第三地。如兩岸作家首次見面不是在北京或臺北，而是在美國的愛荷華。大陸作家正式到臺灣先是以個人方式的訪問，接著是「中國作家協會」於一九九四年首次組團來臺，成員有鄧友梅、李國文、舒乙等作家。一九九八年十月，叢維熙、舒婷、張煒、池莉、余華、蘇童、陳丹燕，還有被臺灣傳媒稱之爲「冷面笑匠」的莫言，臺灣讀者習慣地將張愛玲和其一起比較的王安憶，他們一起應南華管理學院、《聯合報》副刊等單位的邀請結合爲「夢幻組合」。作家們遊故宮、陽明山，參觀重慶南路書店一條街，遊日月潭、阿里山、西子灣，另在各大專學校演講，在國家圖書館參加「兩岸作家展望二十一世紀文學研討會」，在臺灣掀起一股大陸文學的旋風。而臺灣作家到大陸亦以民間接觸爲主，首批到內地的作家均是以探親名義去的，文學交流是意外的收穫。隨著交流的發展，從個人逐漸過渡到集體，地域則從兩岸到三地，而學者之間的交流，主要以研討會方式進行。一九九六年，南華管理學院組織了劉墉、張曼娟等人爲主的「臺灣暢銷作家赴大陸訪問團」。一九九七年，席慕蓉、龍應台、舒國治、楊澤等人亦赴上海與《文匯報》副刊進行交流。

你來我往，帶來了互利互惠。大陸在接受臺灣的外匯及其資本主義價值觀時，瓊瑤的電視連續劇、痞子蔡的網路小說《第一次親密接觸》、張惠妹的流行歌曲傾巢而來。而臺灣則多了帶神秘色彩的大陸藥材、偷渡而來的廉價勞工、福建新娘以及〈黃河交響曲〉。彼此都在占領各自的讀者市場，都在演化與被演化，人爲的禁區一點一滴的被突破。但由於隔絕多年，無論是在時空上還是在政治、經濟制度上，在現代化程度上，在價值體系上，都存在著許多差異，因而難免會有碰撞，有爭奪戰。如焦桐在臺灣召開的兩岸詩學研討會上發表〈大陸的臺灣現代詩評論〉，以「思鄉母題」爲例逐個否定大陸詩評家對臺灣詩的研究，引起大陸學者的回應（註五）。另有前輩作家的陳年老賬問題。如在八十年代末，《聯合文學》刊登了〈大陸劇作家吳祖光的自述〉（註六），談及吳氏年輕時的作品〈少年游〉，臺灣小說家王藍認爲內容嚴重失實，後在《民生報》發表談話，質疑吳祖光這個劇本有抄襲自己於一九四三年十一月二十日發表在《文藝先鋒》上的〈一顆永恆的星〉的嫌疑（註七），由此引發延續至九十年代的兩岸三地文壇的論戰。《文訊》爲此召開座談會，邀請了作家、文學史料家、研究家討論兩岸隔絕四十年之後，我們應如何面對歷史舊賬？兩岸文學交流與激蕩，怎樣才能良性發展？討論最後以「純粹是澄清而非清算」、「要更寬容」聲中結束（註八），未加進一步追究和檢討，但這個事件已引起當事人十分不快。這表面上是兩個作家之間的恩怨，其實裡面隱藏著著作權的爭奪和兩岸文學成就誰高誰低的評價問題。

交流要往良性發展，要能給兩岸人民帶來更多的福音，那交流就要約束政治的侵染力。但文學不能脫離政治，有時難免會把對方的作品往政治上聯想。如古遠清編著的《臺港朦朧詩賞析》，在臺灣引起誤解，認爲「朦朧詩」在大陸是「精神污染」的代名詞，現在編著者把只在大陸出現的「朦朧詩」說成是臺灣早已有之，這是把大陸「『精神污染』罪魁禍首」看作「是來自海外臺灣」，古遠清由此和這位批評者展開論戰（註九）。後來兩人在臺北握手言歡，被傳爲「相逢一笑泯恩仇」的佳話。這充分說明，透過對話和溝通，兩岸作家完全可以成爲朋友而不應再互相敵對。正是在這種諒解中，兩岸作家用文學交流的方式建立了一個超越政治的互動空間。

隨著大陸作品的登陸，臺灣對大陸文學的研究也開始得到重視。繼一九八八年五月《文訊》和《聯合文學》雜誌社召開「當前大陸文學研討會」後，又於一九九一年六月召開了第二次研討會，並結集爲《苦難與超越》出版。這次會議著重研討了大陸文學思潮、大陸小說中政治內容的表達方式及「殘酷主題、王安憶小說的女性意識等問題。另有數位作家座談「我的大陸文學經驗」。應充分肯定研討會主辦單位「爲了重建體大的文學中國，並希望能夠經由文學更深刻地認識我們素所關切的大陸」（註一〇）的良苦用心。但這兩次研討會規模過小，影響有限。値得重視的是「行政院文化建設委員會」委託清華大學進行的「大陸地區文學概況研究調查」。其調查範圍爲一九七六～一九八九年之間的文學發展概貌。在官方支持下，調查工作於一九九六年六月完成，並內部印行了應鳳凰《當代大陸文學概況、史料卷》等九冊圖書。這套叢書企圖以一種歷史的眼光，用學術的方法去探討大陸新時期文學發展的走向，但這套叢書編得過於倉促，學術水平良莠不分，少數作品是大陸學者研究成果的拼接，且未能一一注明出處，因而嚴格說來還不能算是學術專著，只是資料長篇，而某些資料又未加鑒別，出現一些常識性的錯誤，如《史料卷》編者望文生義，把中國作家協會文學講習所的前身「中央文學研究所」定位爲「大陸專業文學研究機構」。又如在新詩研究那本書中介紹大陸著名詩人和詩評家時，大都是採自個人的經驗，未加嚴格篩選，把不少名不見經傳的作者與著名詩人、詩評家並列，還把香港人璧華算作大陸詩評家，亦是一種失誤。

中國歷來有「取經」的傳統。兩岸互派代表團出訪及彼此出版作品，一起舉辦研討會和共同切磋、爭鳴，均有助於「島嶼回歸大陸」和「大陸奔向海洋」（註一一）。不管是臺灣的尋根還是大陸的尋出路或曰走向世界，均有利於整合分流多年的兩岸文學。但在交流上，出現了意識形態的分歧。從大陸方面來說，他們常常以中原意識評價臺灣作家作品，而臺灣則舉起「臺灣文學的主體性」旗幟加以抗拒。其實，正如余光中所說：「假使地區主義過分強調，情緒過分排外，意識自外於中國文化的傳統，也就是地理的客觀限制加上心理的主觀閉塞，那就不健康了」（註一二）。當然，雙方交流應平等對話。只有這樣，才可以使兩岸文化交流更好地朝良性互動方向發展，從而呈現出深刻而多音交響的內涵。

第四節　多樣化的文學獎

臺灣的文學獎在肯定文壇先進的成就，推出文學新人和形成文學創作風氣方面，有積極的作用。每年文學獎的公布，爲臺灣文壇增添了喜慶氣氛與新的活力。而文學獎的啓動與改革，既顯現出文學制度的逐漸完善，同時也導引著文學潮流的發展。

臺灣早在五十年代就建立了宰制文壇的文學評獎制度，這種評獎機制有「中國文藝協會」舉辦的「中國文藝獎章」，於二〇一九年已舉辦到第六十屆，這「獎章」如今已無官方色彩。到了二〇一九年，具有官方色彩的獎項只剩下由行政院主辦的「行政院文化獎」和「總統文學獎」等少數幾項。

除官方獎外，本土作家另於一九六九年創建了由本土小說家吳濁流命名的文學獎。在這個獎的帶動下，一九七八年掛牌的「吳三連文藝獎」、一九七九年出現的「巫永福評論獎」、一九八二年問世的「洪醒夫小說獎」連續出現，他們均秉承文學理念獎勵佳作。這些以私人名義主辦的民間獎項，其作品的評判標準與官方主辦的獎項無論在價值判斷上還是社會效果上，均有質的不同。

文學獎牽涉到資源的分配、文學讀者的審美趣味及文學傳播的功能問題。當黨營的文藝團體因社會的多元化而權威解體，文學評獎制度的革新也就提上了議事日程。正是在文學制度與文學權力關係鬆動的情況下，臺灣兩大強勢媒體《聯合報》、《中國時報》文學獎先後於七十年代中期宣告成立。這兩個獎後來大面積縮水，《聯合報》文學獎於二〇一四年改為「《聯合報》文學大獎」。即使這樣，這些獎項在強調文學創作的中國特色和引導文學潮流、培養新進作家方面，為文學制度注入了新的活力，其影響力至今不衰。眼看文學獎成為傳媒的最好廣告，其他報紙雜誌也聞風而動舉辦文學獎，占了目前臺灣文學獎的半壁江山。其中影響大者為「《聯合文學》小說新人獎」，它從一九八七年起創辦。邱妙津、王文華、駱以軍、裴在美、賴香吟、蔡素芬、郝譽翔等備受注目的新世代小說家，都先後由這個「一朝得獎天下知」的獎項推出。這個獎項只限於中短篇小說，徵文對象不局限在臺灣，還包括大陸及海外地區。其新人的含義是指不曾單獨出過集子，或作者參選的文類不曾獲省級首獎。按這種遊戲規則，就難免有不是「新人」而未出過集子的著名作家獲此殊榮。該刊得獎者「徹底的新人」畢竟居多，平均年齡不到三十歲。最初得獎者多爲寫實主義作家，後來得獎者受到後現代影響，這類前衛作家逐漸多了起來。

文學獎的設立是一種出版創作形態的改變，是眾多文學雜誌所運用的一種商業競爭手段，小說家和書商經常以得獎文章作爲書名，就是一例。這就難怪在臺灣各大獎中，對包裝、形象、行銷的商業機制缺乏瞭解的校園作家很少參與。這種缺陷，除《明道文藝》一直在主辦全臺灣文學獎的高中組得到彌補外，又於一九九八年開辦了全臺灣地區的大專學生文藝獎。此獎有傳統的小說、散文、新詩門類，另新增了文學評論獎、劇本獎。擔任評審的委員不只是作家，還請了不少學術界人士參與。首屆獎由臺灣大學主辦，以後由各院校輪流辦。

在臺灣，儘管純文學在走向式微，讀者越來越少，但另一種反常現象是各種名目的文學獎越來越多，除官方文學獎外，還有民間社團文學獎、法人機構文學獎和以私人命名的文學獎，另有一大項是世紀末各地方政府新增設的文化局所舉辦的以地域性的鄉鎮書寫爲主的地方文學獎。這種獎項的產生，與「愛鄉愛土」爲號召和本土意識的高漲有一定的關係。它以發現吾土吾鄉民情風俗爲主要特色，和鼓勵當地民眾寫作爲主要徵文宗旨。

在原本就屬小眾的文學走向邊緣之後，文學獎不再是單純的文壇入場券，作者所看中的是利大於名。在獎金意義大於作品價值的情況下，知名度高的作家對文學獎不屑一顧，認爲得過獎不等於在文學史上有了地位，在版面壓縮、獎金縮水的情況下，一些非權威性的文學獎反而能出現優秀作品。

在一些人看來，文學獎的「名」與獎項的「利」多少有關，即獎金越豐厚，作品的價值便越高。這種看法便催生出九十年代以後的不少獎項均以百萬臺幣作號召，如「自立報系百萬小說獎」舉辦了八年，多次空缺，一直到一九九〇年，才由淩煙的作品〈失聲畫眉〉獲得。一九九三年《中國時報》設立的時報文學百萬小說獎，是爲了改變臺灣文學以輕、短、薄著稱的風氣，用以鼓勵長篇小說創作。

不管是官方還是民間文學獎，其所代表的均是權威人士對作家作品價值的肯定。這種肯定制度，多半從競爭中產生，另有以獎的形式追認作家的成就。一般說來，從眾多的來稿中選拔的做法最受社會注目而具有活力。文學獎的社會效果取決於評審制度是否合理。一般說來，評審委員態度端正，不徇私情，便能起到關鍵的作用。但相當於終身成就獎的「國家文藝獎」做得並不理想，其評審委員多半是老面孔，再加上他們又多年不從事創作，對文學現狀隔膜，所用的標準離不開「文以載道」的老傳統，對新的表現手法常常流露出一種拒排態度，因而時有落選者向主辦當局抗議的事件發生。

評審對象是匿名還是具名，評審過程是黑箱作業還是公開，也是一個牽涉到文學獎能否發揮更大功能的問題。財團法人主辦的文學獎，提交的作品或專著均已出版過，雖然採取隱去作者姓名的方式，但由於評審委員均是圈子中人，他們一看就知道是誰的作品，故匿名往往徒具形式。本來，匿名可減少評審者的人情因素，但也會限制參選者作品的質量。報刊雜誌的評獎和傳統做法不同。他們公開評審委員名單和披露評審內容，這增加了評獎的透明度，有利於輿論監督。但因公布了某一評審委員批評某位作家作品的內容，這也容易造成評委與被評者的矛盾。

在臺灣有一位得獎專業戶，他重複出現在各類文學獎的名單中，乃至被某些人稱之爲「獎棍」，這就是英年早逝的青年作家林燿德。

相對於社會上經常舉辦的某些「大拜拜」型的活動，尤其是和明星走秀與選舉時政黨的互控比較，文學獎是一種有助於精神文明提升的公益活動。它對激勵新世代作家寫出有創意的作品，從而增添文藝新軍，有很大的作用。但文學獎存在名目儘管越來越繁多，但由於發表作品環境的改變，新人的成長空間並沒有加大，尤其是新人寫作的同質化現象頗為嚴重。

此外，評審者過分固定：不是文壇大老、大學教授，就是幾位有影響的中生代作家或媒體守門人。這些「評審團」不超過三十人。他們像轉盤一樣輪番出現，差不多包辦了全臺灣地區的文學獎。在某種意義上說，評審結果是這些評委的文學觀的組合排列及其審美趣味的折衷得出的結果。不過，這種不公平的公平，也許正是文學獎最值得期待的樂趣所在。

第五節　慘淡經營的文學雜誌

文學雜誌作為文學傳播的載體，是作家與社會最直接聯繫的一種方法。鑒於文學期刊能在文壇上呼風喚雨，製造各種不同的文學思潮，文學刊物和文學社團一樣同是權力體制控制文藝創作的一種特殊形式。在臺灣整個政局不安和權威解構的年代，最活躍的文學傳媒不是公辦而是民營雜誌。民營刊物有傳媒機構作支撐最為理想，如希代出版社的《小說族》、林白出版社的《推理》、前衛出版社的《臺灣文藝》。其中由聯合報系於一九八四年創刊的《聯合文學》，是印刷精美、專業性強的大型純文學雜誌。它走的是前衛路線，稿源來自兩岸三地乃至海外。它從創刊伊始，就抱有將臺灣最優秀的作品一網打盡的強烈使命感。雖然目標定得過高，無法向讀者兌現，但它對臺灣的當代文學發展確實產生過重大影響。在九十年代後期，許多有創意的作品均在該刊亮相。它透過小說新人獎與巡迴文藝營吸引青少年作家創作出好作品。在世紀末，兩派的代表人物陳映真、陳芳明，在該刊開展的如何編寫臺灣新文學史的

「雙陳」大戰，給該刊增添了亮色和發行量。

文學雜誌既是文學賴以生存的方式，也是作家生存狀態的一種展示。要使生存狀態往良性發展，一些刊物充分利用起學校的有限資源，將雜誌交由學校主辦。如臺中明道中學創辦的《明道文藝》，還有由淡江大學中文系於一九九九年贊助復刊的《藍星詩學》，堅持抒情傳統，在校園文化中獨樹一幟（已停刊）。在當代文學史上有地位的是創刊於一九七二年、由臺灣大學外文系主辦的《中外文學》。它創作與研究並重，打破了學院派刊物不登作品的慣例，同時又保持學院派的學術水準，所刊論文注釋十分規範，注意與國際接軌。該刊九十年代的文學人脈，不再是《現代文學》後期的遺老，或以顏元叔爲龍頭的「新批評」家，而是鍾情於後現代、後殖民、酷兒理論的新世代。該刊不斷強化現代文學理論與西方文學理論對話的內容，僅一九九三年就推出過「法國女性主義」、「聖經與後結構主義」、「電影與文化結構」等專輯，這對臺灣文學界借鑒他民族之經驗，多有助益。

民營刊物面臨著市場的壓力，常常不能長壽，如一九九〇年六月創刊的《臺灣文學觀察雜誌》，本是「知識人的自立救濟，小媒體在對抗日愈庸俗化的大傳媒體」（註一三）的一種勇敢行動。它繼承了學院派嚴肅厚重的學風，使九十年代前半期文學評論的重鎮轉移至該刊。雖然仍是由李瑞騰做總編輯，但由於刊物分工不同，《臺灣文學觀察雜誌》遠比《文訊》更有理論的自覺。再加上它沒有《文訊》與官方合作的色彩，故只要打開刊物，一股學術研究的空氣便迎面撲來。但由於沒有辦公地點，編輯也全是義工，印數低到幾百冊，無法打開市場，只好於一九九三年向讀者告別。後繼者有張良澤主編的《臺灣文學評論》、政治大學中文系印行的《臺灣文學學報》。這兩個刊物在「臺灣文學」的旗幟下，對本土文學的研究進行了動員，爲低迷的文學研究界添了一些溫暖。但這兩個刊物讀者面甚窄，發行管道又不通暢，其中《臺灣文學評論》已於二〇一二年十月停辦。

文學社團辦刊，在物欲橫流的臺灣顯得過於奢侈和浪漫。一般說來，社團最好有自己的園地，以便形成流派和風格。如一九九二年十二月創刊的《臺灣詩學季刊》，一上場就令人耳目一新。它在「挖深織廣，詩寫臺灣經驗。剖情析采，論說現代詩學」（註一四）方面成績斐然。該刊特點是老將與新秀合流，歷史與現實兼顧，創作與詩論薈萃，相對過去曾有過的一百五十多種詩刊尤其是元老級詩刊的集團性格，它帶有整合色彩，是臺灣詩壇傳播功能日趨疲乏時的一支勁旅。它製作的各種專題，始終使人感到該刊保持著蓬勃的朝氣，給海內外讀者提供了臺灣詩壇發展最眞實的地圖。要瞭解九十年代臺灣詩壇的創作風格與思潮演變軌跡，此刊是不可忽視的。作爲最具凝聚力詩社「創世紀」所辦的同名詩刊，在九十年代仍不失爲對「現代詩投入最積極、衝刺力最強的一群」（註一五）。女詩人涂靜怡早先辦的《秋水》詩刊，一直保持著唯美的風格。

社團辦詩刊，走的無不是精英取向的小眾途徑。它不像《聯合文學》還可以拉到廣告緩解發行壓力，而完全是靠幾位同仁苦撐著。它們在產銷方面無法走上軌道，但均有穩定的讀者群。

臺灣與大陸的不同之處，是辦刊不需要審批。在他們那裡，刊物沒有什麼「中央級」與「地方級」之分，呈多元競爭的特色。由同仁集資募款與興辦的本土化刊物《臺灣文藝》（一九六四年創刊，發行人巫永福）、《文學臺灣》（一九九一年創刊、發行人鄭炯明）、《臺灣新文藝》（一九九五年創刊、發行人何春木）、《笠》（一九六四年創刊、發行人黃騰輝），按理說是「地方級」刊物，可越是邊緣，他們越想改變現狀，建立自己的文學中心。這些本土刊物所走的是一條反抗專制、反抗霸權的路線，其作者包含了「跨越語言的一代」、「戰後成長的一代」、「自力更生的一代」。老中青三代詩人眞誠地凝視社會現實，突破文學思想模式的守舊局限，鼓勵參與母語創作，用各種不同方式批判官方對本土派的壓制，表達了在野作家的共同反抗心聲。進入九十年代後，他們把以往的隱性抗爭明朗化，顯示了「南派」文學雜誌不同的政治取向，與「北派」的《人間》叢刊、《聯合文學》、《幼獅文藝》大相逕庭。還有介於「南派」與「北派」之間的《新地》月刊。它創刊於一九九〇年，停刊於一九九一年，共出了九期。雖然二〇〇七年三度復刊，二〇一六年又停刊。儘管旋生旋死，壽命不長，但主編郭楓是民族主義者，既熱愛中國又擁抱臺灣，與余光中勢不兩立，在刊物上登了不少本土意識根深柢固的作家的作品。

從上面的敘述中，大致可瞭解到臺灣文學雜誌慘淡經營和多元競爭的狀況。這種情況的造成，主要是面對市場經濟，文學商品化成了最明顯的取向，淪爲花瓶身分的嚴肅文學在經濟浪潮的衝擊下，就顯得無足輕重，這就是《臺灣新文學》因長期負債與虧損只好在二〇〇〇年出至十六期宣布停刊的原因。另方面，電子聲光媒體的衝擊，使咬文嚼字、注意文字技巧的文學創作優勢喪失，靜態的小說、詩歌、散文遠沒有漫畫和電視能引起人們閱讀的興趣。前仆後繼的文學雜誌，可喜的是代有傳人。

第六節　走向沒落的文學副刊

副刊是「五·四」新文化運動的產物。二十年代臺灣出版的報紙受大陸的影響，這表現在相對新聞報導來說，副刊的內容比較輕鬆，題材也是五花八門，這種附張、附頁、附刊對正張刊登的國內外大事和本地新聞，起了一種補充和調劑的作用。

副刊有廣義和狹義之分。狹義的專指文學副刊。半個世紀以來，副刊對臺灣文學的發展起到重要作用。在七十年代中期到八十年代中期的十年間，大牌報紙的副刊則幾乎取代了文學社團和文學雜誌的作用，而成了文壇的同義語。副刊所討論的重大話題或掀起的文學論爭，常常造成轟動效應，引起文壇的整體思考。新進作家的崛起，往往透過報紙副刊的提攜。只要中了這些報紙的大獎，便可以一舉成名。這種現象，在兩岸三地中均是罕見的。

報紙副刊比文學雜誌最大的優勢是發行量驚人。臺灣的大報早在九十年代初就有三百萬份的讀者。副刊的閱讀人口雖然沒有這麼多，但減去三分之二，也還有一百萬。在二、三十種副刊中，其中最著名的是背後有龐大財團支撐的《中國時報》「人間」副刊、《聯合報》副刊。高信疆一九七三～一九八三年執掌的「人間」，係人文精神的副刊典範，對社會發展的重大事件和文化上的引人矚目的事情，均積極參與。它改變了從前副刊「既與新聞無關，又與人生無涉，更談不上激動人心、傳承歷史、創造文化等等的趣旨」的呆板形象，（註一六）從而走出了舊有的「文藝」格局，開創了嶄新的「文化」天地。它扮演的是煽風點火的角色。而瘂弦所執掌的《聯合報》副刊，繼承的是「五·四」以來的純文學傳統。它不似「人間」副刊那樣前衛而顯得較爲沉穩。這種「文學的、社會的、新聞的」與文化副刊的不同風格，形成了各自不同的讀者群，如年輕人喜歡「人間」副刊的蓬勃向上，中年人則覺得《聯合報》格調高雅，有大家之風範。

由高信疆與瘂弦分別執掌的兩大報副刊，可謂是棋逢對手。這個「副刊高（信疆）」與「副刊王（慶麟）」聚合了來自不同民間的社會力量，形成「臺灣最具代表性的文化公共領域」。（註一七）兩大報或倡導報導文學，或鼓吹極短篇小說、政治文學，使副刊守門人由此成爲文化界的風雲人物，其副刊

也成了「文學傳播的權力磁場」。（註一八）

八十年代中期以後，副刊的文學霸權不斷被新興的文化雜誌、政論雜誌及出版社所建立的消費系統所剝離，因而不再成爲主導文壇權力的競技場。臺灣報紙副刊也不再是兩大報的天下。在媒體權力重新分配時，本土思潮的興起，使《自立晚報》副刊形成了反宰制言說的陣地。從一九八二年起，詩人向陽接編的《自立晚報》副刊，扮演了宣揚與「中國意識」相對立的「臺灣意識」的角色。

如果說，七十年代後期兩大報副刊是商業較勁的話，那到世紀末則轉型爲「本土的」、「臺灣的」副刊與「中國的」、「兩岸的」副刊相互衝突的狀態。前者以《自立晚報》、《自由時報》、《臺灣時報》、《民眾日報》四報副刊爲代表，後者的代表則爲《聯合報》副刊、《中央日報》副刊等傳統上的右翼陣容。（註一九）

副刊一般說來是「大眾傳播運作的媒介工業」，（註二〇）但有時編者不願做傳統的花圃園丁，而願做媒體英雄，因而副刊淪爲編者文學或文化主張的實驗園地。

「社會解嚴，副刊崩盤」。一九八八年宣布報禁解除後，報紙大面積擴版，副刊除文學專版外，另增加了繽紛、兩性、休閒、旅遊、寶島、鄉情、醫藥等版面。九十年代作爲「忙碌的現代人最後的一塊心靈淨土」（註二一）的文學副刊開始走向式微。一九九七年初，在《自立早報》還未關門時就盛傳該報副刊停刊，以及《自立晚報》「本土」副刊縮水，《中時晚報》「時代」副刊關門，《大成報》沒有副刊，《聯合晚報》「天地」副刊停刊等消息。這些事實均說明九十年代是副刊走向沒落的年代。

各種促銷競爭手法進入報界的時代，必然重視企劃。儘管副刊守門人多半爲詩人或小說家，但不得不檢討與反省過去的精英文化路線，朝庶民化方向發展，因而只好逃避文學，由純文學的小副刊走向文化的大副刊，並關注大眾欣賞趣味。這樣一來，冷副刊便變成了熱副刊。「熱副刊是指一個企劃性極強的新潮園地，與社會動脈緊密結合，偶有超前的後現代之勢，編輯置身劇變的時代中，不時有新的點子新的主意。除基本的文學外，尚包括政治、文化、學術、經濟……熱副刊主編，像節目主持人，常要發號施令，或勤快揮動他的指揮棒，快節奏的、慢節奏的、歡樂的、抒情的、知性的……他的園地需要什麼人來唱什麼歌，他指名點唱，歌手一一登場，把節目唱得熱鬧有趣，把園地調理得五彩繽紛，這個副刊的確夠新潮、夠熱門了」。（註二二）《中國時報》「人間」副刊爲適應市場化的需要，亦以明星化、資訊化、雜碎化、話題化的方式出版，是所謂熱副刊的代表。《新生報》副刊主編劉靜娟所走的是一條不冷不熱的路線。在大眾化、生活化、本土化方面，不比兄弟報刊遜色。

解嚴以後，兩岸文化交流頻繁，大量的大陸來稿也是觸發副刊變革的一個誘因。大陸來稿不少屬上乘之作，但也有魚龍混雜的情況。爲了防止大陸來稿擠壓本地作者，不少副刊均酌情選登。本來，刊登這類作品有助於兩岸文學借鑒互補，但《聯合報》文學獎不時被大陸作家拿走，這引起某些本地作家不滿。爲了保持生態平衡，報紙副刊只好儘量減少刊用對岸來稿。

在多媒體與網際網路等傳播科技迅猛發展、平面媒體的經營空間嚴重受挫的情況下，爲了探討報紙副刊存在的問題和未來發展的走向，行政院文化建設委員會和《聯合報》副刊於一九九七年初舉辦了「世界中文報紙副刊學術研討會」。該會從文學、傳播學、政治學、社會學、新聞學等多重視角，檢討中文報刊的堅守與面臨的困境。會議充分肯定了臺灣報紙副刊在倡導文類、改進文風、獎掖新人、普及文學所起的重要作用，同時也指出九十年代副刊走向「可有可無可缺可棄」的末路並不是媒體的過錯，而是政經社會結構整體改變造成的。在解嚴前，副刊的存在與文學的前途有很大的關係，但多元化的今天，發起和推動文藝運動、促銷樣板作家、提倡某類文體的任務，不必完全靠副刊承擔。文學雜誌、出版社及其他媒體的運作，均應視為文學傳播的一環。如這樣理解，那文學副刊的沒落不等於文學的沒落。文學副刊的式微，也不等於嚴肅文學已走到窮途末路。

第七節　臺灣文學教育體制化

過去不被看好的臺灣文學，在高喊本土化的情勢下走向體制化，「體制」的一個重要標誌是建立臺灣文學系及其臺灣文學研究所。

取材於臺灣土地和人民的臺灣文學，在戒嚴時代一直是研究禁區，因而各大學根本不敢設立臺灣文學課程。林瑞明於一九八八年在成功大學開臺灣文學課，可課程名稱只能用「中國近現代文學史」。過了一年，才正名為「臺灣近現代文學史」。他早先在一九八七年以「林梵」筆名出的《楊逵畫傳》，不敢觸及二·二八事件，對楊逵的〈和平宣言〉也不便寫進。直到政治民主化、經濟自由化的九十年代，尋訪臺灣文化根脈的呼聲高漲和本土思潮迅速占領各種陣地之際，情況才有更大的改變：一九九五年五月，「臺灣筆會」與臺灣教授協會等十八個團體聯合發表〈臺灣文化界的聲明——大學文學院不能沒有臺灣文學系！〉，並邀請一批文化界人士和民意代表，到立法院舉辦公聽會、記者會，強烈要求教育部門允許在各大專院校建立「臺灣文學系」。緊接著是本土化媒體推波助瀾，如《自立晚報》在一九九五年六月發表了分三天登完的〈大學文學院應設臺灣文學系〉的文章。

儘管建立「臺灣文學系」的呼聲從南到北彼此互應，給人印象是勢不可當，但仍然有人不斷提出下列疑問：「臺灣有文學嗎？即使有，可以設系或值得設系嗎？」、「臺灣文學夠格成立一門學系嗎？教些什麼呢？師資在哪裡？」（註一三二）還有人認爲：「臺灣文學只有三百年，而中國文學有五千年，臺灣文學作爲選修課開還可以，單獨設系是人爲的拔高」。的確，作爲一門學科的建立，並未事先從學理上進行充分論證。這種由政治催生學科的做法，違反了學術建設的規律。也許是這個原因，素有臺灣第一高等學府之稱的臺灣大學中文系，當有人緊跟這股潮流，立即提議建立相關係、所後，幾經周折都未能付諸實踐。臺大中文系教授陳昭英還勇敢地站出來，先後兩次從電視到研討會，和主張建立「臺文系」者進行辯論。

在五十年代曾由「五‧四」新文學健將傅斯年打造、奠基的臺灣大學，其校訓的一個重要內容便是愛國。分離主義勢力要攻破臺大這個中華文學根基深厚的學府，談何容易，因而他們選擇弱勢學校進攻。果然不出所料，私立淡水工商管理學院（後改爲眞理大學）被攻克，他們經過「七上八下」（七次上書，第八次獲批）終於一九九七年二月五日率先成立了全臺灣第一家「臺灣文學系」。由於成立此系是臨陣磨槍，因而該系所開的課眞正有關臺灣文學的並不多。教材的缺乏，是一大難題。儘管這樣，校方仍表示，「臺灣文學系」未來有五大發展方向，其中第五方向爲「開設中國文學科目，以奠定中文運用的基礎」。相對四大發展方向來說，這裡的中國文學科目只是聊備一格，由中心走向了邊緣。在這眾多的臺灣文學科目中，中國文化與文學已被淡化。

淡水工商管理學院「臺灣文學系」負責人在創系記者招待會上說明該系的設立，是爲了確立臺灣文學的主體性。他們認爲臺灣文學，基本上「融合了中國新舊文學、日本新文學與臺灣本土文學的各個因素，相存共榮，並不互相排斥，這顯現了臺灣在歷史中的眞正面貌」。他們還強調「臺灣文學系的設立，不僅不會也不能排斥中國文學的研究與教學，同時更可以實事求是，包容來自歷史因素的日本新文學、來自臺灣本土的文學」（註二四）。如果說以前是中國文學包容臺灣文學，那現在是臺灣文學在收編中國文學。

在大學要辦好一個系，系主任人選是至關重要的問題。既然設「臺灣文學系」是爲了適應本土化思潮的需要，其首任系主任必須是能挑戰「中國文學系」並在文壇上有呼風喚雨能力的特異人物。因而該院院長遠赴日本東京，找到了在共立女子大學任教的張良澤。張氏一九六六年畢業於成功大學，赴日留學回成功大學任教時，編有《鍾理和全集》八冊、《吳濁流全集》六冊。一九七八年因參加黨外運動流亡國外，後寫有〈戰前在臺灣的日本文學——以西川滿爲例〉等文章，爲「皇民文學」作出新的詮釋，受到陳映眞的反彈（註二五）。以他這種身分出任全臺灣第一個「臺灣文學系」系主任，在分離主義者眼中自然是再合適不過了。

教師隊伍的建設是關係到一個學科的發展方向問題。淡水工商管理學院爲了把「臺灣文學系」辦成具有主體性、獨立性的系，招聘了一批本土派學者任教。該系專任教授有六名，其中多數人讚同張良澤觀點和主張，如趙天儀還在八十年代末，就發表文章論證過「臺灣的文學不在大陸生根，沒有全中國的生活，如何可以說成是中國文學？」（註二六）。另有多位極端本土派作家如葉石濤、李喬、彭瑞金、李敏勇被列入特別講座之林。以這樣的師資隊伍來從事教學工作，毫無疑問會顚覆臺灣文學的定位。

「臺灣文學系」的孿生姐妹是一九九九年由成功大學成立的「臺灣文學研究所」。該所按理應在中文系名下，可它獨立於中文系之外，而隸屬在文學院之下。這說明它和淡水工商管理學院的「臺灣文學系」一樣，「所」的設立隱含有臺灣文學是「獨立」文學之意在內。爲了使臺灣文學盡快與「外來」文學脫鉤，該所開的幾乎都是以「臺灣」命名的課程。這些課程的擔任者都是本土派，其中葉石濤還是本土派的理論之父，其摯友林瑞明則一再鼓吹臺灣文學的源頭來自多方面，他還認爲臺灣文學不算中國文學：「臺灣文學之整體性概念，從三十年代確立，到決戰時期，主軸上來觀察是極爲明確的，未曾變動。當時環境，臺灣人是日本國民，但內在臺灣人則是被視爲『本島人』以相對於『內地人』。」在這種情況下，發展中的臺灣文學，是「無法被歸納爲中國文學的。」（註二七）

如果說，民進黨執政前國民黨還不敢大張旗鼓設立「臺灣文學系」，或認爲設系就應該像九十年代中期靜宜大學向教育部申請時，只能在中文系之下設立臺灣文學組的話，那到了政權輪替後，「臺灣文學系」的建立不再是下面請求，而是由上層鼓勵。二〇〇〇年八月，教育部通令國立十九所大學籌設「臺灣文學系」和研究所。主政者十分明白：文學的作用雖然有限，但文學可以推動政治，有時甚至可以越位，走在政治前面。一旦將「臺灣文學系」與各大學中文系、外文系、日文系並列，具有特殊含義的「臺灣文學」就會「獨立」出來。爲此，成立「臺灣文學系」的步伐在加快：二〇〇〇年成功大學成立「臺灣文學研究所」碩士班。二〇〇二年八月，在時任總統陳水扁的親自過問下，被教育部長曾志朗作冷處理的「臺灣文學系」和博士班，終於成立。成立時陳總統還親致賀辭，同時清華大學、臺北師範學院成立碩士班，二〇〇二年靜宜大學成立「臺灣文學系」。

研究臺灣文學，本應是大學中文系的題中應有之義，但由於臺灣在五、六十年代實行白色恐怖，不許講授中國現代文學，再加上中文系長期以來厚古薄今，甩不掉國學的沉重包袱，致使許多人並不認爲臺灣有文學，或認爲有文學但成就很小，完全不値得研究，這便形成研究本地文學沒有學術地位的偏見，使臺灣文學一直無法進入高校講壇。即使在九十年代前有少數人研究，其研究對象也只限於臺灣傳統詩和漢詩或民間文學。解嚴後，藐視、踐踏本土文學的臺灣高校，由於文化觀念的改變，老師不再輕視臺灣文學，學生也紛紛成立了「臺語社」、「臺灣研究社」、「臺灣歌謠社」等團體。當中文系還在外圍打轉時，外文系的學者顏元叔、葉維廉、劉紹銘及後來的張誦聖、王德威，利用國外的講壇和研討會場合，大力宣揚和推廣臺灣地區文學。正是在他們感召下，臺灣本土出現了一支為數可觀的研究隊伍，其中不屬本土派的學者只有呂正惠等少數人。

第八節　設立「臺灣文學館」

關於臺灣文學館的設置，最早可以追溯到一九六七年十一月國民黨九屆五中全會所制定的「當前文藝政策」。和這一政策相配合的提案有籲請當局建立「中國文藝資料中心」。設立在臺灣的「中心」之所以用「中國」二字打頭，是因為地緣、血緣、文緣、法緣、商緣這五緣中，臺灣與大陸有割不斷的關係。後來，有些作家、學者覺得不能滿足於「資料中心」，提出要建一個類似北京的中國現代文學館，用來負責自「五．四」以後的現代文學資料搜集、整理、保存、研究等工作。一九九〇年十一月，全臺灣地區的首次文化會議召開後，行政院文化建設委員會終於提出了籌設現代文學資料館的計劃。一九九二年四月，此計劃獲行政院核可，作家們聽了後歡呼雀躍，《文訊》雜誌適時地製作了「現代文學資料館紙上公聽會」。行政院文化建設委員會下屬的籌設小組，也於一九九三年成立。到了一九九五年，當局卻以財力不足為由，將該計劃併入「文化資產保存研究中心」。行政院文化建設委員會和文學界人士，均不滿意這種做法，而力爭文學館獨立。一九九七年八月，行政院終於同意成立「國立文化資產保存研究中心籌備處」，負責籌備「文化資產保存研究中心」及「臺灣文學館」。就這樣，歷經多次的經費凍結、合併設館之議，終於在一九九八年十一月由行政院審查通過獨立設置之提案。二〇〇三年十月十七日，「千呼萬喚始出來」的臺灣文學館正式向社會人士開放。

在文學館獨立設置已明朗化之後，這個問題的討論已由「要不要設立」轉爲「如何設立」。首先是名稱問題，先後有「現代文學資料館」、「國家文學館」、「國立臺灣文學館」這三種稱呼。「現代文學資料館」系行政院文化建設委員會一九九二年規劃之初擬定的。可「現代文學」應如何界定？廣義應指大陸、臺灣的當代文學，其中包括日據時代的臺灣文學。狹義是指一九四九年以後的臺灣文學。只要定名爲「現代文學資料館」，那臺灣文學的地位只能是「在現代文學資料館中設一個專門的臺灣文學資料室」（註二八）。不滿於臺灣文學受官方「凌遲」的作家堅決反對這種做法。他們質問道：如果在中國現代文學名義下設臺灣文學組，那就是『在名稱上被人做了手腳，成爲『傳統文藝』之下沒有名分的小老婆」。又說：現代文學的「現代」既然不是指現代主義而是指當代文學，那就「應該叫現代臺灣文學或當代臺灣文學，不此之圖，顯然就要避用『臺灣』二字」。失去了臺灣的主體性，「必然出現有文學而無臺灣、有傳統而沒現代的『現代文學館』」（註二九）。爲了平息這些本土作家對「現代文學」看不順眼，當局便決定去掉蘊含有「中國」之意的「現代」二字，因而有「國家文學館」的折衷方案。到了臺灣意識、臺灣精神在臺灣官方字典中不再缺席的年代，這個殘留有中原色彩的方案終於被「國立臺灣文學館」的名稱所取代。不過，同意這一名稱的作家學者，主要把「臺灣」看成是一個中性名詞或地理名稱，而極端本土派人士卻不這樣認爲。

和名稱相關的是文學館的定位問題。用馬森的話來說，「主要分兩派意見：一是成立現代文學資料館，以中國現代文學以迄臺灣現代文學為主，凡五四以來的新文學，包括臺灣、大陸的文學作品都在蒐藏範圍內。二是臺灣文學資料館，收藏清代、日據時代以致今日當代臺灣文學作品。考慮到範圍的大小，現在應設立的是大型的現代文學資料館。」（註三〇）陳信元認為不僅應該「以本世紀以來至今的臺灣現代文學為收藏、研究中心」，而且「一九一九年至一九四九年的現代文學，一九四九年以後的大陸當代文學，以及二十世紀海外華文文學，都應納入收藏研究範圍，才能建立一個國際性的資料和研究中心。」（註三一）從馬來西亞移民到臺灣的陳大為也反對把文學館定位為臺灣本土，認為應注意「各種大陸文學出版品，尤其當代的創作及理論方面的讀物，更值得關注。所以我反而希望在國家文學館中，看到一個規模宏大的大陸文學研究室。如何能有一個亞洲／東南亞華文文學的研究室更好，（註三二）陳大為是典型的「立足臺灣，胸懷中國，放眼世界」。不過，他的調子定得過高，不切合臺灣學術界的實際。但陳大為堅持認為：「臺灣已經夠小了，不要老是本土，老是南瀛，老是花蓮。希望國家文學館能開拓我們實如井蛙的眼界，而不是替我們繼續把井往深處挖掘。」（註三三）可惜他的觀點附和者不多。

不僅文學館的名稱會影響定位，而且館址的選擇也與文學館的定位有極大的關係。關於館址設在何處，一開始就有「南北之爭」。「北派」學者認為：「出版社百分之八十都設在臺北，大部分的學校及研究人員也都在北部，史料放太遠不方便。且臺南舊市府的空間並不適宜，文學資料館需要很大的閱覽或展覽空間，若只做為典藏單位就失去意義。」（註三四）「南派」學者卻認為設館應注意文學生態的平衡，不能做什麼事都要以北部為中心。如新竹清華大學中文系呂興昌認為：「文學館的設館最早便由臺南方面人士提議，且臺南是臺灣文學的發源地，是個文化重鎮：臺灣文學研究者有許多在南部，南部的幾所大學對臺灣文學更是非常重視。」（註三五）設館是否由南部作家首先提出，這還有待考證，但不管怎麼樣，不少「外省作家」均不同意這種觀點，如姜穆認爲：「文學館的設置，只考慮南北文學建設的平衡，這是平均主義……要說平衡發展，『國家文學館』應該設在花蓮、臺東，爲什麼獨厚臺南？」（註三六）陳大爲則直截了當地說：「設館於使用人口相對較少的臺南，根本上就是一種錯誤。這不是重北輕南的問題，而是北重南輕的現實考慮，大部分的文學研究人口及創作人口都在北臺灣，『國家圖書館』也在臺北，爲何不把文學資料集中在一地，讓想查詢的學者和學生可以省去更多的時間與車程，只要來臺北一趟就夠了，不必兩地奔波。」（註三七）不管陳大爲這些有眼光的學者如何呼籲，本土化趨勢勢不可擋，在臺南設館已成了事實，再爭議也無法改變這一現狀。

文學館是充滿詩情畫意的文學傳播場所，同時也是文學愛好者和作家、學者的心靈之家。爲了讓文學館能完成自己神聖的使命，不讓文學家們失望，首任館長人選是文學界極爲關心的問題。鍾肇政推薦了張良澤做館長（註三八）。「北派」眼看這時的「行政院文化建設委員會」掌舵者不再是「自己人」，文學館不可能再設在臺北，也就不據理力爭了。果然不出所料，張良澤當了第一個「臺灣文學系」系主任後，和張氏具有同一文學觀念的林瑞明成了首任文學館館長。他的上臺，標誌著「南派」掌握了詮釋臺灣文學的主動權和發言權。

既然館名不再是「現代文學資料館」，它也不再「附屬在一個對『臺灣』有敵意的組織下」，其「重點是臺灣文學的主體性」，（註三九）故其整理文史各項，均以本土文學爲主。外省作家嚴重缺席，由葉維廉參觀該館時，就向館長提意見：「怎麼文學館沒有他的照片和資料？」不是臺灣囝仔的葉維廉，他的發問有點「不識時務」。臺灣文學館畢竟不是「現代文學館」，外省作家自然就被邊緣化。儘管有這種不滿，但畢竟文學館對臺灣文學研究提供了較完整的資料，與大陸學者的研究也不重複，如

《臺灣文學辭典》不偏重作家作品，還涵蓋原住民文學、民間文學、古典文學、日據時代文學、光復後當代文學、兒童文學及戲劇等七大領域，這均有一定的創意。

人們期待臺灣文學館，不僅是搜集、保存、展示文學資料的中心，同時也是文學研究中心。因文學館不等同於從事單純典藏工作的資料館。其功能不是以「有」爲榮，而是以「用」爲本。文學館與林語堂紀念圖書館、賴和紀念館也有區別。除其對象不是單一作家外，還因爲其功能不是專供人瞻仰和憑弔。文學館主要是爲研究者提供第一手資料。它在徵集與收藏時，還要整理與研究，乃至編輯與出版，因而臺灣文學館除設有典藏組，負責徵集手稿、日記、照片、版本、錄影帶外，還設有展覽組、推廣組，另設立了負責文學發展、文學專題、文學史料的研究譯述等事項的研究組。也就是說，硬體工程（包括臺南市府舊地古蹟修護及新建工程）二〇〇二年底完工後，將大規模充實包括研究在內的軟體內容。事實上，各項以南臺灣爲主的研究、出版、展示計劃在實施中，「北派」文學家的收藏、研究與出版則從中心走向了邊緣，陳大爲們「最起碼的亞洲視野」的期望由此成了泡影。

第九節　讀者閱讀興趣的轉化

臺灣是一個快速變化的社會，無論是政治、經濟、文化乃至閱讀場域，前後均有驚人的不同。

一　從讀禁書到讀暢銷書

在威權政治解體後，禁書不再神秘，從地下走向地上，如一九七九年，時報出版公司所推出的「近代思想圖書館」，赫然就有馬克思、恩格斯的著作，尤其是又厚又貴的《資本論》，在市場上十分搶手，這在當時來說，好似在保守的社會氣氛裡投下一枚震撼彈。當然，這種高深的學術書，讀者範圍有限，但時報出版公司出版總計二十七個title的《腦筋急轉彎》，讀者範圍卻十分廣大，以致市民爭先恐後搶購，該公司只好用多輛卡車載往書店。不能說讀者人手一冊，但也達到了家喻戶曉的程度。到了新世紀，此書仍受到讀者的寵愛，只不過有不少轉化爲手機的內容，「繼續在新的時代中爲讀者帶來快樂，刺激創意。」（註四〇）

後來臺灣進入讀圖時代，時報出版公司看准這個大好時機，便把漫畫列入自己的出版經營核心之一，「促成敖幼祥『烏龍院』在報刊連載，進而引發四格漫畫狂潮，這也是朱德庸、蔡志忠漫畫事業的起點；一九八六年時報出版的經典漫畫《莊子說》曾經連載十個月蟬連暢銷書排行榜第一名。隔年，《老子說》、《西遊記三十八變》接續問世。一九九二年，《蔡志忠經典漫畫珍藏版》出版，這是時報出版的一枚永恆的勳章，不但被翻譯成二十多國語言，更大的貢獻是把視閱讀經典爲『不可能』的人巧妙引領入門，如宏基創辦人施振榮就是其中一個。」（註四一）

二　從買單行本到買大套書

在五十年代，臺灣經濟不發達，出版社很少出套書乃至大套書，一來是讀者買不起，二來是少數圖書館才有購買能力，而到了七十年代，臺灣不再把財政消耗在「反攻」上，而把重點放在「十大建設」。隨著許多重要的建設工程峻工，臺灣的經濟實現了龍門一躍，使老百姓富裕起來，從而有了買大套書的能力。另一方面，這與政治有關，即大陸開展文化大革命，紅衛兵焚燒「四舊」書，臺灣適時地推行中華文化復興運動。當這「復興運動」難以爲繼時，有眼光的錦繡出版社另闢蹊徑，出版以中國史地、建築、藝術爲首的套書。如於一九八一年推出八冊《江山萬里》，引起讀者搶購，這還與遠流出版公司提出的「以書櫃代替酒櫃」的口號有關。這時的讀者踴躍購買大套書的風潮，有如黃河一瀉千里勢不可擋。如遠流出版公司出版的《中國歷史演義全集》，「透過三大報廣告，加上蘇宗顯的包裝，把二十五開的精裝本拍得像台英社那種十六開的大開精裝書。」(註四一)，就這樣一炮而紅了。它創造了暢銷書的奇蹟，廣告一出就不斷接到讀者的預約。直到最後三天，每天都有三百多萬的營業額。當時還沒有發行一千元面額的新臺幣，所以出版社的業務員到郵局領錢時，都得用麻布袋裝，《金庸作品全集》也進入許多家庭。一九八一年「時報」另出版一套名爲《中國歷史經典寶庫》的套書，第一批出版四十五本，後來又連續出版到七十一本，此套書也可以分冊出售，其中有精裝本，也有平裝本乃至袖珍本，前後跨越二十多年，至於總銷售量多少，誰也說不清。到了一九八七年戒嚴令解除，「徹底工業化的臺灣正在經歷『臺灣錢淹腳目』的富庶，以及初初起來後的社會轉型，金錢遊戲開始」(註四二)，奢華的讀者不再風行買單行本而更喜歡買套書乃至大套書。錦繡出版社一九八六年出版的十冊《放眼中國》，哪怕定價高達九千元，還是被讀者搶購了十多萬套，這與直屬國軍退除役官兵輔導委員會管轄的「榮總」讀者感興趣有關，那是兩岸開放探親的前夕，有位因戰（公）傷殘官兵及年老無依的貧困「榮民」在翻看《放眼中國》時，激動得熱淚縱橫：「原來這就是我出生的地方，我做夢都想回到家鄉！」

三　從買「中國」書到買「臺灣」書

上面說的大套書，多半是「中國」二字打頭的，可後來發生美麗島事件，許多「中國人」一夜之間變成「臺灣人」。毫無疑問，這是臺灣百年難遇的大變局時代，人世間活法，已然迭代，「遠流」未能跟上這一「迭代」，還在做他的「中國夢」。這就難怪稍後出版的《中國傳統音樂全集》、《中國名著精華全集》，在讀者自稱是「臺灣人」遠多於「中國人」的情況下，就慘賠許多。還有編輯工程花了將近五年時間的四十冊《中國民間故事全集》，直到二〇二〇年還有一千套積壓在倉庫裡。這是因爲當年的「榮民」們不是老去，就是不在人間。而他們的下一代再也沒有「故鄉不堪回首在書中」的感受。至於不少本省人，根本就不讀「中國」書而改讀「臺灣」書。一九八三年在美國成立的臺灣出版社，看准了這個千載難逢的機會，便專出宣揚臺灣意識的作品和以臺灣人爲主的傳記文學，僅醫生的傳記就有陳五福、郭維租、吳新榮、鄭翼宗等人的傳記。文學家的傳記有楊千鶴《人生三鏡》、《鍾肇政回憶錄》、東方白《詩的回憶》、張良澤的《四十五自述》，以及吳濁流的自傳體小說，還有林衡哲和張恆豪共同主編的《復活的群像——臺灣卅年代作家列傳》，無不成爲年度的十大好書以及各高校臺灣文學系的補充教材。林衡哲還在一九八四年推出《臺灣文庫》，計有《江文也的生平與作品》、吳濁流的《無花果》、彭明敏的《自由的滋味》，後來這些書都被查禁（註四二），而查禁的反作用是促銷這些書。典型的是從日本引進的《臺灣論》遭到許多具有強烈中國意識的讀者的抵制和反抗，可越反抗此書越流行，前衛出版社看中這個難得的商業時機，於二〇〇〇年出版了《〈臺灣論〉風暴》，成爲年度暢銷書。

四　從讀紙質本書到讀電子書

在一九九八年秋季前，誰也沒有聽過「網路文學」這個名詞，直到紅色文化出版社於一九九八年九月出版了《第一次的親密接觸》，後來電腦逐漸成爲人們日常生活不可缺少的工具，「網路文學」的新文體由此出現，以致成了相當一部分部分讀者的寵愛，有的讀者甚至讓讀電子書取代讀紙質書。

眞正的讀者不管閱讀興趣如何轉化，都要獨立特行，要關懷社會，要批判現實，要尋找臺灣的出路，防止民族的航程走偏。可惜這類的眞正的讀書人在互聯網、電腦、手機等高科技的衝擊下，讀書的氣氛減弱，這類眞正的讀書人也逐漸減少。如何持續打造當年讀書炫亮的榮光，做到少看微信多讀書，是擺在當今社會知識人必須重視的原則問題。

註釋

一　封德屏：〈臺灣人文出版社三十家·前言〉，《臺灣人文出版社三十家》（臺北：文訊雜誌社，二〇〇八年十二月），頁三。

二 封德屏：《臺灣人文出版社三十家》（臺北：文訊雜誌社，二〇〇八年十二月），頁六十一。

三 張子樟：《人性與「抗議文學」》，臺北：幼獅文化出版公司，一九八四年十月。

四 黃碧瑞：〈用什麼「交流」〉，臺北：《文訊》，一九九三年一月號。

五 王宗法：〈談當代臺灣文學中的鄉愁詩〉（南京：《世界華文文學論壇》，二〇〇一年）。

六 由梁澤華記錄，刊於《聯合文學》一九八九年第一期。

七 楊錦郁記錄：〈少年夜游，摘一顆永恆的星〉，臺北：《文訊》，一九八九年五月號。

八 刊於《民生報》一九八九年三月二十三日，題爲〈王藍隔海開炮，質疑吳祖光〉。

九 參看向明：〈不朦朧，也朦朧——評古遠清的《臺港朦朧詩賞析》〉，《臺灣詩學季刊》，一九九二年十二月。古遠清：〈兩岸文學交流不應存在「敵意」——兼評向明先生的《不朦朧，也朦朧》〉，《臺灣詩學季刊》，一九九三年三月；成都：《中外詩歌交流與研究》一九九三年第二期。

一〇 李瑞騰：〈當前大陸文學．編輯報告〉，《文訊》雜誌社，一九八八年七月。

一一 余光中：〈藍墨水的上游是汨羅江〉，載黃維樑編：《中華文學的現在和未來——兩岸暨港澳文學交流研討會論文集》，香港：盧峰學會，一九九四年。

一二 余光中：〈藍墨水的上游是汨羅江〉，載黃維樑編：《中華文學的現在和未來——兩岸暨港澳文學交流研討會論文集》，香港：盧峰學會，一九九四年。

一三 李瑞騰：〈編輯室報告〉，《臺灣文學觀察雜誌》一九九〇年九月（總第二期）。

一四 〈臺灣詩學季刊．稿約〉，一九九五年六月。

一五 向明：〈詩人也要靠行嗎？〉，《臺灣詩學季刊》，二〇〇二年十二月。

一六 高信疆：〈一個概念（副刊編輯）的兩面觀〉，《愛書人雜誌》，一九七九年十二月一日。

一七 陳義芝：〈副刊轉型之思考：以七〇年代末「聯副」與「人間」爲例〉，「世界中文報紙副刊學術研討會」論文，臺北：國家圖書館，一九九七年一月十一日。

一八 焦　桐：《臺灣文學的街頭運動》，臺北：時報文化出版公司，一九九八年。

一九 向　陽：〈副刊學的理論建構基礎〉，載《當代臺灣文學評論大系．文學現象卷》，臺北：正中書局，一九九三年。

二〇 向　陽：〈副刊學的理論建構基礎〉，載《當代臺灣文學評論大系．文學現象卷》，臺北：正中書局，一九九三年。

二一 荻　宜：〈變革的副刊〉，《文訊》革新第四十三期，一九九二年八月。

二二 向　陽：〈對當前臺灣副刊走向的一個思考〉，《文訊》革新第四十三期，一九九二年八月。

二三 應鳳凰：〈「臺灣文學」作爲一門學科〉，《文訊》，二〇〇一年一月。

二四 陳映眞：〈西川滿與臺灣文學〉，《文季》第一卷第六期（一九八四年三月）。

二五 趙天儀：〈論臺灣新詩的獨立性〉，《笠》，一九八八年十一月。

二六 李瑞騰總編輯：《一九九七年臺灣文學年鑑．淡水工商管理學院成立「臺灣文學系」》（臺北：行政院文化建設委員會，《文訊》雜誌社編印，一九九八年六月），頁一九六～一九七。

二七　林瑞明：《臺灣文學的歷史考察》，臺北：允晨文化實業公司，一九九六年。

二八　轉引自湯芝宣：〈文學界對「現代文學資料館」的建言與期待〉，《文訊》一九九七年十月號，別冊。

二九　彭瑞金：〈臺灣文學館要獨立〉，《臺灣日報》，一九九七年四月二十日。

三〇　轉引自湯芝宣：〈文學界對「現代文學資料館」的建言與期待〉，《文訊》一九九七年十月號，別冊。

三一　陳大爲：〈一個最起碼的亞洲視野〉，《文訊》一九九九年一月號。

三二　陳大爲：〈一個最起碼的亞洲視野〉，《文訊》一九九九年一月號。

三三　陳大爲：〈一個最起碼的亞洲視野〉，《文訊》一九九九年一月號。

三四　轉引自湯芝宣：〈文學界對「現代文學資料館」的建言與期待〉，《文訊》一九九七年十月號，別冊。

三五　轉引自湯芝宣：〈文學界對「現代文學資料館」的建言與期待〉，《文訊》一九九七年十月號，別冊。

三六　姜　穆：〈資料典藏應以運用爲主〉，《文訊》一九九九年一月號。

三七　陳大爲：〈一個最起碼的亞洲視野〉，《文訊》一九九九年一月號。

三八　鍾肇政：《臺灣文學十講》，臺北：前衛出版社，二〇〇〇年。

三九　彭瑞金：〈臺灣文學館要獨立〉，《臺灣日報》，一九九七年四月二十日。

四〇　羅小微：〈持續打造炫亮的榮光——時報出版公司的故事〉，臺北：《文訊》，二〇〇七年九月，頁一一九。

四一　羅小微：〈持續打造炫亮的榮光——時報出版公司的故事〉，臺北：《文訊》，二〇〇七年九月，頁一一七。

四二　陳學祈：〈那些年，我們都買的大套書——「臺灣出版史料調查與研究系列講座」座談記錄〉，臺北：《文訊》，二〇二一年一月，頁四四。

四三　羅小微：〈持續打造炫亮的榮光——時報出版公司的故事〉，臺北：《文訊》，二〇〇七年九月，頁一一七。

四四　林衡哲：《林衡哲八十回憶集》（臺北：遠景出版事業公司，二〇二〇年二月），頁九九。

第四章　新世紀的文學制度

第一節　「去中國化」的文藝政策

臺灣文學一直與當代社會政治緊密相連。無論是誰執政，無不透過有形、無形的文化或文藝政策措施來制約文學的發展。

二〇一一年九月，臺灣地區領導人馬英九辦公室發表第四支競選影片〈讀經篇〉，畫面以孔廟讀經班爲主旨，敘述讀經班如何從大陸到臺灣扎根，其目的是傳承和發揚在臺灣的中華文化。反對黨知道後立即進行抨擊，稱這是在向中國古代皇帝學習「獨尊儒教」，希望不要重蹈中國文化至上、打壓本土文化的覆轍（註一）。可見，臺灣兩大派的文化政策是如此南轅北轍。

本土派的文化政策貫徹分兩個階段進行。在取得政權前，他們的文化政策致力於宣傳、催生「獨立的臺灣國民意識」。在文學上，葉石濤的《臺灣文學史綱》（註二）和彭瑞金的《臺灣新文學運動四十年》（註三），和其遙相呼應。「史綱」雖然出現過臺灣文學是「在臺灣的中國文學」、是「在臺灣的中國人所創造的文學」的話，不過一到政治氣候適合，如二〇〇〇年十一月出版由中島利郎和澤井律之合譯《臺灣文學史》，在去掉書名「綱」字的同時，這些論述被作者本人刪得一乾二淨，並對以陳映眞爲代表的《文季》系統作家，「採取了否定性的處理方式。」（註四）

本土派在新千年取得政權後，在文化上面臨兩大難題，一是外省派原有的「中華文化復興總會」要不要保留，後決定把有「中華」二字的名稱改掉，即成爲「文化總會」，由時任臺灣地區最高領導人親任會長。二是「世界華文作家協會」。這「華文」畢竟不是「臺文」，但鑒於這個組織龐大，它牽涉到七大洲華文作家，不好更改也無法去掉它的華文之名，便決定會長一職換成本土人士杜正勝擔任。

值得注意的是，二〇〇〇年五月本土派陳總統就職演說中首次提出「臺灣文化」的概念。他講的「臺灣文化」，是爲建立「海洋國家」服務的。這一目標，總統在文化上採取了如下做法：

任命強調臺灣文學主體性和獨立性的杜正勝爲教育部長，將「臺灣主體性」列爲「四大教育施政綱領」；

修改中小學教科書，美化荷蘭、日本等對臺灣的治理，把「臺灣史」從「中國史」中剝離出來；把一九四九年後的歷史轉化作「臺灣史」；

讓大專學校師生把中國文學視爲「外來文學」，目標是將中文系與「外國文學系」合併；公務員考試不是用國語而是以閩南語命題，初等考試「本國史地」命題範圍不包含神州大地而專指「臺澎金馬」；

把「鄉土文學」、「本土文學」改造爲具有特殊含義的「臺灣文學」，用「臺灣閩南語羅馬字拼音」取代漢語拼音；

清除象徵中國的各種標誌、符號、圖案和名稱，讚同這一路線的資深作家被封爲「總統府資政」和「總統府國策顧問」。

為報答這種恩賜，「資政」們的作品均突顯「兩岸互不隸屬」的主旨。

本土政權為了更好地爭取中間群眾，不從文藝政治學的角度切入而改用語言角度去貫徹文藝政策，具體說來某些人是把臺灣文學等同於母語文學。為了使母語文學後繼有人，在教育體制上強調多元文化和本土文學。至於母語教學，從小學生做起，每週要求他們學河洛語即閩南語、客家語，原住民語言因龐雜且使用的人極有限，請不到老師只好放棄，這無疑增加了學生們的課業負擔。

本土政權的文藝政策，不會用典範的文本發布，而是用「資政」、「國策顧問」的講話及相關著述來表達。這些講話和著述代表了本土政權的聲音，所論辯的也是臺灣文藝發展方向性問題，因此同樣具有文藝政策的意義。

代表本土政權的權威人士講話的發表即準文藝政策的出現，是一種特殊現象。它之所以成為「非典型」文藝政策，是因為本土政權從不認為文藝可以接受檢查、壓迫或輔導，故他們改用權威人士的講話內容去代表本土政權的政治主張和立場，或者說讓他們的發聲對執政黨無形的文藝政策作發揮和補充。正因為如此，「資政」們的講話均被其追隨者作為文藝政策去貫徹，因此它比來自官方由外行起草的文藝政策文本更具有號召力和影響力。

在處理兩岸關係問題上，本土政權認為這是國與國之間的關係。正是根據這種思維方式，本土政權在文藝界的代理人多次把大陸學者寫的臺灣文學史說成是編造出來的「龍的神話」，並點名劉登翰主編的兩卷本《臺灣文學史》是要「吞併」臺灣文學。（註五）

這些文章或講話，雖然具有文藝政策的權威性，但畢竟不是以文件的形式下達，缺少了文藝政策的程序和合法性，因而導致本土派人士理解上的分歧。對他們的爭論乃至內鬥情況，這裡從略。

第二節 不再「以黨領政」

國民黨的文藝政策，從共時性看，其內容充滿內在緊張力又複雜多變；從歷時性角度看，則由於受不同領導人的影響而有一個蛻變過程。

國民政府遷臺後的反共文化政策，源頭來自蔣氏父子的講話和文章。鄉土文學在七十年代後期興起，使國民黨文藝體制的建構迅速式微。李登輝主政時期文化政策前後有所不同。一九九六年以前，李氏基本上繼承蔣氏父子以「中華文化的正統代表」自居的文化政策，甚至還提出「經營大臺灣，建立新中原」的口號，後來「兩國論」取代了它。伴隨著這種政治變化，過去基於「一個中國」的歷史敘事、集體記憶、文化象徵等，很快逆轉。逆轉後在教育和文藝領域開始颳「臺灣」取代「中國」之風，為「本土至上」培育了溫床。

九十年代本是多元共生的時代，隨著臺灣經濟體制和兩岸關係的變化，執政者與反對黨一樣，不再視文藝為一種教化或規訓，不再迷信權力的制度化形式。為避免讓人們從政策中直接聯想到政治意識形態的控制，便進入了缺乏具體文藝政策的時代。其文藝主張通常不以文件的形式下達，而主要透過領導人而非「資政」的講話進行宣傳和實施。

當年作為臺北市長的馬英九重視文化工作，在全島市縣中首設文化局。擔任臺灣地區領導人後，在其競選過程中也提出詳盡的文化政見，希望臺灣能真正做到文化立「國」，希望用文化來深耕臺灣，用軟實力來面對世界。他明確將臺灣文化定性為「有臺灣特色的中華文化」（註六），即認為臺灣文化屬中華文化之一種，它不同於大陸任何省市，是一種逐漸發展出「自身特色」的文化。「它的根來自中華故土，但是在臺灣卻落地生根，枝繁葉茂。」（註七）這位領導人發表的〈政治和行政要爲文化服務〉這篇講話，可視爲準文藝政策文本。過了兩個月後，「文化總會」秘書長楊渡認爲馬英九的說法「不是臺灣文化駕馭中華文化的臺獨文化觀念」（註八）在二〇一〇年春節前接受《中國評論》月刊專訪時，楊渡又對馬英九的文化理念作了進一步詮釋，指出臺灣文化構成裡面的中華文化特色主要有三個：第一是歷史上的移民從中國大陸帶來了傳統中國文化，從大陸帶來的宗教、民間信仰、宗教禮俗、生活習慣等等，已經深入生活，成爲臺灣文化最重要的根基。第二是一九四九年前後的大遷徙所帶來的大陸各地文化的大交融並且創新出一些獨特文化和生活現象，也帶來了以前臺灣所沒有的自由主義思潮。臺灣的民主運動、黨外運動等，思想上主要是受到《自由中國》的啓蒙而產生的。第三是一九六六年大陸搞文化大革命、破壞了很多傳統中國文化之後，臺灣則積極推動「中華文化復興運動」，在一定程度上繼承和保存了傳統中國文化。

爲繼承和弘揚中華文化，以建設中華爲本位有特色的臺灣文化，馬英九執政後透過有關部門採取了一系列措施：

調整中文譯音政策，將過去強行通過的通用拼音重新改爲漢語拼音；

將被去掉的「中國」抬頭的單位名稱予以恢復；

重新審定教科書，增加中國史的教育內容；

恢復祭孔活動，開創遙祭炎黃始祖的先例；

採用大陸的漢字拼音，提倡文字「識簡書正」；
鼓勵兩岸民間合作編撰中華語言文字書；
力推開放陸生入臺就讀和大陸學歷採認等（註九）。

馬英九的政見中有一個政治爲文化服務的概念。爲貫徹這一主張，他在新世紀藝文領域採取了如下措施：

一、成立文化部，任命既反對「去中國化」同時又主張「應該與中國文化爭主權」（註一〇）的著名作家龍應台爲首任部長。這個部門的成立，撐開了文化格局，讓文化更興旺，文化人更有用武之地，從而深化了兩岸文學交流的密度、深度與廣度。

二、臺灣文學館歷任館長均是極端本土派人士。馬英九執政後，先後改派中央大學的李瑞騰、文化部影視及流行音樂發展司專門委員翁志聰當館長，這意味著非本土派重新取回臺灣文學的詮釋權。不過，文學館畢竟設在南部。鑒於本土勢力強大，新館長還得和本土派妥協，否則工作無法開展。

三、從二〇〇九年起，臺灣文學年鑑的主編權重新回到李瑞騰手中。

四、「國家文化藝術基金會」自二〇〇八年起頒發「國家文藝獎」以肯定藝文工作者，並將獎金提高至一百萬臺幣。爲了延續這些得獎者理念與事蹟，有關部門致力於出版得獎者傳記。「中國文藝協會」、「中國婦女寫作協會」、「中國青年寫作協會」等組織的名稱則保持不變，並盡可能讓其發展壯大。

五、延續「國家文化藝術基金會」常態補助政策，另設立「長篇小說創作發表專案」，提供年金給予作家基本生活費，經審核創作優良者還可補助出版。

六、堅持用中文寫作，不用「臺語」一詞，而改爲更確切的「閩南話」，更不同意只有用「臺語寫作」的文學才是臺灣文學的觀點。

作爲新時代文藝政策掌門人的龍應台，完全不同於上世紀五十年代的政客張道藩。她沒有顯赫的政治地位而有顯赫的文學創作成績。她不靠政治背景，不靠文藝政策的條文辦事，不與官方拉關係而靠自己的能力打開文藝局面。但限於其「外來」——從國外、境外回歸臺灣的背景，對臺灣文藝瞭解不夠深，並在超越藍綠兩方面做得極不理想，因而常受到兩派的夾攻。

第三節　從一會獨大到多會競爭

臺灣的文學組織，分爲地區性與全島性兩種，其形態爲：

一、緊緊圍繞在文學雜誌間的作家群；

二、以志同道合的方式結合，去抗衡不同文藝觀的社團；

三、以研究會或讀書會的面目出現；

四、不局限於本島的國際性組織。

這四種形式造成了臺灣的文學社團如過江之鯽，僅「筆會」而論，就有中華民國筆會、臺灣筆會、臺灣原住民族文學作家筆會、臺文筆會、臺灣客家筆會。

在戒嚴時期，中華民國筆會一會獨大。雖然其會長、理事是公平競爭選舉出來的，但因爲政治上是一黨獨大，這便決定了文壇只能有一個打著「中華民國」旗號的「筆會」存在，不允許不同路線的「筆會」產生。

一九八六年，蔣經國在政治上採取開放政策，容忍在野政治勢力集結成立反對黨。社會的鬆動帶來文壇的開放，這時不再有「警總」的淫威，因而一九八七年二月出現了與中華民國筆會作家信仰、立場完全不同的文人組建成「國際筆會臺灣總會」即「臺灣筆會」。這個筆會逃避作家體制化。在該會秘書長李敏勇執筆的〈臺灣筆會成立宣言〉中，提出下列八點改革措施：

一、確保作家創作自由；反對以任何方式壓制言論自由。
二、維護作家尊嚴；反對黨、政、軍對文藝團體的籠絡和箝制。
三、促進出版、影視、戲劇的發展；反對任何不當的檢查、查禁、查扣。
四、開放一切文學藝術資訊；反對一切阻礙思想交流的措施。
五、解除對所有大眾傳播媒體的限制；反對報紙、電視、電臺及其它資訊的壟斷。
六、尊重臺灣本土歷史、文化；反對任何扭曲、篡改。

七、尊重臺灣地區各種母語，實施雙語教育；反對一切妨礙母語傳播的實施。

八、增加各級學校臺灣歷史、文化課程，並設立臺灣文學藝術研究機構；反對忽視臺灣本土的教育政策。（註一一）

當《臺灣文藝》逐漸成爲「筆會」的機關刊物後，「筆會」的宗旨更加鮮明：反抗文學現行體制、不讓外省作家包辦文壇。這一個在野的地下文學團體，堅持人民有結社自由的權利，不向內政部登記注冊，有一百多位會員，直到一九九九年第七屆李喬上任後才進行社團法人登記而成爲合法的存在。第八屆理事長爲醫生詩人曾貴海，繼任理事長爲文學評論家彭瑞金。這個「筆會」獲得「准生證」後，便從體制外社團變爲體制內團體。同類組織的成立，減弱了「臺灣筆會」的凝聚力。據李魁賢稱：「臺灣筆會」到二〇一一年改選時，「召集兩次會員大會，都因出席人數不足而流會，無法更新，從此無疾而終。」（註一二）

中華民國筆會與臺灣筆會的並存，是新世紀文學制度的一種設計。這種分別由「中」、「臺」字打頭的「筆會」，道不同不相爲謀，然而維持的是君子之爭，彼此並未產生過強烈的衝突，但這不等於一直在和平共處。以政治立場主導開展文學反抗運動著稱的臺灣筆會，其批判矛頭雖不是直接指向中華民國筆會，但有時指向中華民國筆會的靈魂人物余光中，以致使這個團體與體制經常發生碰撞。無論是當局查禁書刊還是由行政院文化建設委員會主導票選臺灣文學經典，他們均不停地抗議，有時還發表嚴正聲明乃至舉行示威遊行。

分別於二〇〇九、二〇一〇、二〇一二年成立的臺灣原住民族文學作家筆會、臺文筆會、臺灣客家筆會，既比不上臺灣筆會，更比不上中華民國筆會，純屬弱勢群體。他們的作風比較平民化，深受群眾歡迎。正因爲有這個基礎，所以他們在爭取族群利益方面做了不少工作並取得了成效，如臺灣客家筆會積極參加「還我母語運動」，讓公共媒體發出客家聲音。以前的廣播電視法歧視方言節目，用客家話播音的電臺根本找不到，後經過「還我母語運動」，在「中視」、「華視」之外總算多出一個「臺視」，方言才名正言順出現在公共媒體，《文學客家》雜誌也順理成章問世。

新世紀成立的「筆會」出現在本土化爲「政治正確」的年代，故這些團體都有不同的分離主義色彩。這些草根性的文學團體，由於顧及社會上本省人的利益，反映他們當家作主的呼聲，故有日益壯大之勢。從表達利益、採用多樣化的藝術手法觀點來看，多「會」並存較能反映社會多元化的需求。

回顧文學團體尤其是「筆會」的組建歷史，其模式不外乎兩種：

一是在現存的文壇體制外，由具有反叛性的作家、評論家、編輯家、出版家組織而成。爲了抗拒主流文壇的掌控，或褒揚臺灣意識，或號召爭取創作自由，以此結合眾多作家，瓦解「自由中國文壇」體系，臺灣筆會便屬這種「外造社團」。

二是本土派中的文學派系，不滿於某個強勢本土社團所爲，另立山頭，是爲「內造社團」，如本土文壇崛起的「臺灣文學藝術獨立聯盟」。或各社團群眾基礎不同、地區不同、分工不同，這樣便有臺灣母語教育學會、臺灣母語聯盟、教育臺灣化聯盟、菅芒花臺語文學會、高雄臺語羅馬字研習會、紅樹林臺語文推展協會、臺灣海翁臺語文教育協會、臺南市臺語羅馬字研究協會、臺南市臺灣語文學會、臺灣文薈、臺越文化協會……

臺文筆會在近年頗爲活躍，它的出現顯然是不滿只有一字之差的「臺灣筆會」沒有把臺語看成是

「代表國家的一種語言」（註一二），他們的機關刊物《臺文戰線》，還有兄弟刊物《臺文通訊》、《臺文罔報》，曾不止一次發表文章，批評不贊成開展「臺語文運動」的「內部敵人」。（註一三）

新世紀建立的各種朝向極端本土方向邁進的筆會，均有一套明確的宗旨和完整的創作綱領，如臺文筆會十大任務之九是堅定維護臺灣獨立主權、普世自由民主人道精神。（註一四）這不禁使人想起當年紀弦制定的「現代派」六大信條中的最後一條「愛國。反共。」（註一五）

就社團政治與文學的使命而言，政治使命無疑居於首要地位，但由於社團領導人與會員溝通不夠，「筆會」的形態就難免受到不同聲音的制約。如是激進還是漸進，是前衛還是守成的不同做法，都會影響這個社團的凝聚力。以臺文筆會爲例，該會負責人李勤岸擬透過寫臺語文學史等方式帶領全臺灣用臺語書寫的作家集合在一起，以便向社會展示他們要建立一個「口說臺語，手寫臺文」作家群的雄心壯志，區別於主流的華文作家群。可會員中有不同意見，認爲不能急著爲臺語文學寫史，更不能急著爲臺語作家定位，這樣一來就容易分門派，得罪所謂成就不高的作家。後經過技術性的選舉，才將這場風波平息。（註一六）

新世紀的臺灣文學，明顯地劃分出國族認同不同的文學團體在相互對峙的局面。弔詭的是，認爲只用臺語寫作才是正宗的臺灣文學的「臺語至上論者」，常在兩派社團之間游移，如番薯詩社社長，竟是中華民國新詩學會理事，這正如郭楓所說：「以激進本土詩人見稱的名流，不時在藍天下歌吟；可見『政治上沒有永久的敵人』，眞是一句老練的經驗之談。」（註一七）

第四節　新媒介時代的出版體制

新世紀臺灣文學的出版，用現代專業的企劃經營與世界接軌的手段造成快速發展，業已形成了兼具「紙質書」與「電子書」雙重性質的文化現狀。在此過程中生成的出版文化，見證著並以它不同於上世紀的功能優勢，日益深入地參與到新世紀文學制度的建構之中。

在傳媒語境的巨型覆蓋下，作爲主流出版形式的公辦出版社首當其衝遭遇重新洗牌。如果說，在上世紀解嚴後，現代出版的革新對臺灣文學所產生的衝擊波還未引起人們刮目相看，那麼到了新世紀，哪怕是對出版體制的變革持保留態度的人，都會強烈感受到「臺灣」取代「中國」的思潮及網路對文學出版所產生的的解構力量。不僅紙質出版經歷著從「語言」轉向「圖像」，進入視覺文化的新階段——如九歌出版社增加視覺閱讀的編輯方式，出版「立體小說」，而且隨著科技革命尤其是電子出版物的上市，臺灣新世紀的出版體制無疑發生了重大變化。

之所以這樣認爲，是因爲不論是出版群落、作者隊伍還是書籍生產、出版傳播、讀者消費，都出現了過去少有的文學生態。比如傳統的出版市場由瓊瑤、三毛、古龍還有席慕蓉等流行作家所壟斷，現在轉換成九把刀一類的網路寫手透過上網或手機，讓文學走入「尋常百姓家」。文學出版市場歷來是具有文學知識或寫作能力的讀者所構成，現在轉換成不一定具有相當文化水準的網民以及手機一族，他們不受紙質本的限制可以在地鐵或餐館無節制地閱讀作品。即是說，「文學傳播開始由單向傳播轉換多向交互式傳播，由延遲性傳播轉換爲迅捷性傳播等，從物質、時間、空間三位一體上突破了原有的藩籬，實

現了文學的無障礙傳播等等，不一而足。」（註一八）

乍看起來，新世紀的臺灣文學出版制度向出版民主化、自由化邁出了一大步，書籍的生產比任何時期均顯得活躍繁榮，可把新媒界衍生的網路出版物與紙質出版物在同一維度上進行對照，就可發現在網路上發表和出版的作品品質參差不齊，再繁華也敵不過專出純文學的「五小」出版社的出版品。這「五小」出版社的「小」，係相對「聯經」、「時報」等資金雄厚的大出版公司而言，計有純文學、大地、九歌、爾雅、洪範。純文學出版社已於一九九五年結束，大地出版社於一九九〇年讓出了經營權，爾雅出版社在新世紀仍出版了在文壇上頗具影響力的作品，洪範書店還是以出高雅的嚴肅文學爲己任。

作家辦出版社是中國新文學的優良傳統。這個傳統一九四九年後在大陸被中斷，而臺灣卻一直保持著。在「純文學」等「五小」出版社中，堅持最久、成效最爲顯著的是成立於一九七八年三月的九歌出版社。辦文藝出版社容易倒閉，就是不關門也會越辦越小，能堅持下來也是因爲滲淡經營，可蔡文甫創辦的九歌出版社卻越辦越興旺，老字號的「九歌」竟像母雞下蛋生出了子公司。在「九歌」出版史上，值得稱道的是《中華現代文學大系》，其中一九七〇～一九八九年分爲新詩、散文、小說、戲劇、評論五卷，計十五冊，出版後在海內外獲得一片好評，他們又於二〇〇三年推出一九八九～二〇〇三年同名「大系」，仍分五卷，共選三百多位作家的作品，計十二冊。對臺灣當代文學研究，這兩套「大系」是不可多得的參考文獻。如果把各卷〈導言〉匯合起來，也就成了臺灣文學最佳的斷代史。

文學的出版過程在新世紀未納入官方統一管理，編輯便成爲書籍出版的重要守門人。臺灣不比大陸有嚴格的編輯初審、編輯室主任複審、總編輯終審的「三審」制度。至於專門從事自費出書的出版社，審查更爲寬鬆，有的則根本不審查，校對也交給作者本人，因而錯字很多，常常出一本新書附贈一冊勘誤表。有一定規模的出版社如萬卷樓圖書公司不存在這個問題，責任編輯認眞審稿校對，差錯極少。

由於流行文化不斷擠壓精英文化，再加上老百姓普遍流行歷史懷舊心理，這造成新世紀的文學出版有兩個看點：一是回憶錄的出版，最成功的作者有龍應台、王鼎鈞、齊邦媛。二是經典的重塑，如九歌出版社對文學不變的堅持便表現在出版「典藏小說」、「典藏散文」，以及用套書形式廣告推銷的「名家名著選」。此外是老一輩作家全集和文集紛紛出版。

一個大型出版社相當於一個行政機構。在大陸，由於出版公營化，故社長絕大部分爲中共黨員，而臺灣的民營出版社沒有這一制度。在寶島，誰出資出版，誰就是老闆，但這不等於說出版社完全脫離政治。一般說來，出版社不管是否有政治顏色，都不會公開打出旗號，都會「聰明地」躲避自己的意識形態、權力結構、預設立場、感情偏好、人際網路。只要是好作品且有銷路誠然都願意出版，但個別作品如極端本土派作品，出版社便會審愼評估。如楊青矗號稱「以文學爲美麗島歷史作見證」的長篇小說《美麗島進行曲》，儘管獲得了「國家文藝基金會」的創作補貼，「國藝會」也仲介了北部的一家知名出版社協助出版，但北部的某個出版社負責人看完文稿後，覺得此書的內容涉及一連串的選舉運動、勞工運動、國際人權救援，只好將作品打回票。（註一九）

新世紀的臺灣文學出版傳統韻味日漸退化，與官辦出版社幾乎全軍覆沒分不開。還在運作中的正中書局也是日薄西山，早已沒有當年的派頭和風采。回想上世紀五六十年代，黨營、軍營、公營出版一直是國民黨在文化事業上的一張王牌，從老資格的中正書局外加中華文化事業出版委員會、中央文物供應社到六十年代中期出現的黎明文化事業出版公司、華欣出版公司以及重振旗鼓的幼獅文化公司，在出版市場大放異采。可到了上世紀八十年代初，隨著黨外運動的興起，出版市場新添了標榜臺灣意識、宣揚本土文化的前衛出版社，以後又有座落在南部的春暉出版社。這兩家出版社到了新世紀儘管運轉困難，「前衛」一度還差點關門，但畢竟苦撐著出版了一系列本省籍的作家作品，並成了臺灣文學主體論述的基地。其中前衛出版社傾向鮮明，在二〇〇一年出版《臺灣論》日譯本收到很大的效益，同時引發巨大爭議以致成爲「事件」。「春暉」雖扎根於高雄，卻替全島的本土文學發聲，望春風文化事業公司則以出版李喬的文化論述著稱。

以出本土文學著稱的南部出版社，在全球化語境下，與北部的九歌出版社、聯經出版事業公司相比，均面臨著困境。臺北市畢竟集中了全臺灣最大的出版資源，其中新興的以強大勢頭發展的秀威資訊科技股份公司極引人矚目，它是臺灣同時擁有POD（數位印刷）與BOD（數位出版）的公司，近年來因爲出版種類豐富，已逐漸成爲臺灣新興出版市場的知名品牌。

新世紀以來，臺灣出版業競爭厲害。除舊書店如雨後春筍般誕生後，個人獨資經營的出版社也如過江之鯽，計有木馬文化、野人文化、大家出版、遠足文化、繆思出版、左岸文化、一起來出版、自由之丘、無限出版、衛城文化、大牌出版、廣場出版、我們出版等等，正如隱地所說這些個人出版社「聯結成讀書共和國」（註二〇）。至於二〇〇五年杜潔祥創辦的以圖書館爲銷售對象的花木蘭文化出版社，在大陸徵稿時不需要作者任何資助，其所依據的是反傳統的「長尾理論」。

出版業競爭還表現在從《聯合文學》總編輯位子上卸任的初安民，另辦《INK印刻文學．生活誌》和同名的出版公司，與《聯合文學》和聯合文學出版社成犄角之勢。這些出版社不管有多麼強的主觀性、偏狹性、利益性，都爲了各自的理念在新的出版市場中苦撐、苦戰。在「臺灣文學出版市場萎縮、供過於求，變成各出版社彼此角力、互食的戰場，資訊更新速度過快，有些可能需要時間醞釀市場的作品，在短短的宣傳期成效不彰後很快就面臨下架命運，文學出版的思考，變成行銷文宣戰」（註二二）的情況下，位於臺南的臺灣文學館出版了《二〇〇七臺灣作家作品目錄》、《臺灣現當代作家評論資料目錄》、《臺灣現當代作家研究資料彙編》、《臺灣文學史長篇》等一系列套書，遠遠超過當年由軍方出資的黎明文化出版公司出版的《中國新文學叢刊》、《中華文化百科全書》、《中華通史》等叢書的規模。這一方面是由於該館資源豐富，另一方面與前任館長立志要將臺灣文學館辦成全球的臺灣文學研究中心的理念有關。

第五節　文學獎的詭異現象

新世紀文學獎和上世紀最大的不同，是意識形態和多元共生現象全面滲透評獎體制、機構、出版策劃和讀者反應等方方面面。官辦的如「國家文藝獎」、「總統文化獎」、「金鼎獎」儘管還像過去那樣對文學發展起著所謂樣板作用，但大部分作家對其評獎標準均不認可。兩大派和消費市場無時無處不在建立各自的評價標準與機制。這就是說，評獎制度是按照各自的原則和藝術標準，「製造」自己的文學明星。

新世紀的臺灣文學獎之多，可稱得上是文學史上的另一個傳奇。且不說全球性的、全島性的、地方性的，還有屬於媒體、佛教、學校、基金會、行業會、工作室的。這些文學獎所從事的文學活動相互作用，共同參與了新世紀臺灣文學制度的建構。文學媒體、民間團體、臺灣文學館、地方文化單位，成為新世紀文學獎變革的重要推手。

新世紀臺灣文學獎的權威性來源於政治權力及由此帶來的文學話語權。即是說，某些全島性的文學獎人們之所以看好，很大程度是因爲主辦者和執政者有良好的合作關係，擁有充分的行政資源。

爲避免用「僵化」和教條指責官辦獎，官獎也作過一些小修小補的改革，如國家文藝獎原稱爲「國家文化藝術基金會」文藝獎，這裡有舊制與新制之別，其差異就在於舊制「類別與項目」較爲細密完整。

在政治正確——審美標準——市場效應三元模式的新世紀文學評獎機制中，獲獎者的成分在變化。隨著人們對文壇現狀及文學市場的深入把握，得獎者更多的是新一代作家。這些年輕作家從大學時就開始「征戰文學獎，從《聯合文學》小說新人獎一路過關斬將，拿到三大報文學獎。大報文學獎對他們來說，有一點古代科舉的意味，又像是現代的國家證照考試——得了獎，就拿到進入文壇的通行證。」（註二三）正是靠這種後來居上的新秀，潛在地影響著新世紀臺灣文學獎體制的變革。

新世紀臺灣文學場域在弱化官辦文學獎向地方化傾斜的改革中，逐步確立了作家們相對於政治干預的獨立地位。「工作室」的加盟，也給通俗文學得獎開闢了新管道，而高校臺灣文學研究的開展，亦爲文學論著進入評獎機制架起了橋梁。

新世紀臺灣文學獎另一突出趨勢是綜合型的獎項在萎縮，而專門化的獎項越來越多。這專門化表現之一要麼獲獎者是清一色本土作家，要麼本土作家是專用母語創作。另從文體上分，有小說獎、散文獎、新詩獎、翻譯獎，還有長篇小說發展專案、九歌二百萬長篇小說獎、倪匡科幻獎、兒童文學獎等等。也有以作家命名的文學獎，另有爲紀念散文兼翻譯大師梁實秋而設的梁實秋文學獎。

有些地方文藝獎雖然覆蓋面不廣，但在縣市起到了鼓勵創作和振興文運的作用。文學獎本是作家的身外之物，但仍有一些作家尤其是不入流的作者對此趨之若鶩，以讓文學獎證明自己的文學地位和身分。「上個世紀的作家多半是人生逼成了作家，這一世代卻是人生還沒有開始，便立志要當作家。他們少了上一代夜奔梁山的江湖氣，卻像十年寒窗的書生，一路按部就班地從學生文學獎拿到大報文學獎。好不容易金榜題名，卻偏偏遇上改朝換代——平面媒體式微，文學獎失去『一舉成名天下知』的光環。」（註二三）爲彌補這一不足，也爲滿足這些作家的另類要求，各種部門均插手文學獎，爲文學獎遊戲另添了幾分春色。

風起雲湧以致泛濫成災的新世紀以來的民間文學獎，幾乎達到了飽和的程度。這上百個文學獎，共享著如下幾個特徵：「眞假難辨、反諷主義、黑色幽默。」（註二四）不過，這些民間文學獎，畢竟說明非官方獎已成爲左右臺灣新文學發展的重要力量。其特點是未經過意識形態的權威認證，另在文化資本和經濟資本上，都談不上豐厚。一旦主辦單位「斷奶」，這些文學獎也就無疾而終。

文學獎本是寫作的競技場，可多如牛毛的新世紀臺灣文學獎項，如果不是病入膏肓，恐怕也是問題重重，更重要的問題是政治滲透其中，如黃凡的小說〈反對者〉，因書中有對國民黨強烈不滿的內容，在《自立晚報》設立的百萬大獎評審時，支持國民黨的評委馬森、司馬中原投反對票，而不滿國民黨的評委看了後覺得正中下懷投了贊成票，可最終未超過半數而落選。又如呂正惠的一本評論集曾被出版社上報去評金鼎獎，可因爲他的左翼立場太鮮明了，故一些評委就以另一本書作爲跟他對抗的資本。二〇一一年在臺北頒發的國家文藝獎也有小插曲：親自到場的臺灣地區最高領導人馬英九特別上臺致贈五位得獎者小禮物，唯獨歌劇藝術家曾道雄不願上臺，他表示這是藝術的場合，不應扯上政治。

在眾多不滿和反對聲音的背後，隱藏著臺灣文學界一直不敢面對的事實：文學評獎受到這種黨派及輿論、商風、社團制約的因素，越來越多外在勢力在干預它們，這些勢力消解評獎是為了再現典範乃至發現經典的可能性，使既定的美學立場無法堅守，最終導致了某些文學獎評獎者就是獲獎者，或者總是把獎項頒給那些熟面孔和圈內人，成了小圈子「排排坐，分果果」的吊詭，這造成評獎在社會上影響甚微。這種把評獎蛻變為人情的遊戲、資本的遊戲、娛樂的遊戲的做法，造就了一批「得獎專業戶」。這些人寫自己的文學小傳時，光得獎經歷就有洋洋灑灑幾百字，形成臺灣文壇獨有的最詭異現象。儘管臺灣文學獎主要是鼓勵新人的徵文比賽，不像大陸多獎勵出過許多著作的成名作家，但就其缺陷來說，正和南京大學王彬彬評某些大陸文學獎一樣：所謂文學獎，不過「是組織者、評委和獲獎者的一次自助餐。」（註二五）

第六節　「國藝會」的補助機制

九十年代後報紙文學副刊和文學雜誌的文學影響力盛況難再。八十年代前一本小說賣一、二萬冊是常事，到了後來能賣一、二千冊就不錯了。正是在文學面臨死亡的邊緣，臺灣有關部門伸出了援手，實行不同級別的文學創作補助，這補助除「競賽類」外，還有「年金類」。

在臺灣文學創作的補助機制史上，一九九六年是難忘的一年。正是這一年初，根據「國家文學藝術獎助條例」，「財團法人國家文化藝術基金會」（簡稱「國藝會」）成立。這個「國藝會」的補助方式屬生活保障類型，據「國藝會」補助專案專業助理莊雅晴介紹，二〇〇三～二〇一三年文學年金補助的基本情況如下：

一、在補助對象上，「臺北文學年金」與「高雄文學創作獎助計劃」可謂是「不拘一格降人才」，即不要求申請者必須提供已發表過的作品。此外，還有行政院文化建設委員會只主辦一屆的「攜手計劃——專業作家生根創作計劃」，是補助島內少數仍然筆耕不止的優秀的老作家。

二、在題材方面，南北兩地外加金門文化局，要求作家用創作年金補助去描寫當地的生活，突出地方特點。

三、行政院文化建設委員會比起地方文化部門資源雄厚，補助金額最多，其中「攜手計劃——專業作家生根創作計劃」補助作家兩年最多可獲得總額一百萬新臺幣，而「臺北文學獎」年金得主則只有六十萬元新臺幣，且每年只補助一位，不像「攜手計劃——專業作家生根創作計劃」補助名額較多。

四、針對長篇小說而設立的年金補助計劃有「國藝會」的長篇小說專案補助案、金門長篇小說創作計劃、九歌出版社新人培植計劃。據莊雅晴觀察：從寫作規模的要求來說，「國藝會」要求長篇小說必須達到十五萬字，而不像其他獎項要求十～十二萬字。不過，從創作質量和讀者反應看，「國藝會」補助的出版品最受文壇首肯，其中「二十二部作品中就有三部獲得『臺灣文學金典獎』，駱以軍的《西夏旅館》更獲得華文長篇小說大獎『紅樓夢文學獎』。」（註二六）

「高雄打狗文學獎」與「國藝會」不同，它屬獎勵性的。對有固定工作固定收入的作家來說，獎勵性的獎項就像天上掉餡餅，而對巴代或鍾文音來說，他們不需要餡餅，只需要麵包，需要生活補助。不管是哪類型的補助，其目的在於獎勵民間的文化藝術事業發展。

「常態補助」爲一年二期，其項目有文學、文化資產、美術、音樂、視聽媒體藝術、舞蹈、戲劇（曲）、藝文環境與發展。而文學又分爲創作、調查與研究、研討會、研習進修、出版、國際交流六個補助項目。對文學創作的補助，不設條條框框，無論是小說、散文，還是詩歌、報導文學，均爲申請補助範圍。一旦評審通過，每件申請案得到的補助爲二十四～三十六萬元新臺幣。創作過程爲一年，因故可以延長一年。從二〇〇三～二〇一三年，共收到小說補助件一三八項，計一一二人。（註二七）

眾所周知，臺灣人口少，文學人口更少。當下報刊不願連載長篇小說，即使出版社願意出版，作者也拿不到應得的勞動報酬，更多時候是創作者起碼的生活費都得不到。二〇〇三年，「國藝會」推出的「長篇小說專案補助案」，解除了這種「長篇焦慮」，將一種不被時代需要的寫作邊緣文體轉爲面向未來的創作。這個「專案補助」與「常態補助」不同之處在於，它補助對象主要是成名作家，而後者主要是補助中生代與新生代作家。「專案補助」共分十項，不但給予作者基本生活費，作品優秀者還可獲補助出版，只是僧多粥少，每年只有三～五人獲得批准。

「長篇小說創作發表專案」獲得者所創作的題材，不是歷史，就是鄉土，「幾乎每一本作品背後都可窺見作者試圖召喚原鄉同族，或試圖重探、重塑歷史記憶。」（註二八）「長篇小說創作發表專案」另加上地方政府與民間單位設立獎項補助小說創作，引發長篇小說的創作與發行繁榮興旺景象。

「長篇小說創作發表專案」改變了文壇只重視短篇小說的偏向，引發一些作家尤其是新世代創作方向的改變，如甘耀明就曾坦言：「要不是這個國藝會專案計劃鞭策我，我很難老老實實地寫起長篇，可能回頭走老軌道的短篇小說創作集。」（註二九）推移作用之下，長篇小說創作新人輩出，老手續航，大有長篇小說復活的繁花盛景，時至二〇一四年，仍盛況空前，甘耀明對此稱之為「新文學地殼運動」（註三〇）。

「長篇小說專案補助案」也有可改進之處：如一部長篇小說不說「十年磨一劍」，至少也要三、五年才能完成，可現在由「慢跑」改為「快跑」，規定一兩年內就要交稿，這種「為獎而寫」而不是「因寫得獎」的做法，不利於精雕細刻，弄不好會粗製濫造。又如評審標準何在，是否評審者都精通長篇小說的創作規律？如不是精通，或只是用自己的審美習慣和藝術嗜好要求不同風格的作家，那這樣的評審就不利於文壇的百花齊放。但不管怎樣，作家的文字長征，需要社會人士的鞭策、鼓勵，更離不開必要的補助，這使有如在沙漠中行走的單調無聊過程，到作品殺青時突然遇見鮮花，聽到掌聲，從而獲得那一刻難忘的激昂與瀞然的成就感。

第七節　爭議甚多的文學教育

文學教育是國家繁榮昌盛的重要根基之一。一個國家的先進或落後，不僅看物質是否豐富，還要看文化底蘊是否深厚，人民的文化素養是否達到較高的水準。

自從臺灣社會選舉年年有乃至月月有以來，便宣告臺灣已步入了「不確定」的年代。在這個「不確定」的年代中，據鄭邦鎮的觀察，二〇〇三年以前臺灣文學教育有下列新動態：

一、各大學的《國文》課程，不論名稱或內涵皆已轉型，以宣揚中華文化爲主旨的《國文》課的版圖在不斷萎縮；

二、開臺灣文學課的「基點」數量快速增加，比一九九五年開課量成長了十一點三倍；

三、除了少數課名仍兼有「中國」、「國文」外，《國文》的授課內容多數向「臺灣文學」轉化；

四、「臺灣文學」領域內的各種課程漸見開發，已不會被周邊的相關課程掩蓋。此點已與大學臺灣文學生態產生連結互動的效應；

五、所有開設課程名稱中，具有「臺灣文學」概念的課都以「正名」出現，不再有「鄉土文學」一類混淆視聽的課名；

六、開課的系所，除了國文系、中文系之外，已加入漢學所、文資系、臺文系、歷史系、文學所、哲學系、合開、通識、共同科、國文科、人文類、科技類，甚至日文系、物理系等也加入開課；

七、開授「臺灣文學」課程已增進爲五十三所，包括三所師大和九所師院；

八、靜宜大學開授課程達七十二基點，居於各大學之冠。（註二一）

這只是十八年前的情況，以後的發展更是複雜多變。上述八點還只是臺灣文學教育變化量的積累，最使人擔憂的是臺灣文學教育傳授了知識，卻遠離了中原文化；傳遞了本土文學資訊，卻鍛造出不知喜馬拉雅山只知玉山的現象。爲讓臺灣文學更快變爲與中國無關的文學，「分離主義文學教育」與歷史教育緊密結合在一起。近三十年來，臺灣文學的詮釋權在臺灣已被某些人士所獨霸。分離主義人士認爲，要與全世界先進國家接軌，就要學習日本、歐洲、美國，而不是向對岸學習。他們一方面講全球化，一方面講多元文化，用雙管齊下的方式來扭曲臺灣。（註二二）

新世紀由本土政權所確立的淡化中國的教育制度，在文教市場、通俗文化、讀書不如玩電子遊戲的價值觀的聯合衝擊下走向強勢。其矛頭所向爲大中學校教科書的文言文、唐詩宋詞和「五·四」以來的重要作家。《國文》課程版圖的大面積縮水或改名，導致了博大精深的中華文化的神聖性、崇高性被解構。

如果說上世紀九十年代「去中國化」的文學教育是由下而上和自民間而官方，是分離主義的臺灣文化研究家所主導，那麼新世紀以降文學教育上的「去中國化」是由上而下。具體表現在臺灣文學課程在教科書中刪掉「五·四」以來重要作家的作品，然後用本土作家的作品去取代。這不僅傷害了胡適、朱自清等著名作家，而且還傷害到余光中、白先勇乃至陳映眞等人。一旦受傷害，其作品便難逃被放逐的厄運。

文學功能從來是多樣的，這便決定了文學教育功能絕非一元。一般說來，文學功能包括倫理教育、審美教育、社會認知教育以及藝術思維訓練和拓展，文化反思和批判意識的培養等。可急於建設臺灣教育主體性的學者，把批判意識的培養看成高於一切。在這種思想指導下，有人不停地批判中原文化，認爲中原文化是反宗教的，從更深層次看是反人性的。余光中等人抵制這種言論目的在於捍衛傳統文化，確保屈原、李白、曹雪芹的光環不至於暗淡及其所處的中心地位。

二〇〇八年五月政黨再度輪替後，爲治療傷痕累累的教育體制，馬英九對教育體制做了一些補救措施，如中途撤換聘期未到的二〇〇七年至二〇〇八年九年一貫課程大綱本土語言類修改委員。二〇〇七年六月，教育部門又新增高中必修四學分的中華文化基本教材。原本教育部門負責人杜正勝任內已將高中國文課本的文言文比例調降至百分之四十五，後隨即恢復至百分之六十五。大陸的高中課本文言文比例大約只有百分之二十五。臺灣的學生之所以要比大陸學生還要多學文言文，這是因爲中華文化已被陳水扁縮減得不成樣子，必須加大火力補足過去的損失。正是這種努力，使臺灣學科體制化還未能達到本土派的目標，「以文學爲例，國科會的研究計劃申請類別中，至今只有『中國文學』，沒有『臺灣文學』，教育部的教師升等著作類別中也一樣沒有『臺灣文學』。」（註二二）

文學教育不僅存在著政治層面的問題，也存在著專業本身的問題。如張愛玲是否爲臺灣作家，臺灣文學教材要不要把她的作品列入，各個學校和出版社有不同的看法。臺灣各大學的文學系存在的另一問題是，由於各大學系所負責人的立場與專業水平不一致，因而出現了各敲各的鑼的現象。透過有差異的課程設計與教材建設，當然可看出臺灣文學教育制度還在轉型之中。在轉型時相當一部分學校不重視經典文本的閱讀，不重視培養學生的詩意與想像，使文學教育與人文素質培養方面存在著很大差距。眾所周知，在某種意義上說文學本是消閒的產物，可文學系學生畢業後面對著就業的嚴重問題。在就業面前，詩意與想像的培養便顯得那樣無能爲力。這裡有大學教育體制的問題，也有文學教育自身的問題。臺北教育大學爲擺脫這種尷尬局面，就曾以廣泛開展課外文學活動來彌補這一不足。但再如何彌補，對傷痕累累的臺灣文學教育體制來說，均難收到理想的效果。

第八節　文訊版與靜宜版「年鑑」

在臺灣當代文學史上，「文學年鑑」的編寫出現了政黨輪替總編輯也跟著輪替這一怪現象。年鑑本來以客觀地展覽史料爲宗旨，屬工具書。它之所以成爲各派別競爭的輿論陣地，是因爲用什麼去定位臺灣文學，用什麼觀點去選擇資料，在編排中如何突出編者的意識形態，在欄目設置上如何反映編者的態度，均有文章可做。

文訊版編年鑑的潛在規格爲：

一　突出包容性。
二　突出地域性。
三　突出史料性。

而靜宜版的潛在規格爲：

一　突出批判性。
二　突出本土性。
三　突出工具性。

回顧臺灣出版史，文學年鑑編撰經歷了名稱由「中國」到「臺灣」、由「文藝年鑑」到「文學年鑑」、由民間製作到官方主持的變化過程。

作爲臺灣地區文學年鑑開拓者柏楊，他主編了《中國文藝年鑑一九六六》、《中國文藝年鑑一九六七》。第一本不限於當年的文學活動記錄，在時間上有所推前。後來柏楊坐牢，於一九八二年出獄後不改其爲臺灣文學寫史的雄心壯志，又出版了《一九八〇中華民國文學年鑑》。在史無前例和自籌經費的情況下，柏楊用他堅韌的毅力、豐富的學識和寫作經驗，爲臺灣文學留下了彌足珍貴的史料。

由於後繼乏人，再加上經費和發行的困難，臺灣文學年鑑的編寫工作停頓了十四年。一直到行政院文化建設委員會於一九九六年委託《文訊》雜誌社編輯《一九九六年臺灣文學年鑑》，柏楊的工作才得到了傳承和發揚光大。

文訊版年鑑總共編了一九九六～一九九九年四大冊。這些年鑑每年欄目雖有不同，如一九九七年年鑑「綜述」擴充爲十五篇，一九九八年年鑑又增加了「索引」部分，但基本上是大同小異，即是說《文訊》編輯團隊確立了年鑑的編寫規模和範式，還形成了自己的風格，眞實而全面地反映了當年的臺灣文學活動，其交出的成績單令各界稱贊。

二〇〇〇年臺灣「變天」，這正好給人們重新思考臺灣文學的定位、文學的功用、政府部門在文學中應扮演什麼角色提供了機會。因政府採購法的施行和資格限制，而中止《文訊》的編輯工作，又爲避免文藝管理染上政治色彩，因而把年鑑的編輯工作推向社會，用招標的方式外制，由前瞻公關公司中標。別看他們是營利團體，可他們編撰的年鑑比《文訊》版更突出中國性。如「網路文學」這一項目中，幫遙光主持的「傳統中國文學」網站作圖文並茂的介紹，並突出其「國學知識傳播」這一特點。「著作」這一大項目中，也出現了詳盡的〈中國古典文學論著書目〉。該年鑑第一部分「綜述」的帶頭文章則是南方朔所寫的〈「全球化」時代走向「世界文學」〉，難怪有讀者說看了「我還眞以爲正在看的是《二〇〇〇年中國文藝年鑑（臺灣地區部分）》或《二〇〇〇年臺灣地區中文（華文）文學年鑑》呢！」（註三四）

《二〇〇〇年臺灣文學年鑑》是轉型期的產物，先後承接不同的編輯團隊，且帶有實驗性質，故引起不少人的討論。年鑑最重要的是講究客觀地反映當年的文學活動，其資料必須翔實可靠，而不能用意識形態去剪裁。靜宜大學中文系自二〇〇二年夏天接手從二〇〇一年開始的年鑑編輯工作後，在總策劃鄭邦鎭、總編輯彭瑞金的影響下，把意識形態帶到年鑑中。如二〇〇一年年鑑收錄邱若山寫的〈《臺灣論》漢譯本事件〉一文，明顯地站在《臺灣論》著者這一邊，反日人士不是被恥笑就是被抨擊。在二〇〇二年年鑑彭瑞金寫的〈從「鄉土文學」到「臺灣文學」〉，有不少政治內容，違背了工具書的宗旨。鄭邦鎭的〈回首「臺灣文學系」的來時路〉（註三五），對教育部不同意設立臺灣文學系，不同意靜宜大學中文系將「臺灣文學」獨立出來分組的做法甚爲不滿。由這兩位年鑑負責人的文章可看出，臺灣文學年鑑已蛻變爲建構臺灣文學主體性、獨立性的工具。

文學年鑑的製作需要純學術的態度，可《二〇〇二年臺灣文學年鑑》所選擇出版文集的作家，絕大部分是本土人士，外省作家只有兩位。這就是說，外省作家在年鑑裡，已被邊緣化。

從《文訊》版年鑑到靜宜版年鑑，因主編立場不同帶來意識形態彩色的不同，已是不爭的事實。如果說，《文訊》版年鑑是「臺灣的文學年鑑」，那麼靜宜版權年鑑就是「臺灣文學的年鑑」。前者是把發生或出現在臺灣的文學現象、文學活動、文學社團、文學生產、文學人物、文學教研，不分族群、不分省籍都記錄在案，而後者突出「臺灣」二字，把臺灣文學定位爲本土作家寫的作品，故彭瑞金接手後，大陸赴臺作家的動向由此在年鑑中被大面積縮水。儘管《文訊》版年鑑、靜宜版權年鑑都難於窺見政治直接介入、干預的痕跡，但從二〇〇一年後年鑑的執筆者大部分都是本土派人士，不難看出他們對文學的陳述與再現、對作家的分類與選擇，都帶有明顯的傾向性。

當然，靜宜版年鑑也有不少値得肯定之處：注重培育新生力量和「年鑑學」的建立，並將其推向大學講壇，在內容上注意強化教科書的本土化以及原住民文學觀察、「臺語文學」的書寫，並在書後配上光盤，這有利於臺灣文學的推廣。

彭瑞金在〈從臺灣的文學年鑑到臺灣文學的年鑑〉中還說：「在年鑑編制的過程中，我們聽到這樣的質疑聲音：『臺灣文學年鑑』到底應該定位爲『臺灣的文學年鑑』還是『臺灣文學的年鑑』？」(註三八)可本土派對這種質疑意見沒有進行反省，繼續強調年鑑的「監識作用」，在鑒別什麼是重要的人、重要的事、重要的出版品方面，明顯偏向本土作家。隨著政權轉換，年鑑的主編也走馬換人，非本土派於二〇〇九年重新有了年鑑的編輯權和出版權。在文訊版中，陳信元的文章標題〈中國大陸對臺灣文學研究概述〉隻字不改，而不像同是這位作者和同一內容的文章，在二〇〇三年年鑑中成了不倫不類的〈中國地區對臺灣文學研究概述〉。在二〇〇九年以後的年鑑中，文訊版年鑑的焦點人物讓被靜宜版忽略的陳映眞、黃春明、聶華苓、商禽、周夢蝶這些作家占主要版面。

臺灣文學年鑑的編撰儘管受干擾造成史實不夠客觀這一缺陷，但這些不同色彩的年鑑畢竟見證了臺灣文學的發展變化，並留下了豐富的史料，爲後人研究臺灣文學打下了豐厚的基礎。使人感到遺憾的是一九九六年以前、一九六七年以後的空缺至今還無人補上。

第九節　兩岸競爭臺灣文學詮釋權

一九九九年八月份在黃山召開的海峽兩岸蘇雪林研討會上，展出了臺灣剛出爐的蘇雪林《日記卷》，總計十五冊，長達四百餘萬言。這《日記卷》最先是安徽大學中文系沈輝徵得蘇雪林本人同意在大陸出版的。正當蘇氏日記裝箱運回大陸時，被臺灣有關方面發現，連忙追回，說此日記的出版權在臺灣而不在大陸，於是只好改由成功大學中文系主持整理出版。

如果說，蘇雪林《日記卷》還只是兩岸整理權、編輯權、出版權之爭的話，那兩岸有關臺灣文學詮釋權的競爭，比這激烈得多，時間也長得多。

兩岸臺灣文學研究詮釋權的競爭，一個表現是臺灣文論家認爲他們的研究成果勝過大陸。其實，在《臺灣文學史》的編寫上，他們未能交出漂亮的成績單。在二〇一一年以前，臺灣沒有出過正式的《臺灣文學史》，影響很大的著作也只是葉石濤的《臺灣文學史綱》。陳芳明的《臺灣新文學史》出版後，除有兩本本島學者寫的新詩史和兒童文學專題史外，鮮見臺灣本地學者寫的別的有關臺灣文學專題史、文體史。不錯，在七十年代有過陳少廷的《臺灣新文學運動簡史》，但過於單薄。而大陸學者除了有劉登翰等人主編的厚重的《臺灣文學史》外，還有《臺灣新詩發展史》、《臺灣小說發展史》、《臺灣當代文學理論批評史》、《臺灣當代新詩史》、《臺灣文學創作思潮簡史》、《臺灣新世紀文學史》、《臺灣查禁文藝書刊史》、《臺灣百年文學制度史》等。

眼見大陸一部又一部厚厚的《臺灣文學史》及其分類史的出版在占領大陸乃至臺灣某些院校講壇，某官員驚呼：臺灣學者如再不急起直追，臺灣文學的詮釋權就拱手讓給大陸學者了。他們不允許也不甘心大陸學者的觀點占領臺灣的教壇、文壇，於是有各式各樣借學術名義對大陸學者的批評。如文學史的的評價之爭：一些分離主義的評論家們，認爲遼寧大學出版社出版的《現代臺灣文學史》著者連什麼是「臺灣文學」都沒弄懂便寫史，這過於急功近利。在他們看來，「臺灣文學」就是臺灣人用臺灣話寫臺灣事的作品。而《現代臺灣文學史》入評的作家有一大半是外省人，因而他們的作品應從臺灣文學史中刪除出去。至於評價的標準和對許多作家的定位，他們也無法讚同。

本來，《現代臺灣文學史》有許多缺陷，至少在框架上不像文學史，而像臺灣作家作品評論彙編，有些章節也設計得不夠科學，對此完全可以批評。可臺灣的某些本土評論家的評論角度不在於此，而是在向大陸學者競爭臺灣文學史的詮釋權。葉石濤在〈總是聽到老調〉（註三七）中批評《現代臺灣文學史》和《臺灣文學史（上）》時說：大陸學者在進行臺灣文學研究時，把臺灣文學看成是中國文學的一環，是傳統華夏文學的重要組成部分，屬於老調重彈。葉石濤認爲這是大陸學者「不瞭解臺灣民族主義的結構」，是「從政策性立場出發」否定了這一「民族主義結構」。這種論調，馬上引起遼寧學者張恆春和福建省臺港暨海外華文文學研究會的集體回應。福建的學者認爲：大陸的臺灣文學研究難免有狹窄、淺置、誤差的一面，但說「臺灣文學是中國文學的一環」是「老調」，這個觀點正是葉石濤自己過去堅持的。所不同的是，他由主張「臺灣文學是中國文學的一環」而改爲主張「臺灣文學國家化」了。作爲一個學者，看政治氣候行事，不是一種嚴肅的態度。

兩岸關於臺灣文學詮釋權的競爭均以民間對抗方式出現，官方極少正面干預，但這種學術之爭無疑

有各自的政治做後盾。就是島內有關臺灣文學詮釋權的論爭，也離不開政治，離不開「臺灣結」與「中國結」的話題。如曾任「中國統一聯盟」主席的清華大學中文系教授的呂正惠，就反對臺灣文學「主體性」的提法，認爲戰後的臺灣文學是「中國現代文學」的組成部分，而不應將其單獨抽出，再賦予有特殊含義的定義。其次，在評價上，以呂正惠爲代表的批評家，並不贊成「『臺灣文學』的核心是表達『臺灣人』特殊歷史命運的那些文學作品」的說法。更不讚同臺灣現代文學最主要的淵源是透過日文所吸收的世界文學，跟「五・四」以來的中國現代文學關係甚微的觀點。

在新世紀某些臺灣作家對大陸學者撰寫的《臺灣文學史》或分類史所作的競爭，有兩種情況：

一、出版《臺灣新文學史》（註三八）或類文學史的著作，對大陸學者爲臺灣文學定位的觀點作出質疑；

二、發表理論文章，從政治上和學理上清理大陸學者的臺灣文學史觀，在清理時還把島內觀點相近的學者聯結在一起，給不同觀點的作家扣上莫須有的罪名，並稱大陸的臺灣文學史撰寫者是「外來殖民主義學者」。

詩人謝輝煌評古遠清《臺灣當代新詩史》（註三九），認爲古氏以勝利者的姿態否定他曾參與的「反共文學」，因而要否定：

《臺灣當代新詩史》最後一頁說：「這是一本什麼樣的書？」一位收廢紙的鄰居看了之後，用手拈拈說：「不到一公斤。」（註四〇）用賣廢品這種方式反彈，眞是奇特，也夠幽默。不過，人們畢竟從「酷評」中嗅到了兩岸競爭臺灣文學詮釋權所散發出的火藥味。

「反共文學」到底該不該否定？這本是一種逝去的文學，離讀者遠去的文學。它之所以經不起時間的沉澱，一個重要原因是虛幻性。

《臺灣文學史》的編寫，就這樣充滿了意識形態之爭。爲了抵抗和消解大陸學者的論述，陳芳明下決心寫一本以「臺灣意識」重新建構的《臺灣新文學史》。作者在第一章〈臺灣新文學史的建構與分期〉中，亮出「後殖民史觀」。（註四一）這種史觀，是把分離主義的教條與爲趕時髦而硬搬來的後殖民理論拼湊在一起的產物，是李登輝說的國民黨是「外來政權」的文學版，因而受到以陳映眞爲代表的作家的反駁。

和七十年代後期發生的鄉土文學大論戰一樣，這是一場以文學爲名的意識形態前哨戰。「雙陳」爭論的主要不是臺灣文學史應如何編寫、如何分期這一類的純學術問題，而是爭論臺灣到底屬何種社會性質、臺灣應朝統一方向還是走分離主義路線這類政治上的大是大非問題。陳芳明除大力抨擊臺灣左翼文壇祭酒陳映眞外，還寫過嘲諷大陸學者撰寫臺灣文學史的文章，認爲他們不是「發現」而是在「發明」臺灣文學史（註四二）：把根本不存在的「中國臺灣文學」硬說成是客觀存在。其實，這「發明專利」不屬於大陸學者，而屬於臺灣的本土作家張我軍、楊逵和葉石濤等人。

在《臺灣新文學史》第一章，陳芳明曾用很大的篇幅來批判或曰反彈大陸學者，認爲大陸出版的各類文學史把臺灣文學邊緣化、靜態化、陰性化，是一種「陰性文學史」，而他自己「不希望用後來的某些意識形態或文學主張去詮釋整個歷史」，可陳氏書中將中國與日本並稱爲「殖民者」和多次出現抗拒「中國霸權」論述的段落，明眼人一看就知這種所謂「雄性文學史」是在替誰發聲。

某些臺灣作家反彈大陸學者的第二種情況，可以成功大學林瑞明發表的〈兩種臺灣文學史——臺灣V.S.中國〉（註四三）爲代表。此文從歷史與現實方面，論述考察與批判臺灣文學史的建構的前後經歷，認爲文學史書寫的出路正在於非政治化或去政治化。這是一種很大的迷思。文學史書寫當然不應成爲政治宣導的載體，讓文學史家成爲政治家的奴婢，但這不等於說，文學史寫作完全可以脫離政治，一旦與政治發生關係就會喪失文學史的自主性。他批評大陸學者寫的臺灣文學史是「有中無臺」，（註四四）如果說肯定認同分離主義意識的作家才是「有臺」，那這種文學史必然會大大縮小臺灣文學的範圍。

爲臺灣文學寫史本是一種艱難的選擇，爲臺灣當代文學寫史尤爲艱難。因爲當下文學的發展現狀始終參與著當代文學史的建構，這便造成當代文學生成與文學史研究的共時性特徵。下限無盡頭、塵埃未定、作家多半未蓋棺卻要論定，便使文學史家疲於奔命，新的作品尤其是網路文學永遠看不完。

大陸學者研究臺灣當代文學史則是難上加難。不僅是因爲搜集資料的不易，還因爲研究者未親歷臺灣文學的轉型和變革，缺乏感同身受的經驗，另一方面還要轉換視角，要丟棄研究大陸文學的條條框框，才不至於隔著海峽搔癢。這就需要深邃的學養，必須有智者的慧眼、仁者的胸懷和勇者的膽魄。

大陸學者雖然無法都做到智者、仁者、勇者三位一體，但他們還是本著別人難以企及的對臺灣文學關注的熱情多次前往寶島考察，讓自己感受到臺灣文壇的變幻多姿和波譎雲詭、流派紛呈的亮點和各大社團的明爭暗鬥，這一切均促使他們琢磨應如何描繪這座島嶼的文學地圖。

本來，臺灣文學史的撰寫，不僅是如何爲作家定位和如何詮釋文學現象，還涉及到誰來定位誰來詮釋，甚至誰最有資格定位、誰最有權力來詮釋的問題。最有資格者不一定是臺灣學者或圈內作家，最有權力者也不一定是掌握學術權力與資源的人。寫臺灣文學史不一定要臺灣作家包辦，對史料搜集狠下功夫的大陸學者也有資格和權力書寫。古遠清的《臺灣當代新詩史》出版後能引發不少人的欽羨、不安、不滿或焦慮，至少說明大陸學者的書寫有一定的討論價值。對大陸學者的著作不論是讚揚還是貶低，是愛不釋手還是用論斤賣廢品形容，均難於否定他們撰寫的《臺灣文學史》及其分類史在兩岸文學交流中所起的作用。

註釋

一　王正方：〈民進黨的文化政策是什麼？〉，華夏經緯網，二〇一一年九月二十七日。

二　葉石濤：《臺灣文學史綱》，高雄：文學界雜誌社，一九八七年。

三　彭瑞金：《臺灣新文學運動四十年》，臺北：自立晚報出版部，一九九一年。

四　葉石濤：《臺灣文學史》日文本，澤井律之第七章注，頁二七一～二七二。

五　彭瑞金：《臺灣文學論集》（高雄：春暉出版社，二〇〇六年），頁一〇二。

六　馬英九：〈政治和行政要爲文化服務〉，載郭楓主編：《文學百年饗宴——二十一世紀世界華文文學高峰會議論文集》（臺北：新地文化藝術公司，二〇一一年），頁二十四。

七　馬英九：〈政治和行政要爲文化服務〉，載郭楓主編：《文學百年饗宴——二十一世紀世界華文文學高峰會議論文集》（臺北：新地文化藝術公司，二〇一一年），頁二十四。

八　〈專家：馬英九「臺灣特色中華文化」非臺獨概念〉，《星島環球網》新聞中心，二〇一〇年一月二十一日。

九　楊立憲：〈臺灣社會對中華文化的態度探析〉，中國社會科學網，二〇一二年八月二十四日。

一〇　龍應台：〈面對大海的時侯〉（臺北：時報文化出版公司，二〇〇三年），頁二十九。

一一　李敏勇：《戰後臺灣文學反思》（臺北：自立晚報社文化出版部，一九九四年），頁三十一、三十二。

一二　李魁賢：《人生拼圖——李魁賢回憶錄》（新北：新北市文化局，二〇一三年），頁六八五。

一三　方耀乾：〈臺語文學的內部敵人〉，高雄：《臺文戰線》總二十四期。

一四　丁鳳珍：〈臺文筆會成立的意義和使命〉，載《臺灣文學館通訊》（二〇一〇年三月），頁六十九。

一五　臺　北：《現代詩》第十三期，一九五六年二月一日。

一六　廖瑞銘：〈臺灣臺語文學創作．研究概述〉，載李瑞騰總編：《二〇一〇臺灣文學年鑑》（臺南：臺灣文學館，二〇一〇年），頁六十三。

一七　郭　楓：〈我的時代，我的文學，我的人〉，臺北：《新地文學》（二〇一三年九月），頁一四〇。

一八　劉文輝：〈新媒介時代文學的生長困境與前景〉，長沙：《創作與評論》二〇一二年第十二期，頁七十三。

一九　周復儀：〈楊青矗——以文學爲美麗島歷史爲見證〉，臺北：《聯合文學》二〇〇九年十二月號，頁七七。

二〇　隱　地：《出版圈圈夢》（臺北：爾雅出版社，二〇一四年），頁十七。

二一　黃柏軒：〈讓好看的作品感動讀者——兩岸出版交流座談會側記〉，臺北：《文訊》二〇一四年一月號，頁一二三。

二二　陳宛茜：〈新世代面目模糊？〉，臺北：《聯合文學》二〇〇九年九月號。

二三　陳宛茜：〈新世代面目模糊？〉，臺北：《聯合文學》二〇〇九年九月號。

二四　曾念長：《中國文學場——商業統治時代的文化遊戲》（上海：三聯書店，二〇一一年），頁一二八。

二五　朱四倍：〈評論：文學獎一次得獎幾十個人是對文學的傷害〉，廣州：《羊城晚報》，二〇一三年四月二日。

二六　莊雅晴：〈近十年國藝會補助機制與小說生態發展之調查報告〉，臺北：《文訊》，二〇〇四年八月，頁九十五。

二七　莊雅晴：〈近十年國藝會補助機制與小說生態發展之調查報告〉，臺北：《文訊》，二〇〇四年八月，頁九十。

二八　莊雅晴：〈近十年國藝會補助機制與小說生態發展之調查報告〉，臺北：《文訊》，二〇〇四年八月，頁九十二。

二九　甘耀明：〈新文學地殼運動〉，臺北：《文訊》，二〇〇四年八月號，頁九十六、九十七。

三〇　甘耀明：〈新文學地殼運動〉，臺北：《文訊》，二〇〇四年八月號，頁九十六、九十七。

三一　鄭邦鎮：〈大學「臺灣文學」教育生態考察〉，載彭瑞金主編：《二〇〇三臺灣文學年鑑》（臺南：臺灣文學館出版，二〇〇四年），頁一〇一～一〇二。

三二　環球網：〈臺灣教授談「臺獨教育如何扭曲中國認同?」〉，二〇一二年七月二十四日。

三三　彭瑞金：〈學習做臺灣的主人〉，高雄：《文學臺灣》二〇一五年春季號，頁二四九。

三四　張惟智：〈評析《二〇〇〇年臺灣文學年鑑》〉，載楊宗翰主編《臺灣文學史的省思》（臺北：富春文化公司，二〇〇二年），頁一六一。

三五　彭瑞金總編：《二〇〇二年臺灣文學年鑑》（臺北：行政院文化建設委員會，二〇〇三年），頁六十六。

三六　彭瑞金總編：《二〇〇三年臺灣文學年鑑》（臺北：行政院文化建設委員會，二〇〇三年），頁四。

三七　《自立晚報》，一九九一年五月十三日。

三八　陳芳明：《臺灣新文學史》，臺北：聯經出版事業公司，二〇一一年。

三九　古遠清：《臺灣當代新詩史》，臺北：文津出版社，二〇〇八年一月。關於此書，臺灣著名詩人洛夫於二〇一二年五月十四日致古遠清信中稱「可以說不論臺灣或大陸的學者、評論家，寫臺灣新詩史如此全面深刻精闢者，你當是第一人」。此信見古遠清《臺灣文壇的「實況轉播」》（臺北：秀威資訊科技公司，二〇一三年），頁一八五。

四〇　謝輝煌：〈詩人·詩事·詩史〉，臺北：《葡萄園》，二〇〇八年五月，頁七十七。

四一　陳芳明：《臺灣新文學史》，臺北：聯經出版事業公司，二〇一一年。

四二　《臺灣文學報》總第七期，二〇〇二年。

四三　林瑞明：〈兩種臺灣文學史——臺灣V.S.中國〉，《臺灣文學報》總第七期，二〇〇二年。

四四　林瑞明：〈兩種臺灣文學史——臺灣V.S.中國〉，《臺灣文學報》總第七期，二〇〇二年。

餘論　臺灣文學制度展望

二〇二〇年十一月十八日，「國家通訊傳播委員會（NCC）」不爲親中的中天新聞臺申請換發執照，這等於說十二月十一日後「中天」不能在有線電視臺與MOD上播出，也就是所謂「關臺」了。

有人問這一事件會不會影響到文學制度？這裡先不說出版等制度，而說作爲教育制度的重鎮「臺灣文學系」。如果從教師、教材和教學法三個維度去考察，就會感到影響不大。以這爲基礎去展望臺灣的文學制度，畢竟有助於審視在當前大背景下，文學制度將在發展的工具層面上出現某些變化。需要指出的是，不管以「中天」爲代表的新聞制度如何變化，臺灣文學教育和出版以及學術團體爲建立臺灣文學這門新學科的目標並沒有根本改變。工具層面某些變化與目標層面的不變形成一種張力，共同推動臺灣文學學科和文學事業向前發展。

「關臺」事件的出現，畢竟表明文化制度中的本土化將繼續從邊緣走向中心。妨礙走向中心的言論包括文學創作，都會受到一定的制約。不過，不能過高估計行政干預的作用，它覆蓋面有限。在本土化高唱入雲的時代，臺灣文學制度仍然會注重鄉土和本土文學的發展，注重臺灣文學研究的專業化發展，注重文學資訊化的發展，注重臺灣文學不同於大陸文學特色化的發展。

有人還擔心在本土化之風愈颳愈烈的情勢下，會不會使臺灣文化制度中的出版自由、結社自由、創作自由遭到損害？這其實是杞人憂天。文學不同於新聞。新聞敏感，與政治聯繫極爲緊密，文學雖然也不能脫離政治，但畢竟聯繫得不那麼緊密，何況還有大量的作品寫的是風花雪月，與政治無關。最高長官日理萬機，他們爲當下兩岸的局勢能否由高度緊張到緩和。最近又爲疫情困擾而忙得不可開交，根本顧不上文學界、出版界的事情。（註一）二〇二〇年，「天眞」的「遠流出版社」負責人王榮文曾去找行政院長蘇貞昌，又找教育部長和社教司長。這些官員對王榮文提出的增加「臺灣雲端書庫」書種問題，毫無興趣。這場對牛彈琴的走訪，最後不了了之。

就是沒有這次「闖臺」事件，哪怕如今是臺灣人當家作主的時代，當局對文藝界的本土勢力一直未曾做過像樣的資助。對作家的創作環境，官員們不聞不問，作爲本土派兩份歷史悠久的期刊《笠》和《文學臺灣》，一直發放不出稿費，就是有也非常微薄。「臺灣筆會」無疾而終後，當局亦沒有從財力上支持讓其起死回生，故臺灣文壇不會因「中天」停播受到大的牽連，也就是說臺灣的文學制度在當前乃至今後仍然會保持現狀：

一、文學社團照樣奉行自由結社。不會像五十年代由官方出面組織「中國文藝協會」那樣的強勢團體。按道理，本土政權理應扶助本土的文學團體，可目前的高層領導人不是學政治、法律出身，就是學醫出身，對文學事業不很熟悉，對藝文專業也是外行。他們不認爲文學事業對維護其統治會起到加分的作用，故採取無爲而治的態度。比較而言，不是「臺灣」二字打頭的文藝團體儘管在五、六十年代曾風光一時，可他們大勢已去，對統治者不會造成影響，故當局用不著去打壓，可讓其自生自滅。事實上，「中國青年作家協會」早在九十年代就停擺，「中國文藝協會」和「中國婦女寫作協會」兩大組織也在萎縮，早已缺乏創造力和指導性。在新世紀到來時，曾有人提出「中國文藝協會」要改名，後遭到反對沒有改成。現在臺灣還保留了《中國時報》、中國文化大學、中國醫藥大學、中國鋼鐵公司，故以中國名字打頭的文藝團體也不一定要改名，但會不斷褪色。

二、出版自由依然存在。像五十年代黨營、軍營的出版社已很難東山再起，雨後春筍般出現的民辦出版社，早已取代了他們。「五小」純文學出版社現今停掉了一部分，但前赴後繼別的出版社又將不斷湧現。在臺灣，一九八七年十一月新聞局公布的〈申請出版大陸作品審查要點和審查作業須知〉，不可能再捲土重來。更不可能有「故不送審原稿」的查禁理由，更無人提出「預先審查制度」，即使提出也實行不了。至於創辦出版社，不可能實行大陸的「審批制」，而只能是「登記制」。這是民心所向和切合臺灣實際的措施，任何人都很難改變它。

當然，出版自由不是絕對的，只不過它不靠長官意志去執行，而靠出版社自律。北部的聯經出版事業公司、聯合文學出版社將和南部的春暉出版社共榮共存。當然，這裡存在著競爭，哪怕是本土派在北部設立的前衛出版社與南部以本土著稱的出版社，在出版資源等方面各具優勢，有不同的套路和做法，但這是友好競爭，原先的「五小」出版社也不是互相傾軋而是相濡以沫。

三、稿費制度大體上不會出現五十年代乃至七十年代那種「政治紅利」，支配文壇的仍然是「商業稿酬」。

文人從來不會一路凱歌，純文學作家的生存尤為困難。他們自掏腰包辦刊物不可能有充足的出版經費，但到了新世紀，他們可透過文化部或臺灣文學館做補助，只是這種補助不可能大幅度增長，因臺灣的財政收入花在「鞏固國防」或選舉上實在太多，不會有更多的錢來「救濟」窮困的文人，故純文學刊物不設稿酬及學術著作自費出版的現象，仍然會長期存在。

當然也有例外，如專出禁書和臺灣人傳記的望春風出版社二〇一一年快要結束業務時，時任高雄市市長的陳菊，在鄭正煜鼓動和建議下，陳市長答應編列一百萬新臺幣預算，去買五部有關臺灣文化的著作，給高雄市中、小學老師做參考書，其中望春風出版社有胡慧玲的《十字架之路——高俊明牧師回憶錄》、謝里法的《我所看到的上一代》、吳濁流的《無花果》。這種「政治紅利」儘管姍姍來遲，但畢竟給民營出版社從奄奄一息的狀態看到了一絲生機。

四、文學教育體制仍像過去那樣以本土教育為主，文言文在教學中占的比例不可能再像過去那麼多，用增加實用部分去彌補，如中文系會轉成為「應用中文系」或「華語應用學系」。至於「臺灣文學系」由於定位不夠明確，學生畢業後就業不容易，因而「臺灣文學系」今後會強調地方知識的調查、報導，或像臺灣師大那樣將華語文、臺語文、影視事業結合起來，或向文化創意方面轉型。二〇一六年曾有人擔心「臺灣文學系」會逐一關門，事實證明這種預測並未發生。不過，「臺灣文學系」教育目標應作適當調整，這完全必要也有可能。

五、禁書制度不可能捲土重來。一九七九年美麗島事件爆發，思想仍受禁錮。這種日子一直熬到一九九二年，透過多次街頭抗議，終於讓刑法一百條掃進歷史垃圾堆，臺灣人因言獲罪的情況不再重現。這時禁書不用再躲藏了。正因為解禁，臺大和大舞臺旁邊的地下書店也就開始吹起熄燈號。這熄燈，終止了禁書的時代，這時代還將會繼續下去。

劉紹銘說過，「最好的文藝政策是沒有政策」。也就是說，「無為而治」比「有為而治」好。有位領導人曾說「政治為藝文服務」，可惜實行起來不是那麼容易。不管是外省作家還是本土作家對不同政權冷遇文學，均深有感受。他們認為「政治的歸政治，文學的歸文學」。也就是胡適講的政府不能輔導文藝（註二一）。不依靠官方那似乎就應依靠財團支持，可這也不現實。這就難怪「財團法人文學臺灣基金會」多年如一日在《文學臺灣》登廣告，以近乎「乞求」的態度希望大家贊助和參與他們的活動：

「希望透過它，可以爲我們的生存之地多畫一部美麗的藍圖」。這「藍圖」雖美麗，但畫起來卻戛戛乎其難哉！

總之，當局說的「維持現狀不變」如果不是對兩岸關係而是對文學制度而言，倒是基本適用。之所以說是「基本」，是因爲大局會影響小局，如民間的兩岸文學交流目前雖然沒有中斷，但專售簡體字書的書店紛紛關門，這是因爲兩岸文化交流受大局制約，其步伐已緩慢了許多，不會再像過去那樣頻繁。

不管怎麼樣，讓文學擁有來世，讓文學制度不再走回頭路，讓文學仍然成爲出版自由、創作自由的寵兒，這仍然是文學不被社會重視時代的當務之急。

註釋

一　陳學祈：〈那些年，我們都買的大套書——「臺灣出版史料調查與研究系列講座」座談記錄〉，臺北：《文訊》，二〇二一年一月，頁四十五。

二　胡適：〈中國文藝復興·自由的文學〉臺北：《文壇》第二期，一九五八年。

附錄　他嚮往最清遠最高潔的幽默

天　歌

二〇一五年八月八日，在令人神往美麗的太陽島。古遠清這次沒帶垂釣的魚竿，沒帶露營的篷帳，他也沒換上游泳裝，更無獵手們心愛的獵槍。他對旅遊毫無興趣，只一心思考著如何在研討會發言時出新。思考的結果，他石破天驚般在這次中國社會科學院主辦的「語言的共同體：當代世界華文文學高層論壇」上，竟以「學術相聲」〈藍色文學史的誤區〉代替論文宣讀，《文藝研究》方寧主編聽得津津有味，除向他索要原稿外，並稱其爲「大師兄」。

臺灣佛光大學的一位教授這樣解讀他的名字：古，古風猶存；遠，聲名遠播；清，兩袖清風。二〇一八年初，古遠清又在浙江海洋大學主辦的中國寫作學會學術年會上「發表」別出心裁的〈我們今天怎樣做寫作老師〉學術相聲，其思想簡樸勁道，其風格輕鬆詼諧。雖是與年輕貌美的女教師聯袂「演出」，展示的卻是前行代學者十分快樂和陽光的精神風貌。

「年會」臺下一位資深記者彭友茂聽後和我說：不久前，有山西運城市鹽湖區人大常委會報告採用「五言詩」形式，引發熱議。著名新聞理論家梁衡認爲，以詩來寫政治報告有「以才害政」、「借政壇炫藝」之嫌。「不能用詩作報告」，是否就意味著不能用相聲作報告？如果「報告」不是指政務報告，而是指學術報告，那就另當別論。實踐證明，古遠清用相聲作學術報告，是一種發明。下面是他的開場白——

女：我是四川警察學院何丹。

男：啊，警察來了，我講話可得小心一點。

相聲，誰沒聽過？但聽「學術相聲」，彭友茂老先生說還是頭一回。「說相聲」的一老一少的老者係佛山科學技術學院講座教授，逗哏；年輕的，是個女孩助教，捧哏。古遠清文革前就開始教寫作課，後下鄉當農民，曾經用三十斤糧票跟別人換《普希金詩集》。改革開放後，他從中國現代文學研究轉到世界華文文學研究。他見聞廣博，熱情爽朗，風趣幽默，機警善辯。他有點像北師大的童慶炳，把講課和演講視爲「人生盛大的節日」。退休後，爲了弘揚中華文化，傳授治學經驗，他從中央電視臺講到湖北電視臺，從馬來西亞拉曼大學講到臺灣中央大學，從香港大學講到澳門大學，從北京大學講到南京大學。全國性或國際性的學術研討會，凡與世界華文文學相關的，他幾乎逢會必到。難能可貴的是：他總把嚴肅而又枯燥的論文轉化成「學術相聲」，然後在現場「招聘」一位女生和他配合「表演」，在玩笑、調侃之中又不失學術批評的鋒芒，因而常能活躍會場氣氛，在聽眾的哄堂大笑之中掀起學術論壇的新浪甚至高潮。

古遠清還師法沙葉新，將名片的頭銜分爲「暫時的」、「永久的」、「都是掛名的」三類。這種別具一格的名片，人見人愛。香港作家協會主席黃仲鳴云：「古教授寫慣學術研究文章，古稀之時，突來改行寫學術相聲，實令人詫異，也覺有趣。」以〈我們今天怎樣做寫作老師〉爲例，古遠清希望寫作老師要少看微信多讀書；做學問要有逆向思維，做「高級而有趣」的人。古遠清接著與女生合說他在上海《文學報》開的〈野味文壇〉專欄中的〈錢理群與「狗」〉——

男：當年北大名教授吳組緗給學生上第一堂課的內容是——

女：「現在我給你們兩個判斷，你們看哪個更正確：一個判斷是『吳組緗是人』，另一個判斷是『吳組緗是狗』」。

男：你贊成哪個判斷？

女：誰敢罵老師是狗呀，當然是前一個判斷正確。

男：可不甘於平庸、獨立特行的錢理群反彈說第一個判斷雖正確，但毫無價值。

女：原來是廢話。

男：且是超級的廢話！第二個判斷儘管錯誤，但它逼你去想——

女：吳組緗是狗嗎？是誰罵他是狗？為什麼只罵他不罵別人呢？這一想就會產生很多可能性。哪怕是錯誤的判斷，但它能給你新的可能性，它也就是有創造性的。

男：「吳組緗是人」能做論文嗎？

女：不能做論文。

男：「吳組緗是狗」至少可做六篇論文。

女：第一篇論文〈論吳老師不是「狗」〉。

男：第二篇論文〈為什麼會罵吳老師是「狗」？〉。

女：第三篇論文〈哪些人罵吳老師是「狗」？〉。

男：第四篇論文〈從罵吳老師是「狗」看文人相輕的危害性〉。

女：第五篇論文〈是叭兒狗寵物還是反動派走狗？〉。

男：第六篇論文〈論吳組湘小說中的動物形象〉。

女：由學生變成名教授的錢理群，一直以思想解放著稱，

男：有人甚至罵他是「資產階級乏走狗」。

女：錢理群也變成了「狗」了，難怪他聽後暗喜，覺得自己不隨波逐流，未跟著政治運動起舞，不愧是吳組緗老師的入室弟子。

這個段子曾被《雜文選刊》等刊物廣泛轉載。古遠清談笑之間點出了做學問的樂趣是好玩，以及做學問創新的眞諦。他由此推論出，寫作老師可按陳平原在《中華讀書報》發表的文章分爲四類：第一類是有學問又好玩。古遠清舉出「五．四」時期新派人物代表胡適及其對立面黃侃爲例，說以「侃」著稱的黃侃有一次講課稱：「如果胡適的太太死了，他的家人發電報必云『你的太太死了，趕快回來啊！』長達十一字；而用文言文僅需『妻喪速歸』四字即可，光電報費就可省去三分之二。」胡適聽了後一點都不生氣，他笑眯眯地反彈說：「前幾天有朋友邀我去做行政院秘書，我不願從政，請同學們幫我擬稿」，最終挑出最有才氣的一份：「才疏學淺，恐難勝任，恕不從命。」胡適看了說：「這是十二個字，我的白話文只用了三個字『幹不了』，這樣又比侃侃而談的那位教授所擬的電報『妻喪速歸』少了一個字，顯然打電報白話文比文言文更划算哩。」胡適講課自嘲爲「胡說」，著書則爲「胡寫」，像他這種「有學問又好玩」的學者，當今簡直成了稀有動物。第二類是有學問不好玩，這種缺乏情趣、缺乏智慧、缺乏激情只會照本宣科，也就是可敬而不可愛的教授，實在是太多了。第三類是好玩學問卻不怎

麼樣，當下一些學術明星便屬此類。最差的是第四類教授，既沒有學問又不好玩。

極富童心與童趣的古遠清談到朋友的分類時，則有余光中所說的四種：「高級而有趣、高級而無趣、低級而有趣、低級而無趣。」古遠清最後希望同學們在大學期間做三件事：「讀一本終身難忘的書，邂逅一位『高級而有趣』的異性學霸，結識一位『有學問又好玩』的教授。」有悟性的聽者反應迅捷，以致要和古遠清互酬心聲。其中一位穿牛仔褲的女生要他這位「高人雅士」幫她尋找「高級而有趣」的「異性學霸」指路。古遠清說「眾裡尋她千百度，驀然回首，卻在燈火闌珊處」，那位同學馬上唱和道：「踏破鐵鞋無覓處，得來全不費功夫。」這眞是說者高興，聽者盡興，雙方都得到滿足。莊子所極力推崇的「最清遠最高潔」的幽默，在一種師生互動的境界中自然完成。

古遠清「有學問又好玩」的相聲〈我們今天怎樣做寫作老師〉，後來刊登在《名作欣賞》二〇一八年十二月。內容雖長達一萬多字，當時與會人員聽得十分認眞。與在其他場合聽那種充滿大話、空話、套話直想讓人逃之夭夭的報告，形成鮮明對比。由此不難明白，爲什麼古遠清欣賞北大教授王瑤當年與研究生上課時，常常抽著菸斗，與錢理群等人自由灑脫，天馬行空地「侃」。而古遠清每做學術報告，也喜歡採用寓教於樂方式。他深知，作爲一個老師，若道貌岸然，居高臨下，那必然會使人昏昏欲睡。難怪中國寫作學會副會長洪威雷對〈我們今天怎樣做寫作老師〉這篇學術相聲現場點評云：「古教授以老少同臺、男女搭配的雙口相聲形式做學術報告，吸引了全體聽眾的關注。我幾次掃視全場，以往那種低頭看手機、仰頭聽歌曲的現象全無。這種形式幽默有趣，不僅有經驗介紹、心得體會，而且有希望與建議；不僅有哲理、有質感，而且有性情和情懷。」

古遠清發表過〈將學術娛樂進行到底〉一文，我才發現他的「學術相聲」曾在海內外各地多次「上演」。二〇一五年十月，古遠清出席紀念林語堂誕辰一百二十週年國際學術研討會，以「學術相聲」〈林語堂式的幽默〉代替發言。〈莫言的創新及其爭議〉在莫言研討會「演出」後，先後在內地的《名作欣賞》和境外的《香港作家》同步刊出。在首屆世界華文作家大會上，他和美國一位華文女作家「發表」〈天才詩人〉的「學術相聲」。〈死神，且慢對余光中驕傲〉，是在澳門大學舉辦的兩岸四地新詩論壇上「演出」。〈余光中的人格魅力〉，爲在曼谷舉辦的世界華文作家論壇和西南大學主辦的新詩國際論壇上新編寫的學術相聲，後發表在《長江叢刊》。在由暨南大學中國文藝評論基地舉辦的「文學評論與二十世紀中國文學史的生成」研討會上，古遠清又與華南師大一名女生合作，以相聲表演方式梳理了「粵派批評」自一九四九年以來的歷史和成就，香港中文大學黃維樑教授聽了後，在《羊城晚報》寫了〈研討會上的笑聲和相聲〉加以表彰，此相聲後來發表在美國的《紅杉林》。二〇一七年六月十五日，他在中南財經政法大學「表演」笑噴無常的〈做「有學問又好玩」的教授——談我的治學經驗〉的學術相聲，出席的該校正、副校長，他們無不覺得古遠清的演講似清泉般流淌，難怪原先開小會哼哼卿卿的雜音自動消失，許多人均自覺地把手機調爲靜音狀態。

古遠清這些學術相聲，打破了沉悶的學術氣氛，開啓了當下學界學術研討的一股清流，將中國古代先賢創意十足的文論傳統精神很好地傳承了下來。誠如他文中所言，「從歷史發展來看，學術研討會的出現與演變，一本正經仍爲主調……如此國情，如此學界，要想在會上幽它一默，讓嚴肅與輕鬆在這裡碰撞、博弈，談何容易。」這就難怪古遠清所收穫的是一片鮮花外加荊棘。比如二〇一八年他在北京某外語大學用相聲形式作〈青春作伴好讀詩〉的講座，由於講了「吳組緗是不是狗」的故事和引用了余光中的妙語「友情是人生的常態，愛情是友情的變態」，被不習慣語娛四座的演講、「高級而無趣」的女主持人認爲違反了北京市文明辦講話要使用文明語言的規定而叫停，這眞是「說者妙語天下，而聽者一臉茫然。」另一次在境外舉行的「全球華文小詩大獎賽」的頒獎典禮上，身爲總評委的古遠清用一種戲謔自嘲手法朗誦自己即興胡謅的打油詩，然後說我的詩比舒婷寫得好，原因是有一點舒婷永遠都比不上我：「我年齡比她大！」事後，會議主持人——也是一位名詩人不懂得「悟讀」而用「誤讀」法，竟正襟危坐找古遠清談話：「你這種說法會得罪舒婷。希望你以後不要開這種玩笑，發言時最好事先寫好開頭有『尊敬的某領導、尊敬的某貴賓』的講稿，然後由你一人一字不漏照著念。你必須保持嚴肅的學者形象，如再當『老頑童』，下次開會就不會尊敬您請您與會了。」

猶記得余光中曾將作家分爲兩種：一是具有幽默天賦，不僅自己的作品常常散發出幽默的芳香，而且還欣賞別人妙語解頤的發言。二是與幽默絕緣。這種人不僅不會創造妙在會心的幽默，而且反對別人舌燦蓮花的演講。不過，在反對時這種人能提供幽默的材料——荒謬。値得珍貴的是，古遠清這位老頑童背後的豁朗開通，了無牽掛。總把一個叫「學術」的東西端坐，畢竟太累。當然，正如胡德才教授所說：「相聲」表演形式會限制學術探討的深入，但以「相聲」爲載體發表學術見解，確爲「好玩」的古教授的新創。難怪著名詩評家、「舒婷的詩歌教練」即舒婷的先生陳仲義在評講他的「相聲」時，希望他向有關部門申請這項專利。

參考書目

侯立朝　文星集團想走哪條路？　自印　一九六六年三月
尹雪曼主編　中華民國文藝史　正中書局　一九七五年
蘇雪林　我論魯迅　傳記文學出版社　一九七九年
劉心皇　當代中國新文學大系・史料與索引　天視出版公司　一九八一年八月
行政院文化建設委員會編印　光復後臺灣地區文壇大事紀要（增訂本）　一九八五年六月
葉石濤　臺灣文學史綱　春暉出版社　一九八七年二月
葉石濤　臺灣文學的悲情　派色文化出版社　一九九〇年一月
葉石濤　走向臺灣文學　自立晚報社文化出版部　一九九〇年三月
許俊雅　臺灣文學散論　文史哲出版社　一九九四年十一月
李敏勇　戰後臺灣文學反思　自立晚報出版部　一九九四年
許俊雅　日據時代臺灣小說研究　文史哲出版社　一九九五年二月
彭瑞金　臺灣新文學運動四十年　自立晚報出版部　一九九五年
梁明雄　日據時期臺灣新文學運動研究　文史哲出版社　一九九六年二月
林瑞明　臺灣文學的歷史考察　允晨文化實業公司　一九九六年七月
林瑞明　臺灣文學的本土觀察　允晨文化實業公司　一九九六年七月

向　陽　臺灣文學散論　駱駝出版社　一九九六年
（日）岡崎郁子著、葉笛等譯　臺灣文學——異端的系譜　前衛出版社　一九九七年一月
焦　桐　臺灣文學的街頭運動　時報文化出版公司　一九九八年
（日）垂水千惠、塗翠花譯　臺灣的日本語文學　前衛出版社　一九九八年二月
陳信元總編輯　民國八十一～八十四年臺灣文壇大事紀要　行政院文化建設委員會　一九九九年九月
（日）中島利郎編　臺灣新文學與魯迅　前衛出版社　二〇〇〇年五月
（日）中島利郎、河原功、下村作次郎編　第二卷　日本綠蔭書房出版社　二〇〇一年第一版
陳映眞、曾健民編　一九四七～一九四九臺灣文學問題論議集　人間出版社　二〇〇三年十一月
王昭文等　奔流——林瑞明教授訪問記錄　中央研究院臺灣史研究所　二〇〇五年十月
趙勳達　《臺灣新文學》（一九三五～一九三七）定位及其抵殖民精神研究　臺南市圖書館　二〇〇六年十二月
彭瑞金總編　高雄文學小百科　高雄市政府文化局　二〇〇六年七月
彭瑞金　臺灣文學論集　春暉出版社　二〇〇六年
文訊雜誌社編　文訊二十五週年總目　二〇〇八年七月
葉榮鍾編　日據下臺灣大事年表　晨星出版社　二〇〇八年八月
張　默等編　創世紀一九五四～二〇〇八圖像冊　創世紀詩社　二〇〇八年十月
王鼎鈞　文學江湖　爾雅出版社　二〇一九年
彭瑞金主編　鳳邑文學百科　高雄縣政府文化局　二〇一〇年三月

中國文藝協會　文協六十年實錄一九五〇～二〇一〇　中國文藝協會編印　二〇一〇年五月

李　敖　李敖自傳　人民文學出版社　二〇一八年

陳建忠編選　臺灣現當代作家研究資料彙編·賴和（一八九四～一九四三）　臺灣文學館　二〇一一年三月

許俊雅編選　臺灣現當代作家研究資料彙編·呂赫若（一九一四～一九五一）　臺灣文學館　二〇一一年三月

向　陽編選　臺灣現當代作家研究資料彙編·楊熾昌（一九〇八～一九九四）　臺灣文學館　二〇一一年三月

陳萬益編選　臺灣現當代作家研究資料彙編·龍瑛宗（一九一一～一九九九）　臺灣文學館　二〇一一年三月

柳書琴等編選　臺灣現當代作家研究資料彙編·張文環（一九〇九～一九七八）　臺灣文學館　二〇一一年三月

張恆豪編選　臺灣現當代作家研究資料彙編·吳濁流（一九〇〇～一九七六）　臺灣文學館　二〇一一年三月

許俊雅編選　臺灣現當代作家研究資料彙編·張我軍（一九〇二～一九五五）　臺灣文學館　二〇一二年三月

封德屏主編　臺灣文學期刊史導論（一九一〇～一九四九）　臺灣文學館　二〇一二年十二月

李魁賢　人生拼圖——李魁賢回憶錄　新北市文化局　二〇一三年

隱　地　出版圈圈夢　爾雅出版社　二〇一四年
彭瑞金等著　臺灣文學史小事典　臺灣文學館　二〇一四年十一月
許俊雅編選　臺灣現當代作家研究資料彙編・王昶雄（一九一五～二〇〇〇）　臺灣文學館　二〇一四年十二月
馬　森　世界華文新文學史　印刻文學生活雜誌出版公司　二〇一五年
吳蘭梅總編　賴和・臺灣魂的迴盪——二〇一四彰化研究學術研討會論文集　彰化縣文化局　二〇一五年
（日）河源功著、張文薰等譯　被擺布的臺灣文學　聯經出版事業公司　二〇一七年十一月
李　敖　李敖自傳　人民文學出版社　二〇一八年
柳書琴主編　日治時期臺灣現代文學辭典　聯經出版事業公司　二〇一九年六月
賴慈芸主編　臺灣翻譯史——殖民、國族與認同　聯經出版事業公司　二〇一九年九月
封德屏、彭瑞金等　臺灣文學年鑑　《文訊》　臺灣文學館　一九九六～二〇一九年
孫起明、李瑞騰、封德屏等總編　《文訊》　一九八三年～二〇二〇年
林衡哲　林衡哲八十回憶集　遠景出版事業公司　二〇二〇年二月

作者簡介

古遠清，廣東梅縣人，一九四一年生。武漢大學中文系畢業，爲臺、港文學史家、文學評論家。歷任國際炎黃文化研究會副會長、香港中文大學「中國當代文學系列講座」教授、香港嶺南大學現代文學研究中心客座研究員、中南財經政法大學世界華文文學研究所所長。現爲陝西師範大學人文社會科學高等研究院駐院研究員、佛山科學技術學院嶺南講座教授、中國新文學學會名譽副會長、中國世界華文文學學會名譽副監事長。多次赴大陸、臺、港、澳地區及東南亞各國、韓國、澳大利亞講學和出席國際學術研討會。承擔教育部課題和國家社會科學基金項目七項。

著有《中國大陸當代文學理論批評史》、《香港當代文學批評史》、《臺灣當代新詩史》、《香港當代新詩史》、《海峽兩岸文學關係史》、《臺灣新世紀文學史》、《澳門文學編年史》、《中外粵籍文學批評史》、《華文文學研究的前沿問題》、《世界華文文學概論》、《世界華文文學研究年鑑》、《古遠清八秩畫傳》、《當代作家書簡》等多部著作；另有在萬卷樓圖書公司出版「古遠清臺灣文學五書」：《戰後臺灣文學理論史》、《臺灣查禁文藝書刊史》、《臺灣百年文學制度史》、《臺灣文學焦點話題》、《臺灣文學學科入門》，以及「古遠清臺灣文學新五書」：《微型臺灣文學史》、《臺灣文藝期刊史》、《臺灣文學出版史》、《余光中新傳》、《臺灣文學論爭史》。

文學研究叢書 古遠清臺灣文學五書 0810YB3

臺灣百年文學制度史

作　　者　古遠清
責任編輯　林以邠
特約校對　林秋芬

發 行 人　林慶彰
總 經 理　梁錦興
總 編 輯　張晏瑞
編 輯 所　萬卷樓圖書股份有限公司
臺北市羅斯福路二段 41 號 6 樓之 3
電話 (02)23216565
傳真 (02)23218698

發　　行　萬卷樓圖書股份有限公司
臺北市羅斯福路二段 41 號 6 樓之 3
電話 (02)23216565
傳真 (02)23218698
電郵 SERVICE@WANJUAN.COM.TW
香港經銷　香港聯合書刊物流有限公司
電話 (852)21502100
傳真 (852)23560735

ISBN 978-986-478-530-8
2021 年 11 月初版一刷
定價：新臺幣 360 元

如何購買本書：
1. 劃撥購書，請透過以下郵政劃撥帳號：
帳號：15624015
戶名：萬卷樓圖書股份有限公司
2. 轉帳購書，請透過以下帳戶
合作金庫銀行 古亭分行
戶名：萬卷樓圖書股份有限公司
帳號：0877717092596
3. 網路購書，請透過萬卷樓網站
網址 WWW.WANJUAN.COM.TW
大量購書，請直接聯繫我們，將有專人為您服務。客服：(02)23216565 分機 610

如有缺頁、破損或裝訂錯誤，請寄回更換

Printed in Taiwan

國家圖書館出版品預行編目資料

臺灣百年文學制度史 / 古遠清著. -- 初版. --
臺北市 : 萬卷樓圖書股份有限公司, 2021.11
面 ; 公分. -- (古遠清臺灣文學五書 ;
810YB3)
ISBN 978-986-478-530-8(平裝)
1.臺灣文學史

863.09　　110014314